EL HUERTO DE MI AMADA

Autores Españoles e Iberoamericanos

Esta novela obtuvo el Premio Planeta 2002,
concedido por el siguiente jurado:
Alberto Blecua, Pere Gimferrer,
Carmen Posadas, Antonio Prieto, Carlos Pujol,
Terenci Moix y Manuel Vázquez Montalbán.

ALFREDO BRYCE ECHENIQUE

EL HUERTO DE MI AMADA

Premio Planeta
2002

 Planeta

© Alfredo Bryce Echenique, 2002

© Editorial Planeta, S. A., 2002
  Diagonal, 662-664, 08034 Barcelona (España)

Primera edición: octubre de 2002

Depósito Legal: M. 44.239-2002

ISBN 84-08-04579-2

Composición: Foto Informàtica, S. A.

Impresión y encuadernación: Mateu Cromo Artes Gráficas, S. A.

Printed in Spain - Impreso en España

Para Anita Chávez Montoya, estos tientos y quebrantos, y éste mi amor; y para sus hijas Daniela, Manuela y Alejandra, con todo el cariño del «Geladito Dedo Tronchado».

También a Fabiola y Tavo de la Puente, o cómo los afectos de la infancia y adolescencia se recuperan conversando con buen vino y hermoso jardín, excelentes memoria e intención, y agudo sentido del humor y de la amistad.

Y mil gracias, queridos Julia Roca y Carlos Álvarez, pues bien saben que sin su generosa ayuda y paciencia no habrían sido posibles, este año, como tantos ya, en nuestra Gran Isla, ni el autor, ni su computadora, ni mucho menos su libro. Y gracias también por los refugios, Irene y Yovanka Vaccari, refugiadas esmeradas, Luis Serra Majem, tan hermoso y valioso reencuentro isleño, desde aquella adolescencia menorquina, y Cecilia y Humberto Palma, por la casa de Punta Corrientes y los recuerdos de toda una vida...

Si pasas por la vera del huerto de mi amada,
al expandir tu vista hacia el fondo verás
un florestal que pone tonos primaverales
en la quietud amable que los arbustos dan.

Felipe Pinglo, *El huerto de mi amada.*

Voilà donc le beau miracle de votre civilization! De l'a-
mour vous avez fait une affaire ordinaire.

Barnave

Souvenir ridicule et touchant: le premier salon où à dix-
huit ans l'on a paru seul et sans appui! Le regard d'une
femme suffisait pour m'intimider. Plus je voulais plaire,
plus je devenais gauche. Je me faisais de tout les idées les
plus fausses; ou je me livrais sans motif, ou je voyais dans
un homme un ennemi parce qu'il m'avait regardé d'un air
grave. Mais alors, au milieu des affreux malheurs de ma
timidité, qu'un beau jour était beau!

Kant

Le besoin d'anxieté [...] Le besoin de jouer formait tout le se-
cret du caractère de cette princesse aimable; de là ses brouilles
et ses raccomodemments avec ses frères dès l'age de seize ans.
Or, que peut jouer une jeune fille? Ce qu'elle a de plus pré-
cieux: sa réputation, la consideration de toute une vie.

Mémoires du duc d'Angoulème

O how this spring of love resembleth
The uncertain glory on an April day;
Which now shows all the beauty of the sun
And by, an by a cloud takes all away!

SHAKESPEARE

Plus de détails, plus de détails, disait-il à son fils,
Il n'y a d'originalité et de vérité que dans le détails.

STENDHAL

La duchesse se jeta au cou de Fabrice, et tomba dans un
évanouissement qui dura une heure et donna des craintes
d'abord pour sa vie, et ensuite pour sa raison.

STENDHAL

I

Carlitos Alegre, que nunca se fijaba en nada, sintió de pronto algo muy fuerte y sobrecogedor, algo incontenible y explosivo, y sintió más todavía, tan violento como inexplicable, aunque agradabilísimo todo, eso sí, cuando aquella cálida noche de verano regresó a su casa y notó preparativos de fiesta, allá afuera, en la terraza y en el jardín. Hacía un par de semanas que preparaba todos los días su examen de ingreso a la universidad, en los altos de una muy vieja casona de húmeda y polvorienta fachada, amarillenta, sucia y de quincha la vetusta y demolible casona aquella situada en la calle de la Amargura y en que vivían doña María Salinas, viuda de Céspedes, puntualísima empleada del Correo Central, y los tres hijos —dos varones, que son mellizos, ah, y la mujercita también, claro, la mujercita...— que había tenido con su difunto marido, César Céspedes, un esforzado y talentoso dermatólogo chiclayano que empezaba a abrirse camino en la Lima de los cuarenta y ya andaba soñando con construirse un chalet en San Isidro y todo, con su consultorio al frente, también, por supuesto, y aprendan de su padre, muchachos, que este ascenso profesional y social me lo estoy ganando solo, solito y empezando de cero, ¿me entienden?, cuando la muerte lo sorprendió, o lo malogró —como dijo alguien en el concurrido y retórico entierro de Puerto Eten, Chiclayo, su terruño—, obligando a su viuda a abandonar su condición de satisfecha y esperanzada ama de casa, para entregarse en cuerpo y alma a la buena educación de sus hijos, a rematar, casi, la casita propia de entonces, en Jesús María, y a convertirse en una muy resignada y eficiente funcionaria estatal y en la ojerosa y muy correcta inquilina de los altos de aquella cada día más demolible casona de la ya venida a menos calle de la Amargura, ni siquiera en la vieja Lima histórica de Pizarro, nada, ni eso, siquiera, sino en la vejancona, donde, sin embargo, conservaba su residencia de notable balcón limeño el presidente don Manuel Prado Ugarteche —entonces en su segundo mandato—, claro que porque Prado vivía en París y así cualquiera, salvo cuando gobernaba el Perú, y porque antigüedad es clase, también, para qué, argumento este que, aunque sin llegar entenderlo a fondo ni compartirlo tampoco a fondo, esgrimían a menudo Arturo y Raúl Céspedes, los hijos mellizos del fallecido dermatólogo chiclayano, ante quien osara mirar la vetusta y desangelada casota y verla tal cual era, o sea, sin comprensión ni simpatía y de quincha, o sin compasión ni amplitud de criterio e inmunda, y más bien sí con una pizca de burla silenciosa y una mala leche que gritaban su nombre. Una miradita bastaba, y una miradita más una sonrisita eran ya todo un exceso, aunque se daban, también, qué horror, esta Lima, pobres Arturo y Raúl, susceptibles hasta decir basta en estos temas de ir a más y venir a menos.

El mismo argumento de la antigüedad y la clase era utilizado por los mellizos, convertidos ya en 1957 en dos ambiciosos egresados del colegio La Salle, exactos el uno al otro por dentro y por fuera, aunque sin entenderlo ellos tampoco en este caso, por supuesto, cuando de la honra de su menor hermana Consuelo se trataba, ya que se es gente decente y bien si se vive en San Isidro o Miraflores, pero no por ello se tiene que ser gente mal, o de mal vivir, lo cual es peor, ni mucho menos indecente, carajo, si se vive en Amargura. Y aunque los conceptos no tenían absolutamente nada que ver los unos con los otros, cuando los hermanos Arturo y Raúl Céspedes se referían a su hermana, ni feíta ni bonita, ni inteligente ni no, y así todo, una vaina, una real vaina, nuestra hermana Consuelo, inmediatamente se les hacía un pandemónium de San Isidros y Miraflores y Amarguras, de gente bien y mal y hasta pésimo, de lo que es ser decente e indecente, o pobre pero honrado, esa mierda, y sólo lograban escapar de tan tremendo laberinto mediante el menos adecuado de los usos de esto de la antigüedad es clase, que, por lo demás, sólo a ellos dos les quitaba el sueño, maldita sea, porque los mellizos Céspedes eran, lo sabemos, puntillosos hasta decir basta en cuestiones de honor, frágil clase media aspirante, suspirante, desesperante, *to be or not to be*, qué dirán, mamá empleaducha de Correos, y a-nuestra-santa-madre-carajo-la-sentaremos-en-un-trono, como le requetecorresponde, no bien, si bien, si bien antes... Bueno, pero ay de aquel que diga que no...

Carlitos Alegre, en todo caso, jamás se fijó absolutamente en nada, ni siquiera en la calle de la Amargura o en la casona de ese amarillo demolible, o en el balcón del palacete Prado, muchísimo menos en lo de la antigüedad y la clase, y a Consuelo ni siquiera la veía, lo cual sí que les jodía a los hermanos Céspedes, pero eso les pasa por interesados y tan trepadores y a su edad. Y Carlitos Alegre no se fijaba nunca en nada, ni siquiera en que había nacido en una acaudalada y piadosa familia de padres a hijos dermatólogos de gran prestigio, y mucho menos en que su ferviente y rotundo catolicismo lo convertía en una persona totalmente inmune a los prejuicios de aquella Lima de los años cincuenta en que había egresado del colegio Markham y se preparaba gustosamente para ingresar a la universidad y seguir la misma carrera en la que su padre y su abuelo paterno habían alcanzado un reconocimiento que iba más allá de nuestras fronteras, mientras que su abuelo materno, dermatólogo también, había alcanzado una reputación que llegaba más acá de nuestras fronteras, ya que era italiano, profesor en los Estados Unidos, premio Nobel de Medicina, y sus progresos en el tratamiento de la lepra eran sencillamente extraordinarios, reconocidos en el mundo entero y parte de Lima, la horrible, ciudad adonde había llegado por primera vez precisamente para visitar el horror del Leprosorio de Guía, que, la verdad, lo espantó casi hasta hacerlo perder el norte.

Carlitos Alegre jamás se fijó absolutamente en nada, ni siquiera en que tenía dos preciosas hermanas menores, Cristi y Marisol, de dieciséis y catorce años, respectivamente, tan preciosas como su madre, Antonella, nacida y educada en Boloña, y que intentó enseñarle italiano pero sabe Dios cómo él terminó aprendiendo latín. De puro beato, seguramente. Y así, también, Carlitos Alegre ni siquiera se fijaba en que sus adorables hermanas eran el clarísimo objeto del deseo social de Arturo y Raúl Céspedes. Y de ahí al altar, por supuesto, y, entonces sí, de frente a la clínica privada del sabio y prestigioso dermatólogo Roberto Alegre Jr., como nadie sino ellos llamaban al padre de Carlitos. Los mellizos y almas gemelas Céspedes habrían llegado por fin a San Isidro y Miraflores y Ancón, el cielo, como quien dice, y también parece que Los Cóndores se dibujaba ya en su horizonte, porque últimamente empezaba a sonarles cada día más a San Isidro-Miraflores-Ancón, en las páginas sociales de los más prestigiosos diarios capitalinos.

Y tan no se fijaba ni se fijó nunca en nada, san Carlitos Alegre, como lo llamaban sus compañeros de colegio, que aceptó sin titubear la invitación que le hicieron por teléfono dos muchachos, de apellido Céspedes, a los que no conocía ni en pelea de perros. Lo llamaron poco antes del verano, mientras él preparaba, rosario en mano y como penetrado por un gozoso misterio, sus exámenes finales en el colegio Markham, no le dijeron ni en qué colegio estudiaban y Carlitos seguro que hasta hoy no lo sabe, y lo invitaron a prepararse juntos para el examen de ingreso a la universidad. Lima entera se habría dado cuenta de la segunda intención que había en aquella invitación, de lo interesada que era la propuesta de los hermanos Céspedes, pero, bueno, Carlitos Alegre, como quien ve llover, y feliz, además, porque él siempre lo encontraba todo sumamente divertido, sumamente entretenido y meridiano.

Por supuesto que los hermanos empezaron sugiriendo estudiar en casa de Carlitos, pero él les dijo, con toda la buena fe del mundo, que eso era imposible porque estaban haciendo tremendas obras en los altos de su casa y el ruido era ensordecedor, aunque la verdad yo ni me entero, je, pero los demás me cuentan a cada rato que esto es insoportable, y sí, parece que lo es, sí, je, je, je. Arturo y Raúl Céspedes dudaron de la verdad de estas palabras, por momentos se sintieron incluso reducidos a la nada existencial, que para ellos era la social-limeña, y como única solución a semejante dilema optaron por salir disparados hasta la casa de Carlitos y ver para creer, ya que realmente se habían quedado heridísimos, imaginando que... Porque ellos siempre se imaginaban que...

Llegaron en un carro que se parecía a su casa, pero pintado de casa de Carlitos, y éste, por supuesto, no se fijó en nada, ni siquiera en el efusivo apretón de manos derecha e izquierda que le dieron simultáneamente Arturo y Raúl Céspedes, mientras pronunciaban, también en dúo, encantado, el gusto es todo mío, y aquello de la antigüedad es clase y es tú y es nosotros, o por lo menos así sonó, sin duda por lo felices que se sintieron al comprobar que las obras del segundo piso en casa de la familia Alegre realmente parecían un bombardeo.

Dignas hermanas de Carlitos, Cristi y Marisol hicieron su aparición en el pórtico de la casa sin fijarse absolutamente en nada, lo cual para los hermanos Céspedes tenía su lado bueno, debido a lo del automóvil marca Amargura. Pero todos los demás lados de aquella aparición ausente fueron realmente atroces para los mellizos Arturo y Raúl, porque un instante después Cristi y Marisol, distantes, inabordables, demasiado para ellos, crueles en su inocentísima abstracción, atravesaron el jardín delantero de la casa, en dirección a los automóviles de la familia y a ese taxi, o qué, desaparecieron en el interior de un Lincoln '56, me cago, Arturo, parece de oro, oro macizo, Raúl, y los mellizos Céspedes casi se matan contra su automóvil-casona por lanzarse tan ferozmente sobre el capó e intentar que desapareciera también con el resto del vehículo. Les resultó muy dolorosa esta operación a los hermanos, especialmente a Arturo, que encima de todo se luxó un brazo contra la carrocería de aquel Ford-taxi-sedán-del-42, maldita deshonra, maldita afrenta, maldito oprobio y maldita sea, caray, aauuuu, me duele, me duele mucho, Raúl...

—Como Churchill, Arturo: con «sangre, sudor y lágrimas», pero llegaremos...

—Y como en la mexicanísima ranchera, Raúl: «Ya vamos llegando a Pénjamo», porque, aunque sea una pizca, algo creo que nos hemos acercado, hoy...

—Y qué tal caserón y qué tal carrindanga, el Lincoln ese, no sé si Continental o Panamerican, pero sí, un alguito claro que nos hemos acercado, sí...

—Y con «sangre, sudor y lágrimas», en efecto, porque mierda, mi brazo, creo que me lo he dislocado, ay, caray... ay, ay, auuu...

No sabían que Lincoln Panamerican jamás hubo, los muy animales de los Céspedes Salinas, pero en el fondo sí que valió la pena, y mucho, tanto dolor físico y social porque Carlitos accedió a prepararse con ellos para el ingreso a la universidad, y esto significaba que iban a pasarse todo ese verano juntos, estudiando mañana y tarde. O sea... Pero, además, Carlitos accedió sin preguntarles siquiera de dónde habían salido, ni cómo ni cuándo se habían enterado de su existencia, en qué colegio estaban, o cómo sabían que él deseaba estudiar dermatología, y así mil cosas más que habría resultado lógico averiguar. O sea... En fin, que Carlitos accedió sin preguntarles absolutamente nada, lo cual sí que significaba mucho para los mellizos. O sea... Pero, bueno, también, Raúl, ¿no nos habrá resultado Carlitos un cojudo a la vela? O sea... ¿O es así la verdadera antigüedad es clase y la clase dinero y San Isidro? O sea...

Pronto lo sabrían. Ya sólo les faltaban los exámenes de quinto de secundaria, las fiestas de promoción y las vacaciones de Navidad y Año Nuevo. E inmediatamente después a encerrarse con mil libros, tras haberle dicho adiós a las playas limeñas, a enclaustrarse mañana y tarde a chancar y chancar, aunque Arturo, ¿qué hacemos?, ¿cómo diablos le explicamos a Carlitos Alegre dónde vivimos?, el tipo es capaz de echarse atrás cuando se lo contemos, lo de pobres pero honrados es tal mierda que sólo lo entienden los pobres cojudos. Raúl se desesperó y desesperó a Arturo y los siguientes fueron días y noches de total desasosiego para ambos. Hasta que se atrevieron a llamar a Carlitos, un domingo por la tarde, calculando que no estaría en casa, cruzando los dedos, y como encajados ellos en el telefonazo de pared negro y prehistórico de casa Céspedes Salinas, muertos de ansiedad y *cheek to cheek,* los pobres. Pero acertaron. El joven Carlitos había salido y el que respondía era el segundo mayordomo, ¿el qué?, el segundo mayordomo, señores, sí, para servirlos, y los que colgaban casi de la pared, ahora, con teléfono y todo, eran Arturo y Raúl, lelos con lo de segundo mayordomo o es que a lo mejor se llama así, el cholo de mierda, mientras que éste iba tomando debida nota hasta del jadeo y la Amargura, sí, eso mismo, esperamos al joven Carlitos en esta calle y en este número y éste es nuestro número de teléfono, lo esperamos mañana y tarde, sí, y los tres meses de verano, sí, y no se vaya usted a olvidar de nada, por favor, le fueron diciendo e insistiendo al primer segundo mayordomo del que habían oído hablar en la vida, Arturo y Raúl, anonadados ahí en la antesala del paraíso, como más Céspedes y más Salinas que nunca.

Por supuesto que Carlitos jamás les contestó la llamada y a la tercera semana los mellizos Céspedes ya no tardaban en morirse de desesperación y orgullo gravemente herido. Casi no terminan el colegio de lo mal que dieron sus exámenes finales, casi no bailaron el día de la gran fiesta de promoción, se mataron bebiendo la noche de Año Nuevo, y peor aún fue la noche de Navidad —atrozmente triste desde que murió su padre—, que pasaban siempre engriendo a su madre. La Navidad de 1956 fue y será la peor que recordará la familia Céspedes Salinas, porque a la tristeza total se mezcló la rabia apenas contenida de los hermanos, cuando su madre evocó, un año más, otra Navidad pobre en la calle de la Amargura, en ese segundo piso de alquiler al que Carlitos Alegre no llamaba nunca, la memoria del difunto. Minutos después, en la tristeza de un silencio oscuro y cruel, de paredes frías y techos muy altos siempre sucios, Raúl creyó volverse loco cuando durante una larga hora odió a su madre, y Arturo, que lo estaba notando, casi se le va encima a golpes mortales, pero lo contuvo su propio odio recién descubierto contra su padre, que también Raúl estaba notando, a Arturo lo mato, pero entonces él, a su vez... Fueron momentos interminables, tan duros, tan inesperados, tan complejos, tan reales.

De todo esto, y de tanto más, regresaba Carlitos Alegre

sin fijarse absolutamente en nada, todas las mañanas, a la hora del almuerzo, y todas las tardes, a eso de las siete. Llevaba casi dos semanas estudiando en casa de los mellizos Céspedes y éstos ya se habían convencido de que jamás se enteraría de lo que era un segundo piso de alquiler, por ejemplo, puesto que día tras día le tocaba la puerta al inquilino del primero y se le escurría casi entre las piernas o por los escasos centímetros que quedaban libres entre su cuerpo y el marco de la puerta de calle, desesperado por empezar a estudiar inmediatamente pero totalmente incapaz de darse cuenta de que en esa vetusta casona no se llegaba al segundo piso por el primero sino por la puerta de al lado, que sube de frente donde la familia Céspedes, jovencito, cuántas veces se lo voy a tener que decir, sí, señor, por la puerta de al lado, como que yo me apellido Fajardo y mastico algo de inglés, pero de eso que usted me dice que es latín, *nothing*, y recuerde siempre, por favor, cómo la primera vez que usted vino no había quien lo sacara de mi casa y tuve que recurrir al teléfono, ¿o ya no recuerda que el joven Arturo bajó y se lo llevó a usted? Y ahora entiéndame, por favor, cuántas veces tengo que decirle que yo, de latín, cero, ¿cómo que castellano, joven?, bueno, bueno, entiendo, sí, la puntualidad y los nervios, un descuido lo tiene cualquiera, pero en el Perú no se habla latín sino en misa, y tantos descuidos en tan pocos días... La puerta de al lado, saliendo a su derecha, joven, sí, y así, en castellano, eso es... Pero no, a la izquierda no, carajo, joven...

De todo esto, y de muchísimo más, regresaba sin fijarse nunca en nada y de lo más sonriente san Carlitos Alegre, que era la inteligencia y la bondad encarnadas, aunque también un pánfilo capaz de cualquier mentecatería, según doña Isabel, su abuela paterna, viuda ya y muy Lima antigua y creyente y piadosa, aunque dotada de un sentido práctico hediondo, que aplicaba sobre todo cuando reali-

17

zaba sus obras de caridad con tal eficacia, tal capacidad de organización y despliegue de energías, con tal rudeza, incluso, que a veces parecía odiar a los mismos pobres a los que, sin embargo, les consagraba media vida. Doña Isabel estaba asomada a su balcón del segundo piso cuando Carlitos llegó de estudiar, lleno de contento y tropezándose más que nunca mientras atravesaba el jardín exterior de la casa, y por supuesto sin verla ni oír sus saludos desde allá arriba ni nada, o sea, como siempre, el muchacho este, y qué manera de confiar en el mundo entero y de creerse íntegro toditito lo que le cuentan, qué falta de malicia, Dios mío, qué falta de suspicacia y sentido de las cosas, qué falta de todo, Dios santo y bendito, la verdad, yo no sé qué va a pasar el día en que este muchacho tenga que salir y enfrentarse con el mundo.

Carlitos Alegre, que aún no se había dado cuenta de que las ruidosas obras habían terminado hace días en su casa, notó sin embargo que la noche era cálida y que esas luces en la terraza y en el jardín, allá atrás, y seguro que también en la piscina, le estaban alegrando la vida. Y de qué manera. Eran los preparativos de una fiesta, pero no de sus hermanas sino de sus padres, porque de lo contrario él lo recordaría, sí, se lo habrían avisado, claro, pero no, a él nadie le había avisado nada. O sea que Carlitos se esforzó en cerrar la puerta de la calle, pero fracasó por falta de la necesaria concentración, y ahí quedó la puerta olvidada mientras él cruzaba el vestíbulo en dirección a la escalera principal, que le pareció preciosa y, no sé, como si recién la hubieran puesto aquí esta tarde, y además a uno le tocan música mientras sube.

El de la música era su padre, probando los parlantes que él mismo había colocado en la terraza y seleccionando algunos discos, sin imaginar por supuesto que el efecto tan extraño y profundo de aquellos acordes, interrumpidos cada vez que cambiaba de disco o de surco, había empezado a alterar brutalmente la vida de su hijo. Sus invitados eran casi todos los mismos de siempre, colegas, familiares, amigos, algún médico extranjero que visitaba Lima, compañeras de bridge de su esposa, sus habituales amigas italianas, y se trataba de pasar un buen rato y nada más, aprovechando el verano para disfrutar de la florida terraza, para bailar un poco y tomar unas copas, con la sencillez de siempre, sin grandes aspavientos, sin ostentación alguna, bastaba con unos focos de luz estratégicamente colocados, con discos como éstos, de André Kostelanetz o de Mantovani, mientras llegan, o, después, mientras vamos comiendo, y como éste, de Stanley Black, música de siempre para bailar. El doctor Roberto Alegre puso *Siboney* y pensó que no le vendría mal una copa, había sido un día particularmente duro, con la inesperada visita al Leprosorio de Guía, pero bueno, era viernes, su semana laboral había terminado, y no, una copa no me caerá nada mal mientras llegan los invitados.

En lo que no pensó jamás el doctor Alegre fue en los estragos que Stanley Black y su versión de *Siboney* estaban haciendo en su hijo, allá arriba, en su dormitorio. Con los primeros compases, Carlitos había sentido algo sumamente extraño y conmovedor, explosivo y agradabilísimo, la sensación católica de un misterio gozoso, quizás, aunque la verdad es que demasiado cálida y veraniega como para ser tan católica. Y además a Carlitos se le cayó el rosario, pero ni cuenta se dio, o sea, el colmo en él. Y con mayor intensidad aún sintió la palabra fiesta vagando perdida por el jardín florido e iluminado que imaginaba allá afuera, esperando la alegría de los invitados de sus padres, bronceados, profesionales, cultos, viajeros, discretos y sumamente simpáticos, casi siempre. *Siboney* ya había terminado, pero él continuaba sintiendo algo demoledor, tirado ahí en su cama, ignorando siempre que lo suyo tenía que ver mucho más con el ardor de estío que con el fervor de la iglesia parroquial de San Felipe. Y sólo atinó a rascarse la cabeza al ver exacta la puerta de calle que no había logrado cerrar y, entrando por ella, ella.

En la puerta se fijó por primera vez en su vida, y la encontró muy amplia y bonita, como toda su casa, verdad, ahora que le prestaba atención, pero en cambio a ella la dejó seguir hasta el jardín, sin saludarla, aunque cuidando eso sí de que un mozo la fuera guiando. Nunca la había visto, y el mozo que la guiaba como que no era muy factible ni muy verosímil, la verdad, por la simple y sencilla razón de que su papá jamás contrataba mozos para estas reuniones, le bastaba y sobraba con sus dos mayordomos, Segundo y Prime... En fin, con el primer y segundo mayordomos, qué bruto, caramba, se llaman Víctor y Miguel, sí. Carlitos Alegre se rascó la cabeza nuevamente, pero bien fuerte esta vez, y entonó pésimo *Siboney*, a ver qué más pasaba, y si lograba entender algo, finalmente, pero ahora ni música llegaba del jardín y la fiesta seguro que todavía no había empezado, ni había llegado nadie, tampoco, ni siquiera ella, sin duda por lo atroz que cantaba él, por lo tremendamente desafinado que era. Carlitos dejó de rascarse tan ferozmente la cabeza, pero al ratito volvió el ardor y otra vez la puerta abierta, aunque vacía, ahora, porque seguro que ella no había llegado muy temprano y sola. Carlitos quedó profundamente conmovido al enterarse, a pesar de todo y rasca que te rasca, otra vez y de qué manera, qué bárbaro, el pobrecito, literalmente se trepanaba, de que ella vivía en el mundo sola, a pesar de todo, sí, muy, muy sola.

¿Pero quién era ella? ¡*Diablos, quién*! ¿Y por qué era ella? ¡*Por qué*! ¿Y para qué era ella? ¡*Para qué*! Y ¿para quién era ella? ¡*Para quién*! La segunda parte de estas preguntas, entre profundamente estival y metafísica, y enfática hasta decir basta, iba a terminar perforando, a rasquido limpio, el cráneo, *la calavera,* de san Carlitos Alegre. Y ya le dolía el alma, también, cuando a las diez en punto de la noche, elevada hasta su dormitorio por el viento, la melodía traviesa y veraniega de *Siboney,* que alguien estaba tocando de nuevo, ¿o es que era un señuelo, el llamado de la jungla y el trópico?, se le metió hasta en el reloj-pulsera a Carlitos Alegre. De un salto comprendió que llevaba tres horas rascándose y que debía averiguar por qué, allá en los bajos, en la terraza iluminada, en el patio, alrededor de la piscina, bailaban los invitados. Y atrás quedaron rasquidos, perforaciones y dolores de cráneo y alma, porque ahora se daba menos cuenta de nada que nunca, Carlitos, o sea que tampoco se fijó en que había pisado el rosario, tirado y negro en el suelo de oscuro cedro, misterio doloroso, casi, ni mucho menos se fijó en que llevaba un mechón de cabello rascado y *punk,* mil años antes de esta moda o cosa medio nazi, una mecha parada en la punta de la cabeza, efecto o producto de sus tres horas de intensos rasquidos indagatorios de una noche de verano.

Y apareció en una terraza sabiamente iluminada y deliciosamente florida, en un baile para siempre, un eterno *Siboney* de lejanas maracas, de disimuladas y nocturnas palmeras, de arrulladora brisa de mar tropical y piña colada. Muy precisamente ahí, apareció Carlitos Alegre. Chino de risa y de bondad. Había que verlo. La viva imagen de la felicidad con una mecha izada en la punta de la cabeza y diecisiete años de edad de los años cincuenta más un olvidado rosario en el suelo de oscuro cedro de su dormitorio, muy cerca de su reclinatorio, y ante la misma virgen de sus súplicas y ruegos por los pecados de este mundo. Y ahí seguía parado entre aquella gente alegre y divertida que ni siquiera se había fijado bien en él todavía. Mas no tardaban en hacerlo, porque en ésas se acabó aquel *Siboney* embrujador y él salió disparado rumbo al tocadiscos, para volverlo a poner, pero para volverlo a poner y poner y poner, ad infinitum y así me maten, ¿me oyen?, ¿me han oído?, ¿ya me oyeron? Y ahora sí que el sonriente pero nervioso desconcierto de todos no tuvo más remedio que reparar en él.

—Yo quiero bailar con ella —dijo, entonces, Carlitos, con el brazo de mando en alto y todo, más una voz absolutamente desconocida y como de imprevisibles consecuencias. Y agregó—: Y voy a bailar con ella, porque no tardo en saber quién es. Que ya lo sé, por otra parte, desde hace algunas horas. O sea que ya me pueden ir dejando esa canción para siempre. Y entonces bailaré para siempre, también, claro que sí. Y *defff-fi-ni-ti-va-men-te.*

La cosa sonó como de locos y los padres de Carlitos y sus invitados bailaban ahora, pero con gran insistencia, con verdadero ahínco, con total entrega, y más a la danza de arte, ya, que al baile bailongo, en fin, cualquier cosa con tal de no verlo metido de esa manera en la fiesta y, sobre todo, para no haberlo escuchado nunca jamás en esta vida. Porque borracho no estaba, no, qué va, Carlitos de Coca-Cola no pasa, y más bien había en su mirada negra, intensa, extraviada, y en su risa para quién, ¿se han fijado?, un profundo misterio, la mezcla tremebunda de algo como exageradamente gozoso, pero además exageradamente glorioso, también, aunque asimismo muy doloroso, sí, sumamente doloroso, al fin y al cabo.

—Che, parece que el pibe *andase* en busca del absoluto —comentó el cardiólogo argentino Dante Salieri, alias *Che* Salieri, que siempre se ponía un poquito pesado, a partir del tercer whisky, y ya iba por el quinto.

—*Anduviese* y cambiemos de tema —le respondió un verdadero coro, ahí en la terraza ya *troppo* danzante—. *Anduviese* y punto, querido Che...

—Ah... Ustedes, los limeños: siempre tan presumidos de su buen castellano...

—Sabido es, mi querido Che —se reafirmó el coro, ahí en la terraza aún más danzante, si se puede—, que en Bogotá y en Lima se habla el mejor castellano de América. En Buenos Aires, en cambio, che, Che...

En fin, ya cualquier cosa danzante y coral, con tal de no ver a Carlitos Alegre, que por fin había descubierto que ella se llamaba Natalia de Larrea y le estaba contando, pisotón tras pisotón, que no se explicaba por qué su papá había iluminado tan bárbaramente la terraza y el jardín y la piscina, esa noche, el agua de la piscina creo que además la ha puesto a hervir, ¿a ti no te parece, Natalia?, y que a él esa iluminación de fuego como que se le había metido en el alma, aun antes de regresar de estudiar, esta tarde, en casa de unos mellizos de apellido Céspedes Amargura, que, no sé por qué, como que muestran un desmedido interés por conocer a mis hermanas Martirio y Consuelo, o son sólo disparates que a mí se me ocurren, con lo distraído que dicen que soy, je, je... ¿tus hermanas cómo, Carlitos...?, mis hermanas Cristi y Marisol, perdón. Y entre pisotón y pisotón, también, Natalia de Larrea había logrado domesticarle el mechón de pelo izado, en repentino arrebato simultáneo de ternura y de pasión, y ya estaba convencida de que jamás en su vida había escuchado palabras tan alegres, tan vivas, tan excitantes, tan profundamente sinceras y calurosas, y como que quería comerse vivo a Carlitos Alegre.

Ella besarlo no podía, claro, porque estaba en casa de los propios padres de Carlitos y entre tantos amigos, y tampoco podía *cheek to cheek*, por las mismas razones, ni mucho menos apachurrarlo hasta matarlo, y después morirme, claro que sí, porque además seguro que hasta le doblo la edad, me muero, ay, qué ansiedad, Dios mío. Entonces probó el sistema de los muslos, que practicara en algunas fiestas con el sinvergüenza y canalla de su ex marido, el que la mataba a palos y mucho más, algo medio de burdel y todo, y empezó a ir de casi nada a apenas y de ahí sin duda demasiado rápido a más y más, demasiado para Carlitos, en todo caso, en ese adelantito y atrasito con toquecito y quedadita, porque lo cierto es que en menos de lo que canta un gallo ya Carlitos Alegre parecía un andarín loco que tiene la ansiada meta olímpica ante sus narices y justo se le cruza el Himalaya. La verdad, estaba ridiculísimo, pero a Natalia de Larrea hacía mil años que nada le alegraba la vida en esta ciudad nublada y triste, y a Carlitos Alegre, además, lo estaba queriendo mucho. Pensara lo que pensara y dijera lo que dijera esta ciudad nublada y triste, horrible, a Carlitos Alegre lo estaba queriendo muchísimo, lo estaba queriendo de verdad, y lo iba a querer contra viento y marea. Sí, contra viento y marea y pase lo que pase en esta Lima tristísima para una mujer como yo, condenada, más que condenada, y de nacimiento, casi. Y condenada sin casi en esta Lima de cielo eterno color panza de burro y, peor todavía, como me dijo el otro día en la hacienda el negro Bombón, yo a Lima no vuelvo más, señorita Natalia, con ese cielo color barriga de ballena muerta, le cala negativo a uno el alma, de su natural festiva, su cielo ese tan plomo de usted desde la mañanita, señorita Natalia. Pues tiene toda la razón, el muy pícaro de Bombón, por ignorante que sea, sí: cielo de ballena, y muerta, además, qué asco, Dios mío, pero sea como sea y contra quien sea, yo a Carlitos lo quiero toditito para mí solita y... Y basta de hipocresías y moralinas, sí, basta, basta, hasta aquí llegué contigo, Lima de eme, porque Natalia de Larrea, la guapísima, la qué tal lomo, la cuerpazo —«¡El de mi patroncita sí que es un cuerpo, carajo, y no el de la Guardia Civil!», dicen que había exclamado el muy tremendo de Bombón, una mañana en la hacienda, gracias por el piropazo, negro bandido, aunque mejor para ti que yo ni me entere, negro atrevido, pero negro ricotón, sí, eso sí, y tú también, limeña hipócrita, Natalia—, la maltratada, la abandonada, la deseada, la codiciada, pero ahora la resignada acaba de decir basta, sanseacabó, punto final, sí, señoras y señores, porque yo, Natalia de Larrea, adoro a Carlitos aunque me mate a pisotones y qué tal ametralladora de muslazos, qué rico, caray, uauu, como cuando yo tenía más o menos su edad y en las fiestas nos pisoteábamos todos y nos dejábamos puntear toditas, sí, tanda de hipócritas, sí, así, con todas sus letras aquello era una punteadera general y a mí ya Lima entera quería hacerme reina del carnaval, pobre Natalia, y hasta el negro Bombón, un muchachito, entonces, decía la señorita Natalia ha llegado bien maltoncita de Lima, este verano, qué querría decir el muy pícaro, ¿que ya la fruta más preciada del patrón había empezado a ponerse en su punto?, oscuro presagio, nubarrones en el horizonte, los peores augurios, pobre de mí y de mi vida, desde entonces, ay, pero uauu qué rico y con amor, uauuu, te quiero, Carlitos, ay, uauu, para siempre, mi Carlitos...

Que fue cuando el *Che* Salieri como que ya no aguantó más, y lo de las copas, encima, por supuesto, nunca tuvo buen whisky el Che y esta noche parece que ha bebido más que nunca, qué hacemos, caray, qué diantre hacemos... En fin, que el *Che* Salieri había empezado por destrozar la funda del disco en que estaba *Siboney* y, acto seguido, había hecho lo propio con el disco, surco por surco, luego con el tocadiscos, y ahora, incontenible, iba abriéndose paso a patada limpia en busca de Natalia de Larrea, el putorrón ese que a mí me pertenece, che, para lo cual, claro, primero tendría que dar cuenta total, también a patada limpia, de un Carlitos Alegre que continuaba sin darse cuenta de nada, chino de felicidad y loco de amor, pero que ante los alaridos de Natalia vio cómo se le venía encima una verdadera pateadura y lo primero que pensó es en lo bueno que era el equipo argentino de fútbol, el propio doctor *Che* Salieri se lo había contado, y claro, seguro él también había jugado en un equipo de primera, allá en Buenos Aires, porque mira qué manera de patear, todo un crack, el doctor, o es que se volvió loco y quizás... Hasta que le tocaron a su dama, y para qué, porque ahí sí que se dio cuenta de todo, y de qué manera. A mala hora le tocaron a su dama y a ella a su Carlitos toditito suyo contra el mundo entero. La que se armó, Dios santo. Troya ardió en San Isidro, aquel viernes por la noche, y hasta bien entrada la madrugada.

Nunca se supo qué fue primero, si el puñetazo loco o el patadón ciego de Carlitos Alegre, pero lo cierto es que el cardiólogo Dante Salieri como que se elevó, primero, rebotó, después, y finalmente salió disparado en marcha atrás y fue a dar contra un pequeño grupo de señores, ya bastante celosos e irritados, que, entonces sí, perdieron toda capacidad de disimulo y buena educación. Ahí el que menos llevaba un buen rato bebiendo y ello empeoró mucho las cosas, claro, pero lo que realmente las desbordó fue el derrumbe de caballeros que provocó el choque frontal contra el disparado doctor Salieri, que se les vino encima cual feroz bola de bowling y hasta los desparramó por la terraza, mientras íntegras las señoras y también muchos caballeros procedían a una rapidísima y muy prudente retirada, entre espantados y espantosos gemidos y grititos, más uno que otro carajo, mocoso de mierda, todo en menos de lo que canta un gallo y a pesar de los esfuerzos del doctor Alegre por impedir que las cosas fueran a más.

—¡Señores, por favor!

—¡Roberto, vos quitáte del medio ó matamos a tu hijo!

Increíble lo rápido que se descompuso el asunto, ya que los desparramados señores que terminaron uniéndose al recién incorporado y enloquecido doctor Salieri, por celosos y airados que anduvieran, tremendo mocoso el Carlitos y se nos quiere encamar con Natalia, nada menos que

26

con Natalia de Larrea, tremendo lomazo, en un principio lo único que habían querido era apaciguar al cardiólogo y mandar a acostarse al loquito del diablo este. Pero cuando se incorporaron, las cosas ya habían cambiado por completo y, como Carlitos Alegre no parecía notar diferencia alguna entre los señores de antes y después del choque peruano-argentino, Natalia de Larrea agarró a su amor de un brazo, le gritó ¡Te matan, Carlitos!, ¡larguémonos!, y por fin logró que abriera los ojos y se diera cuenta del tremendo lío en que andaban metidos. Salieron disparados y, entre el alboroto y la sorpresa, nadie logró darse cuenta de la dirección que habían tomado. ¿Huyeron de la casa? ¿Pero por dónde, si por la puerta principal se estaba yendo la mayor parte de los invitados? ¿Por la de servicio? No habían tenido tiempo. ¿Por una ventana? Imposible con esas rejas. ¿No estarán en los altos? ¡Maldita sea! ¡En los altos no pueden estar! ¿Y por qué no? ¡A lo mejor hasta se encamaron ya!

—Señores, por favor —intervino, una vez más, el doctor Alegre.

También él estaba muerto de rabia, por supuesto, pero era el anfitrión y le correspondía apaciguar a esa tanda de locos.

—Señores, soy el dueño de casa y, de verdad, les ruego...

—Vos dejáte de macanas, Roberto. Y quitáte de la escalera o pasamos sobre tu cadáver. Como que me llamo Dante Salieri, amigo...

El descontrolado cardiólogo hablaba en calidad de jefe de un destacamento loco, integrado además por los doctores Alejandro Palacios y Jacinto Antúnez, y nada menos que por don Fortunato Quiroga, solterón de oro, senador ilustre, y primer contribuyente de la república. Pasaron, pues, sobre el cadáver de su gran amigo Roberto Alegre, que quedó bastante yacente, ahí en la escalera, y con la boca muy abierta, tanto como esos ojos que simple y llanamente no podían creer...

Los mellizos Raúl y Arturo Céspedes Salinas no lograban salir de su asombro, pero ahí estaba el ojo derecho de Carlitos Alegre, tirando de muy negro a muy morado, completamente cerrado e hinchadísimo, ahí estaba también su labio partido, ahí los tres puntos de la ceja derecha, en fin, ya qué más prueba podían pedirle de que lo que acababa de contarles, entre sollozos y carcajadas que se sucedían sin lógica alguna, era la más pura verdad, y sin un ápice de exageración, además, por increíble que pareciera. Porque quién diablos se habría atrevido a imaginar que un hembrón como Natalia de Larrea, multimillonaria, descendiente de virreyes y presidentes, mujer codiciada como ninguna en esta ciudad e inaccesible hasta en los sueños de verano de los mellizos Arturo y Raúl Céspedes, se hubiese dignado fijarse siquiera en un beato chupacirios como Carlitos, y que éste, encima de todo, terminara enfrentándose a unos señorones de la alcurnia y fortuna de don Fortunato Quiroga, o de la reputación de los cirujanos Alejandro Palacios y Jacinto Antúnez, que habían operado en la clínica Mayo y el hospital Johns Hopkins, EE. UU. y todo, Arturo, sin olvidar tampoco al cardiólogo argentino Dante Salieri, de fama continental, Raúl, y que juega polo, además, Arturo.

Pero había algo muchísimo peor, todavía, algo que para los pobres mellizos Céspedes Salinas sí que era ya el acabose. Había, sí, que los cholos de mierda esos, los tales Víctor y Miguel, primer y segundo mayordomos de la familia Alegre, terminaron sacándole la chochoca a sus superiores, a semejantes doctores y tan inmenso señorón, habráse visto cosa igual, por ayudar al ya bien magullado Carlitos a fugarse nada menos que con Natalia de Larrea. En fin, simple y llanamente, demasiado para unos hermanos Céspedes que lo habían probado todo en su afán de que las cosas de este mundo volviesen a quedarse en su sitio. Desesperados con semejante hecatombe social, con tanto y tamaño desorden en su escala limeña de valores, los mellizos observaron la camisa de manga corta que lucía Carlitos y, sin decir ni pío, con tan sólo un guiño de ojos, y como último recurso contra su demencial relato, acordaron encender un cigarrillo cada uno y colocárselo en esos antebrazos desnudos y flaquísimos, turnándose, eso sí, para dar una nueva pitada cuando el fuego empezara a languidecer, y volver a la carga con la brasa ardiente, tú al antebrazo derecho y yo al izquierdo, a ver si de una vez por todas olvida sus historias de piratas, el huevas este, y la realidad vuelve a la realidad, o vuelve en sí, o como demonios sea eso, Raúl, porque este tipo tiene que estar soñando o se nos ha vuelto completamente loco. Y ahora, que despierte o que se queme vivo y se joda. Eso mismo, Arturo, porque de lo contrario seremos nosotros los que perderemos la razón y nos joderemos, y nuestra ciudad de Lima jamás habrá sido verdad...

—Pues tal como se lo cuento —continuó Carlitos, como si nada (pobres mellizos, quema y quema pero nada, se retorcían fumando), y tan encantado por su dama, que además resultó ser a prueba de incendios—. Sí, tal cual —recalcó, incombustiblemente—. Y además a mi novia no la tocó ninguno de esos cretinos y fui yo mismo quien, gracias a la ayuda de Segundo y Primero, mis amigos desde niño, y a dos mayordomos más, vecinos y amigos, también, logré que a su casa llegara inmaculada, ¿me oyen?, sin un rasguño en el traje siquiera, ¿me entienden?, o sea, lo que se dice in-ma-cu-la-da, ¿me creen?

Los hermanos Céspedes Salinas oían, entendían y creían, sí; claro que sí oían, claro que sí entendían, y claro que ahora sí creían. Pero, en fin, todo aquello era simple y llanamente demasiado Carlitos para ellos, esa mañana, porque el orden del universo se les había puesto patas arriba y ya nada quedaba en su sitio después de semejante terremoto social. Aunque sí, algo quedaba, algo que parecía anterior al universo mismo, maldita sea, porque la casa de la humillación y tanta vergüenza continuaba en la calle de la Amargura y ni con el mundo reducido a escombros notaban ellos novedad alguna en el saloncito aquel de vetustas paredes manchadas de humedad y tiempo pobre, de sofá fatigado, mesas como ésta, qué horror, y sillones como el que usa siempre Carlitos, cuando viene a estudiar, mírenlo ahí, al loco de remate este, hasta lo quemas vivo y nada, ni pestañea de lo puro embrujado que anda por su tremendo hembrón, toda una Ava Gardner, y además con blasones, nuestra Natalia de Larrea, pero lo realmente increíble es que, encima de todo, ella le da bola.

Y así resulta que al muy cretino le habían caído de a montón, mientras protegía a su dama, abrazándola con toda su alma y llenándola de los más torpes, sonoros y convulsivos besos, cuando en realidad lo que debería haber hecho era quedarse tranquilito debajo de la cama matrimonial de sus padres. Ahí había ido a dar con su Natalia, y la verdad es que la idea no era mala, pues los enfurecidos caballeros, con el *Che* Salieri a la cabeza, lo primero que pensaron, tras dejar fuera de combate al doctor Roberto Alegre, es que el par de indeseables esos había huido en dirección al dormitorio del maldito santurrón y ahí andaba metido en un clóset o algo así. Pero no. No estaban ni él ni ella. Ni en el clóset ni en el ropero, maldita sea.

—Hay un rosario tirado al pie de la cama —dijo don Fortunato Quiroga, dirigiéndose al resto de la expedición punitiva. Y, señalándolo insistentemente, esta vez, repitió que había un rosario tirado al pie de la cama, pero ahora lo hizo con voz de ajá, los pescamos, tremendo colerón y varios whiskies.

Aquello fue suficiente para que el *Che* Salieri literalmente se zambullera bajo la cama, pero tanta era su rabia y tal su borrachera que no calculó bien su estirada y ahí quedó como empotrado, pataleando y maldiciendo a la humanidad.

—¡La puta! ¡Ni rastro!

—Buscaremos en los demás dormitorios, Dante —dijeron, casi simultáneamente, los otros tres miembros del destacamento y añadiendo—: Y en los baños y donde sea, pero los encontraremos.

—No sé cómo voy a buscar yo nada si antes no me ayudan a salir de aquí. ¡La puta! O me he partido el cráneo o me lo he rajado, ¡la puta, che!

La expedición continuó su loca carrera por los altos sin que nada ni nadie lograra frenarla, ni siquiera doña Isabel, la abuela de Carlitos, que vivía en casa desde que enviudó, y que tuvo que hacerse a un lado con inusual rapidez, para no ser arrasada. Luego reapareció el doctor Alegre, recuperado tan sólo a medias y seguido de su esposa, gran amiga de Natalia de Larrea. Pero también la señora Antonella y sus súplicas, salpicadas de un nervioso y delicioso vocabulario italiano, tuvieron que hacerse a un lado, mientras el maltrecho doctor decidía ir en busca de ayuda y se dirigía a la sección servidumbre, en el instante mismo en que se oyó un «Natalia de mi corazón», proveniente de algún escondite, en seguida un «chiiss», luego nuevamente otro «Natalia de mi corazón», más algo que realmente parecía una metralleta de besitos y una mano que intentaba taponearlos. Algo así.

—Esto se pone caliente —dijo el doctor Jacinto Antúnez.

—Y a mí empieza a encantarme, che.

Los cuatro expedicionarios se dirigían ahora a la habitación de los señores Alegre, donde una cama matrimonial totalmente vacía los esperaba bastante agitada.

—¡Eso que salta son ellos! —exclamó, desde la misma puerta, el señor Antúnez.

—¡La puta!

Claro que eran ellos, pero en su afán de extraer primero a Natalia y molerla a patadas y besos, simultáneamente, a la expedición se le escapó Carlitos, por el otro lado de la cama. Y ahí venía ahora por él el doctor Salieri, seguido de los otros tres caballeros, pero Carlitos, como quien repite una lección muy bien aprendida, le arrimó tremendo puñetazo, primero, y luego un patadón, disparándolo nuevamente hacia atrás, igualito que en la terraza, momentos antes, e igualito también los tres caballeros se convirtieron en palitroques y salieron disparados, aunque no muy lejos, esta vez, debido a los muebles y paredes contra los que se estrellaron.

—¡Tú confía en mí, Natalia de mi corazón! —exclamó entonces Carlitos, envalentonadísimo por los dos éxitos conseguidos a lo largo de la bronca, y que, lástima, eran puritita chiripa y nada tenían que ver con una musculatura o una experiencia, ya que ambas brillaban por su ausencia. Carlitos era tan flaco como Frank Sinatra, por aquellos años, y no tenía la más mínima idea de lo que era pelear. Pero añadió, sin embargo:

—¡Y ustedes prepárense! ¡Prepárense, cangrejos, porque acaba de llegarles su hora a los cuatro!

Inmediatamente procedió a remangarse los brazos de la camisa azul que llevaba puesta, sacando pecho, adelantando una pierna, retrasando la otra, alzando los puños bien cerrados, y adoptando la desafiante postura de un boxeador de feria ante un fotógrafo de estudio. El resultado fue realmente lamentable, y casi anémico, una suerte de púgil de campeonato interbarrios entre huérfanos, categoría mosca, por supuesto, y con auspicio parroquial. Y, además, Carlitos no debió sentirse cómodo, porque recogió la pierna que había adelantando, la cambió por la otra, y dijo ahora creo que sí, ya. Total, que a los cuatro caballeros que había tumbado les dio tiempo de sobra para levantarse y pasar a la acción cuando él todavía se encontraba en pleno acomodo y mirando a su Natalia, como quien busca su aprobación. La cara de aterrado pesimismo de su dama lo decía todo, e instantes después ya estaba Carlitos tumbado de espaldas en el suelo, y los cuatro caballeros turnándose para sentársele encima y darle su merecido con una infinita cantidad de golpes, todos de la categoría máxima, eso sí. Y lo estaban matando ante una Natalia que sólo atinaba a pedir socorro, mientras, a su vez, la señora Antonella clamaba por su marido y atendía a la abuela Isabel, que se había desmayado. Entonces llegó la ayuda.

Eran cuatro, sin contar al doctor Alegre, que en el estado en que estaba sólo parecía capaz de dirigir el rescate de su hijo, aunque también él tenía deseos de molerlo a palos. Pero, bueno, de lo que se trataba ahora era de salvarle la vida, ya que sus amigos realmente habían perdido la cabeza y, si alguien no los frenaba, aquello podía convertirse en una verdadera tragedia. O sea que el doctor Alegre pensó que realmente había tenido suerte al encontrar a Víctor y a Miguel en compañía de otros dos mayordomos del barrio, conversando en la cocina. Pero las cosas no habían sido así. En realidad, fueron sus propios mayordomos quienes corrieron en busca de refuerzos para enfrentarse a los cuatro borrachos de mierda esos, antes de que a Carlitos, compañero nuestro de tantos juegos, desde muy niño, nos lo maten, y no sólo porque ellos son cuatro sino también porque, segurito, el joven se trompea tan mal como juega al fútbol, por ejemplo, y la verdad es que el pobrecito no da pie con bola. Por eso estaban ahí abajo, escuchándolo todo y listos para intervenir. Por eso, sí, y porque el joven Carlitos se había hecho querer siempre por todo el mundo.

Y aquellos desaforados señores se esperaban cualquier cosa, menos una insubordinación de mayordomos, de cholos de mierda, todo se les podría haber ocurrido menos algo así. O sea que tardaron mucho en darse cuenta de que el asunto iba contra ellos y no contra el mozalbete de mierda este, y, ante los primeros golpes, jalones y empujones, ni siquiera reaccionaron, porque parecían ficción y de la mala. Pero resulta que a Carlitos lo habían liberado y que ahora se había arrojado sobre la tal Natalia y ésta se lo estaba llevando sabe Dios dónde, abrazándolo y besándolo ante su vista y paciencia, y desesperada, además, la muy sinvergüenza, aunque la verdad es que a su adorado Carlitos le habían dado más que a tambor de circo. Había que impedir que se les escapara, la parejita de mierda esa, por supuesto, pero de golpe y porrazo resultó que los impedidos fueron ellos.

—¡La puta! ¡Se levantó la indiada!

—¡Alto ahí, hijos de perra!

Para qué dijo nada don Fortunato Quiroga. Natalia y Carlitos ya estaban camino a una clínica y los cuatro mayordomos continuaban dándoles su escarmiento a los ya agotados caballeros, ante la mirada vacía del anonadado doctor Roberto Alegre, que, por fin, soltó un ¡Basta ya!, bastante maltrecho y carente de la suficiente autoridad, pero que funcionó, gracias a Dios. Su dormitorio quedó convertido en un verdadero desastre, pero bueno, por fin se largaban todos, por fin regresaban los mayordomos a la zona de servicio y sus amigos a sus respectivas casas, por la puerta principal.

—Ya verán ustedes que esto no queda así —afirmaba el doctor Alejandro Palacios, mientras los cuatro grandes derrotados atravesaban el jardín delantero de la casa, completamente aturdidos, mareados e incrédulos. Y pensaba: «Derrotados por un hembrón, derrotados por ese imber-

34

be, ese santurrón, ese cretino, y derrotados por cuatro cholos del diablo, para remate. En fin, la cagada.»

—El mundo al revés y los evangelios por los suelos —lo secundaba su colega Jacinto Antúnez—. Algo habrá que hacer. Esto no puede quedar así. O a mí me dan todo tipo de satisfacciones, o se jodió la Francia.

—La puta —repetía, una y otra vez, en voz muy baja, para sí mismo, el doctor Dante Salieri, como si empezara a despertar de la peor pesadilla de su vida y estuviese completamente solo y muy adolorido en medio de un hermoso jardín—. Pensar que pude haber tomado el avión de regreso a Buenos Aires esta noche... La puta...

—Por mi parte —sentenció el ilustre senador Fortunato Quiroga, luego de un breve silencio—, puedo asegurarles que aún no he dicho mi última palabra. Me queda mucho por decir y por hacer. Sí, señores, como que me llamo Fortunato Quiroga de los Heros. Bajo juramento.

Los cuatro continuaban tambaleándose bastante, al abandonar la casa, y hasta les costó trabajo recordar dónde habían dejado sus automóviles. Estaban a punto de despedirse, parados en la vereda de la avenida Javier Prado, bastante mareados aún por tanta copa y esfuerzo, y siempre furibundos, aunque fingiendo serenidad. Se miraban el uno al otro y continuaban sorprendiéndose al verse el nudo de la corbata colgando a medio pecho, la camisa desgarrada, el pelo tan despeinado, y manchas de sangre por aquí y por allá. Pero nada más podían hacer ya, esta noche, y nos les quedó más remedio que despedirse, apenas con un gesto de la cabeza, e irse cada uno en dirección a su automóvil. Era una temeridad que manejaran en ese estado.

En el dormitorio de la señora Isabel, su suegra, que ya había vuelto en sí y dormía, ahora, la madre de Carlitos pensaba en todo lo ocurrido, en su amiga Natalia, en los amigos que se volvieron locos, en su hijo, en sus diecisiete años, apenas, tan lejos todavía de esos veintiuno que eran la mayoría de edad, según las leyes del país, en fin... Y pensaba también que nada se iba arreglar con los ramos de flores, las llamadas y las mil disculpas que iba a recibir, con las tarjetas llenas de explicaciones y nuevas disculpas. Todo resultaría inútil. Ella conocía muy bien a Natalia, sus heridas, sus frustraciones, su sensibilidad a flor de piel y su fragilidad, a pesar de ese aspecto imponente, y sabía también de su aburrimiento, de sus ansias de vivir, y de su tremenda y reprimida sensualidad. Y ni qué decir de su hijo. La señora Antonella conocía a Carlitos a fondo, su total ingenuidad, su eterno despiste y su absoluta carencia de malicia, pero también su apasionamiento y su obstinación, tan grandes como su deslumbrante inteligencia y su fuerza de voluntad a prueba de balas. Cuando Carlitos se empecinaba en alcanzar una meta... Algo muy serio estaba ocurriendo entre ambos, así, de golpe, tan repentina como inesperadamente, sí, quién lo habría dicho, quién lo habría imaginado siquiera... Pero bueno, tenía que ocuparse de su esposo, ahora. Los dos necesitaban un gran descanso y la cama matrimonial había sobrevivido a la batalla campal, felizmente. Ahí la esperaba Roberto, bastante magullado y adolorido, pero con la seguridad de que no tenía nada roto. Se abrazaron, se besaron, y los dos dieron las gracias al cielo porque ni Cristi ni Marisol habían estado en casa para presenciar el horror ocasionado por el efecto *Siboney* sobre su hermano Carlos.

Mientras tanto, Carlitos dormía profundamente en una habitación de la clínica Angloamericana. Le habían desinfectado y parchado todas las heridas, le habían puesto tres puntos en la ceja derecha, y le habían tomado toda clase de radiografías, ya que a la pregunta: ¿A ver, cuénteme qué le duele, jovencito?, respondió: La verdad, doctor, tengo todo tipo de dolores por todas partes. Soy un dolor que camina, para serle sincero. Y Natalia, que dormía ahora también, en la cama del acompañante, soltó sus primeros lagrimones de amor en casi dos décadas, y como que regresó del todo a la belleza de su adolescencia, a su reinado de carnaval y al único hombre que amó en su vida, muerto trágicamente a los veintidós años, cuando regresaba en automóvil de su hacienda norteña.

—Radiografíelo íntegro, doctor —le dijo al joven médico de guardia—. Y dele todos los calmantes que pueda. Que no sufra, por favor, doctor, y que duerma, que descanse, que por fin termine para él este día atroz.

Lo de Natalia había sido un ruego, con voz temblorosa, implorante, muerta de pena, y hasta con nuevos lagrimones, pero a ella los ruegos y súplicas le quedaban tan bien, tan hermosos y sensuales, tan ricotones, caray, que, milagro, más que implorar parecía estarse desnudando ante la vista y paciencia de un desconocido. Y así, nadie en este mundo podía decirle que no, y mucho menos un joven médico que cumplía su guardia nocturna sin grandes novedades ni accidentes, y que andaba bastante aburrido cuando le trajeron a un muchacho llenecito de golpes y a la señora esta que pide las cosas tan escandalosamente. O sea que a Carlitos lo radiografiaron hasta decir basta y lo calmaron y sedaron hasta el mediodía siguiente, porque los ruegos y súplicas de la monumental Natalia de Larrea no eran órdenes sino *striptease*, más bien.

Natalia lo tenía todo planeado cuando su Carlitos despertó. No pasarían el fin de semana en su casona del malecón de Chorrillos, sino en el huerto, que no quedaba tan lejos. Y no le avisaría ni siquiera a Antonella, por más amigas que fueran. Confiaba cien por ciento en ella, pero lo prefería así. Además, Antonella sabía perfectamente que su hijo estaba con ella y que por ese lado no tenía de qué preocuparse. Carlitos estaría perfectamente bien atendido y, con seguridad, ya había pasado por el servicio de urgencias de algún hospital o por alguna posta médica. Nada realmente grave le había ocurrido.

—Nos vamos a un huerto, Carlitos. Hasta que te sientas bien y no te duela absolutamente nada. Y sobre todo por precaución. No lo creo ya, pero esos señores que te pegaron son tan burros y deben de estar tan ofendidos, tan heridos en su amor propio, tanda de vanidosos, que no es imposible que dos o tres de ellos, y hasta los cuatro, se vuelvan a juntar, se tomen sus copas para envalentonarse, y se presenten en mi casa en busca de más camorra.

—Cuando quieran y donde quieran, Natalia, porque yo todavía no he terminado con ellos —dijo Carlitos, envalentonadísimo, pero sin lograr adoptar postura pugilística alguna, porque el dolor lo frenó en su intento.

—Amor, olvida ya todo eso. Lo único importante es lo que está por venir. Y eso es todo nuestro. Como el huerto, donde sólo entrará la gente que a nosotros nos guste.

Carlitos abandonó la clínica, bastante adolorido aún y con el ojo derecho y el labio inferior sumamente hinchados. Le costaba trabajo hablar y hasta rengueaba un poco mientras se dirigía al automóvil de Natalia, pero nadie lo iba a callar ese fin de semana en el huerto.

—¿Adónde queda, mi amor? ¿Adónde queda el huerto de mi amada?

—En Surco; a unos cuantos kilómetros más allá de Chorrillos. Lo cuida un matrimonio italiano, una pareja encantadora que trabajó también para mi papá, hasta su muerte. Los dos cocinan delicioso. Y también les he pedido a mi mayordomo y a una empleada que se vengan de mi casa para que te atiendan a cuerpo de rey. El huerto será nuestro refugio.

—¿Un nidito de amor, je?

—¿Y por qué no? ¿Tienes alguna buena razón para que no sea así?

—Bueno, mi edad...

—¿Y la mía, Carlitos...? Mira, si tú te pones a pensar en tu edad y yo en la mía, estamos fritos.

—Natalia de mi corazón...

—Chiiisss... No hables tanto, que debe de dolerte mucho ese labio. Lo tienes bien hinchado, mi amor.

—Na-ta-lia-de-mi-corazón...

—Por no quedarte callado, anoche, ahí debajo de la cama, mira todo lo que te pasó. Y pudo ser mucho peor.

—Pero aquí estamos, en tu automóvil, libres y solos, y rumbo al huerto de mi amada...

—¿Sabes que ése es el nombre de un viejo vals criollo?

—¿*El huerto de mi amada*? Ni idea. ¿Y *Siboney*? ¿Me tocarás *Siboney*? A lo mejor ni tienes esa canción, nuestra canción.

—Tú no te preocupes de nada. Si no la tengo, la mandamos comprar.

Natalia pensaba en el camino que habían recorrido, rumbo al huerto. Atrás habían ido quedando barrios enteros, distritos como San Isidro, Miraflores, Barranco, ahora que ya estaban llegando a Chorrillos y torcían nuevamente, en dirección a Surco. Ahí se acababa la ciudad de Lima y empezaban las haciendas y la carretera al sur... La idea le encantaba, le parecía simbólica: los distritos y barrios residenciales en los que vivía toda aquella gente, todo aquel mundo en el que ella había pasado los peores años de su vida, siempre juzgada, criticada, envidiada, tan sólo por ser quien era y poseer lo que poseía, y por ser hermosa, también, para qué negarlo, si es parte de la realidad y del problema, parte muy importante, además; esos malditos San Isidros y Miraflores, y qué sé yo, iban quedando atrás. Como había quedado atrás aquel matrimonio juvenil al que la forzaron por estar encinta de un hombre tan brutal y celoso, tan lleno de prejuicios, tan acomplejado, tan braguetero, y todo para que su única hija naciera muerta y aquel sinvergüenza se largara con otra mujer y una buena parte de su dinero... En el huerto nada de aquello existía, o, en todo caso, había quedado atrás para siempre; el huerto lo habitaban sólo dos viejos inmigrantes italianos, Luigi y Marietta Valserra, esa entrañable pareja que jamás le pediría cuentas de nada porque ellos venían de otro mundo y nunca juzgaban a nadie, como si a su manera, y por sus propias razones, hubieran repudiado a la ciudad maldita e hipócrita. También ellos se habían refugiado en el huerto, pensándolo bien...

Estaban llegando cuando Natalia le preguntó a Carlitos, sonriente, muy divertida, con todo el cariño del mundo:

—¿Sabes que te estoy llevando al huerto?

—¿Y adónde, si no?

—Estoy pensando en otra cosa, mi amor. ¿Sabes lo que quiere decir «Llevarse a alguien al huerto»? Yo no sé si en el Perú se usó esa expresión, alguna vez, y después se perdió. O si nunca se utilizó. Pero en España sí se emplea y el diccionario de la Real Academia dice, más o menos, que llevarse a alguien al huerto quiere decir engañar a alguien. Y, actualmente, mucha gente usa la expresión sólo con el sentido de llevarse a alguien a la cama con engaños... ¿Qué te parece?

—Me parece que estoy en tus manos y que no me han cerrado un ojo sino los dos. Pero digamos que por ahora no importa.

—¿Conque ésas tenemos, no?

—Dame huerto, Natalia. Todo el huerto que puedas.

—Y para después, ¿qué propones?

—Huerto para siempre, estoy seguro. Porque, además, en mi casa no creo que quieran recibirnos.

—El huerto, Carlitos. «Hemos llegado a nuestro destino», como dicen a veces.

—Suena muy bonito, Natalia. Y a mí me suena muy real, también.

—Dios te oiga y Lima nos olvide...

Natalia tocó la bocina e inmediatamente aparecieron Luigi y Marietta para abrir la gran reja de par en par y dar paso al automóvil. Y ahí venía ahora la pareja por el camino de grava bordeado de inmensos árboles que llevaba hasta una antigua y preciosa casona campestre, cubierta de buganvillas. Luigi era alto y enjuto, y Marietta algo gorda y más bien baja. Los dos tenían el pelo blanco, la piel muy colorada y arrugada y sabe Dios qué edad. ¿Cuántos años podían tener? Pues muchos, porque habían llegado al Perú con el siglo y siendo mayores de edad. Sin embargo, tanto él como ella pertenecían a ese tipo de gente en que el paso de los años se detiene un día para siempre. Y, como afirmaba siempre Luigi, tanto a él como a su Marietta le quedaban aún muchísimas jornadas de trabajo en el cuerpo, muchísimas, sí. Y verdad que se les veía fortachones y enteritos.

A Carlitos, en cambio, parecían quedarle apenas minutos de vida, y es que mientras el matrimonio italiano cerraba la reja y se acercaba a saludarlos, él permanecía totalmente ido en su asiento del automóvil. Ido, con la boca abierta, la respiración entrecortada, y la cabeza aplastada contra el respaldar. Y ni cuenta se dio de que Luigi y Marietta le habían dado la bienvenida y él les había respondido con un gesto algo papal, elevando ambos brazos con las palmas de la mano abiertas, como quien va levantando algo poquito a poco, y luego despidiéndolos con un Vayan con Dios, hijos míos.

—Tuvo un accidente —les dijo Natalia a sus italianos, como ella los llamaba. Y ambos sonrieron, como quien ni mira ni pregunta, como una vieja lección aprendida.

—La señora Natalia fue asaltada por cuatro bandoleros,

en la terraza de mi casa —soltó Carlitos, cuando ella menos se lo esperaba—. ¿O no, mi amor?

—Bueno —dijo Natalia, mirando a Luigi y a Marietta, y sonriendo—. Bueno...

—Entiendo que tendré que buscar una explicación mejor. Y créanme que lo intentaré, señoras y señores, pero otro día, porque ahora vengo de la guerra y estoy gravemente herido.

Los italianos sonrieron, por todo comentario, y Natalia decidió avanzar hasta la antigua casona, maravillosa allá al fondo, y esperar que la gente de servicio llegara de Chorrillos. No podían tardar. Pero Carlitos estaba tan raro, tan ausente y despistado, que mejor se tumbaba nuevamente a descansar. Ella sabía lo distraído que podía llegar a ser, y para pruebas lo de anoche, pero también era verdad que no hacía ni veinticuatro horas que lo conocía.

—Bajamos, amor.

—No sé si lograré acostumbrarme jamás —le dijo, de pronto, Carlitos, que, en el fondo, lo único que tenía es que se había quedado turulato con tanta naturaleza en medio de un desierto, casi.

—Dime la verdad, Carlitos. ¿Te pasa algo? ¿Hay algo que no te gusta? ¿Algo que te incomoda o te desagrada?

—Tu casota parece un cortijo andaluz en pleno corazón del África, Natalia, y afuera el Sahara, o algo así. Y yo, la verdad, no estaba preparado para tanto exotismo. ¿No será todo esto efecto de los golpes?

—Es mi huerto y a mí me encanta, amor. Poco a poco te irás acostumbrando, vas a ver.

—Creo que, a partir de ahora, tendré que nacer de nuevo todos los días. Tal vez así...

Carlitos no terminó su frase y Natalia les hizo una seña a Luigi y Marietta, para que se acercaran a ayudarla.

—En cierto sentido —les dijo, por toda explicación—,

el señor Carlos Alegre sí llega herido de la guerra. Herido grave.

El matrimonio italiano actuó con la discreción y eficacia de siempre, y Carlitos se durmió profundamente no bien lo instalaron en la cama más sensacional que había visto en su vida. Y por supuesto que soñó, y que en su sueño tuvo muchísimo que ver todo lo ocurrido la noche anterior, aunque en una versión realmente placentera, bastante rosa, y completamente desprovista de incidentes desagradables. En realidad, él era al mismo tiempo espectador y actor de una película llena de buenos sentimientos y dirigida nada menos que por Dios, con lo cual la terraza y el jardín de su casa adquirieron dimensiones celestiales y los asistentes al gran baile que les ofrecía su padre a Natalia de Larrea y a él se llamaban todos Víctor y Miguel y los mil mayordomos se llamaban siempre Dante Salieri, aunque eran en su mayoría peruanos y senadores ilustres o prestigiosos médicos, y sólo muy rara vez se oía algún *che*, siempre bastante destemplado, eso sí. Del cielo llegaba la iluminación aquella maravillosa y la Orquesta Siboney interpretaba una y mil veces la canción del mismo nombre que Ludwig Van Beethoven había compuesto especialmente para la ocasión.

La felicidad reinaba en aquel gran baile en el que los caballeros llevaban todos esmoquin y las señoras traje largo. La única excepción era la pareja homenajeada, ya que él llevaba la misma camisa azul y el mismo pantalón caqui que en la realidad y Natalia el mismo traje color salmón y muy alegremente florido cuya finísima tela no sólo resaltaba cada maravilloso instante de su cuerpo sino que, además, lo exaltaba hasta dejarlo convertido en visión divina.

—Gracias, querido Dios —le dijo Carlitos al Todopoderoso Director de tal maravilla, y, con esa fabulosa capacidad de ir hacia adelante y atrás que tienen los sueños, añadió—: No he recogido mi rosario, que se me cayó al suelo delante de ti y de tu Madre, la Virgen, como bien sabrás, por bajar en busca de un amor que me llamaba a gritos; y ahora adoro a Natalia, que es de carne y hueso y además tiene unos huesos que también parecen de carne; y, a más tardar, mañana, estaré durmiendo, también de carne y hueso, a su lado y en su huerto de Surco. Pero bueno, cómo explicarte, cómo decirte que ella es divorciada y yo todo sexo; sí, yo, Dios, que fui todo oración... ¿Es pecado lo mío? ¿Me castigarás? ¿Arderé en el infierno, Dios mío y Señor Todopoderoso? ¿Me expulsarás del paraíso? Por favor, no, Señor mío. No le pongas FIN a esta película tan maravillosa que, se ve a la legua, sólo tú podías dirigir.

—No temas, Carlos Alegre. Dios no castiga nunca a los amantes. Y mucho menos en tu caso, aunque la verdad es que esa diferencia de dieciséis años que hay entre Natalia y tú no Me parece nada conveniente. Pero, bueno, Natalia ha sufrido tanto y tú Me has sido siempre tan fiel, que, al menos por un tiempo, voy a hacerMe el de la vista gorda. Y mira tú hasta qué punto. La película se va a acabar, pero sólo para que despiertes en otra de carne y hueso. Porque Natalia ha aprovechado que tú dormías para pegarse un duchazo, ponerse una bata de seda realmente divina, para usar un adjetivo bastante terrenal, y en este instante la tienes saliendo del baño y, con el pelo aún mojado, está...

—No reconozco del todo —dijo Carlitos, abriendo inmensos los ojos, y mirando a Natalia con la bata que Dios le había puesto...

—Carlitos... ¿Te sientes bien?

—Perfecto y feliz —le dijo él, reaccionando e incorporándose con alguna dificultad, para apoyarse en el respaldar de aquella hermosa cama—. Tengo autorización divina para todo.

—¿Cómo?

—Un sueño de esos que te hace pensar muchísimo y

entenderlo todo, en un instante. Ven, ven, acércate. Y quítate esa bata.

—¿No te parece un poco rápido?

—Necesito ver, Natalia... Cómo decirte... Dios me ha mandado ver y tocar.

—¿Qué?

—He soñado. Y he comprendido miles de cosas. Pero tú tienes que estar completamente desnuda para que yo te lo pueda explicar.

Natalia se quitó la bata lentamente, hasta quedar por completo desnuda. Un cuerpazo. Un pelo melena castaño oscuro ondulado y ahora húmedo, además, y hasta rizado, una piel sumamente blanca, y qué hombros, qué senos, qué piernazas perfectamente torneadas, qué caderamen, qué tafanario divino, para emplear una palabra que Dios acababa de usar, y los ojos inmensos, incitantes y tiernos, a la vez, los labios carnosos y húmedos, puro deseo, como también la mirada.. Demasiada hembra, siempre, y Carlitos ahí, como teniendo que opinar, o al menos que piropear, desde su gravedad y su aparente enclenquitud.

—Me pasa lo mismo que con tu huerto y tu casa, mi amor. No sé si lograré acostumbrarme jamás —dijo Carlitos, turulato y erecto, mientras Natalia se tumbaba a su lado en cámara lenta, con toda la suavidad y ternura, pero también con toda la sensualidad y la carne de quien ha esperado demasiado y sin embargo sabe que nada odiaría tanto como causar dolor, cualquier tipo de dolor. Y es que sabía perfectamente que para ese muchacho beato de diecisiete años, esto era inmenso y podía ser terrible.

—Siempre estaré aquí a tu lado y esperando —le dijo, mirándolo apenas y besándole muy suavemente la frente.

—Mañana es domingo, día de guardar.

—Te llevaré a misa, mi amor.

—De eso se trata precisamente, Natalia. Porque yo creo que, precisamente mañana, Dios nos ha exonerado...

—¿Qué dices?

—Quedamos en que iba a contarte el sueño que tuve mientras te duchabas. Hay en él un par de opiniones de Dios que merecen mucha atención...

—¡Carlitos! ¡Qué haces, Carlitos, ayyyy!

—Tengo que volver a meterme en mi sueño, para poder...

—¡Pero Carlitos, aayyyy, mi amor...

—Dios me habló de una película de carne y hueso, Natalia...

—Te amo, Carlitos, y esto parece un sueño, sí, sí...

—¡Divino, Dios mío...!

Amanecer aquel primer domingo de su amor fue toda una novedad para Carlitos, que abrió y cerró varias veces el ojo que le funcionaba, o sea, el izquierdo, antes de convencerse de que aquel dormitorio de virrey en vacaciones formaba parte de este mundo, aunque, por precaución, también fue depositando, poquito a poco, y con intensidad de menos a más, gran cantidad de besitos bastante hinchados y dolorosos y caricias mil sobre diversas zonas aún dormidas del cuerpo de su amada. Acurrucada y desnuda, a su lado, o, más bien, calatita y acurrucadota, Natalia se dejaba disfrutar, feliz, y cada vez más entregada a aquella infinidad de mimos tan torpes como deliciosos, tan primerizos, casi siempre, mas también, de golpe, y seguro que de pura chiripa, técnica y demoledoramente riquísimos, porque acertaban de lleno en un punto de alto contenido erógeno. Pero, pobrecito, mi amor, debe de dolerle mucho tanto esfuerzo y qué hora será.

—Nuestro primer amanecer juntos aquí, y nuestro primer domingo —dijo Natalia, desperezándose riquísimo, abriendo por fin los ojos y sonriéndole gratitud y amor. Pero el rostro muy hinchado de Carlitos la hizo voltear rápidamente en busca de un reloj. Iban a ser las dos de la tarde, qué horror, y el pobre no había tomado sus calmantes ni sus sulfas ni nada. Natalia se incorporó y corrió al baño en busca de un vaso de agua. Continuaba desnuda, y Carlitos la vio tan deliciosamente cuerpona, así, por detrás, que, una vez más, abrió y cerró varias veces el ojo izquierdo. En fin, por si acaso.

—Debe de dolerte mucho —le dijo ella, ya de regreso del baño.

Carlitos le respondió con un solo de guiños de ojo izquierdo.

—¿No me digas ahora que ese ojo también te está doliendo, mi amor?

—No, no... Es que venías por delante, esta vez y... Nada. No te preocupes... Pero...

—¿Pero qué...?

—Es domingo, ¿no, Natalia?

—¿Qué otro día puede ser, mi amor?

—Claro... claro... Sólo necesitaba tu confirmación.

—Bueno... Pero tú cuéntame ahora cómo te sientes, que es lo más importante de todo.

—Por fuera, ya lo ves. Debo de seguir tan hinchado como ayer, al salir de la clínica, pero eso es natural y sólo cuestión de paciencia y de esperar que me quiten los puntos. Además, no me preocupa nada, créeme, amor. Y créeme también que lo único realmente importante es que hayamos despertado juntos y que sea verdad. Que tú seas verdad y que esta casa y este huerto sean reales. ¿Entiendes ahora por qué te he preguntado si hoy era domingo?

—Entiendo, Carlitos, entiendo...

—Fue viernes de verdad y me pegaron, y fue sábado y

desperté en una clínica, roto, cosido, parchado y contigo. Y fue verdad. Y en la medida en que también hoy sea domingo...

—Te juro por mi amor que es cien por cien domingo, Carlitos.

—Es que el sueño ese con Dios y el cielo, y tú misma, desnuda, todavía tienden a confundirme, Natalia. Tal vez dentro de unos días, o incluso unas semanas.

—Días, semanas, meses, años... De eso, precisamente, tenemos que hablar, mi amor. Qué mejor prueba quieres de que todo es verdad. Tenemos que hablar del futuro.

—Por ahora sólo tengo hambre, Natalia.

—Luigi y Marietta nos deben de tener algo casi listo, en la cocina. Basta con que les dé la voz.

—Deben de pensar que nos hemos muerto.

—También Julia y Cristóbal.

—¿Y ésos quiénes son?

—La empleada y el mayordomo de mi casa de Chorrillos. ¿Te acuerdas de que los mandé llamar?

—Vagamente. Muy vagamente.

—¿Almorzamos aquí o nos vestimos un poco y vamos al comedor?

Carlitos abrió y cerró varias veces el ojo izquierdo y optó por el comedor. Era un poco arriesgado salir de ese formidable dormitorio, entre campestre y palacio del Marqués de la Conquista, pero también era cierto que, en la medida en que existieran una sala y un comedor, por ejemplo, y Natalia sentada y comiendo, por ejemplo, y él saciando el hambre que tenía, por ejemplo, la teoría aquella de que hoy era domingo y verdad... En fin, que Carlitos optó por el comedor, por si acaso. Y lo cierto es que tuvo mucha, muchísima razón, porque antes Natalia lo invitó a meterse en la ducha con ella, para intercambiar jabonaditas y esas cosas que ella hacía como Dios manda, y que a él tanto lo afectaban, aunque en el mejor de los sentidos, porque hoy era domingo y sin misa, o sea, tal como el Todopoderoso le explicó divinamente bien, justo cuando Carlitos regresó nuevamente de su sueño celestial, para pasar a otro bien de carne y hueso, aunque esta vez se trataba de una ducha modelo bacanal y de un jabón que olía a París, más una real delicia de curvas que jabonar, mientras a él lo enjuagaban con una esponjita de lo más sexual, agua bien templadita, tan cuidosa como experta y aplicadamente, y cual reposo de guerrero herido. Carlitos confesó que, para él, todo era y sería siempre por primera vez, contigo, cuerpona, y Natalia le replicó que para ella también era la primera vez, porque ahora sí que era con amor, y que, en todo caso, en su vida había visto a nadie progresar a pasos tan agigantados como a tiiiiii...

Al comedor llegaron bien bañados, casi a las cinco de la tarde, luciendo dos maravillosas batas de seda, ambas de mujer, y realmente muertos de hambre, ahora sí, aunque la expresión de sus rostros continuaba exhalando tal ardor de estío que sonrojó de pies a cabeza a Luigi, Marietta, Julia y Cristóbal, que llevaban horas esperándolos.

—¿Vino tinto, mi amor? —le preguntó Natalia a Carlitos, con voz de almohada sentimental, para que los cuatro sonrojados terminaran de enterarse, de una vez por todas, de la situación y sus circunstancias.

A Carlitos le guiñó bastante el ojo izquierdo mientras respondía que sí, y que el mismo tinto de siempre, Natalia de mi corazón, aunque a todos los aquí presentes les puedo jurar que ésta es la primera vez en mi vida que tomo vino. Pero bueno, como es domingo y verdad, ¿no?, mi nombre es Carlos Alegre di Lucca, y realmente encantado, para serles sincero.

—El gusto es todo nuestro, señor...

—¿Ah, sí? Pues entonces escríbanme cada uno de ustedes, por separado, y en un papelito secreto, qué día es hoy, por favor.

Natalia tuvo que intervenir:

—Y ahora una melodía para día domingo, Luigi. Y la pasta de los domingos, Marietta. Y usted, el mismo gran vino de todos los domingos, Cristóbal, mientras Julia arregla el dormitorio y el baño, que están hechos un desastre, porque *este* domingo, por primera vez...

Los cuatro empleados reaccionaron, por fin, y minutos después llegaban la pasta y el vino y, de sabe Dios dónde, llegaba *Siboney*, en la versión de Stanley Black. Probablemente de la sala-hacienda que acababan de atravesar Natalia y Carlitos, como quien atraviesa Andalucía toda, pero por sus salones y patios, por sus fuentes cantarinas y uno que otro sensacional museo del mueble español.

—¿Tenías el disco? —preguntó Carlitos.

—No, lo mandé comprar ayer, mientras dormías. Pero, en cambio, me olvidé de lo más importante. Me olvidé de la bata, mi amor, perdóname.

—¡O sea, que hoy no es *este* domingo!

—Por supuesto que es este domingo, amor mío. No te asustes, por favor.

—¡Y entonces!

—¿No te das cuenta de que lo que llevas puesto es una bata de mujer?

—¡Qué mujer ni qué ocho cuartos, Natalia! ¡Ya yo sabía que estaba soñando, maldita sea! ¡Si ésta fuera una bata de mujer me quedaría igual que a ti!

—Carlitos, mi amor. Por favor, abre los ojos. Y reflexiona un poco. Un poquito siquiera. Dos batas pueden ser exactas, pero jamás dos personas. Y mucho menos de distinto sexo.

—¡Diablos! ¡Tienes toda la razón! Se ve que me dieron

duro en la cabeza, el viernes. Y además mi abuela Isabel lo dice siempre: «¿Cuándo llegará el día en que Carlitos se fije en las cosas más elementales?» Perdóname, por favor, Natalia.

—Salud.

—Estos espaguetis están realmente deliciosos, oye.

—Perdona, pero se brinda con el vino, Carlitos.

—Verdad. Salud por primera vez en mi vida. Salud por ti, por mí, y por nosotros, siempre.

—También yo soy una volada, caray. He olvidado por completo que tu camisa quedó destrozada y tu pantalón completamente manchado de sangre.

—Dije salud, por primera vez en mi vida.

—Salud, mi amor. Pero no puedo dejar de pensar en tu ropa. Algo para mañana, aunque sea. ¿No crees que se podría llamar a tu casa sin que se enteran tus padres?

—Excelente idea. Porque en mi casa siempre contesta el teléfono un mayordomo, Natalia. Tú envía a Luigi o a Cristóbal, y yo encargo que le entreguen una muda de ropa limpia. Y, de paso, les doy las gracias a Víctor y a Miguel por haberme ayudado a enfrentarme con esos cuatro malhechores. Y les cuento que estoy vivito y coleando, comiendo pasta y brindando contigo. Y por primera vez en mi vida.

—Y mañana, cuando vayas a estudiar, yo te compro más ropa. ¿De acuerdo?

—Bueno, pero le pasas la cuenta a mi papá.

—¡Cómo! ¿Qué has dicho, Carlitos...?

—Caray, qué bruto. Perdóname. Ya ves, se me escapan las cosas más elementales. Perdóname, por favor. Nunca más...

—Salud, mi tan querido Carlitos Alegre di Lucca.

—Salud, Natalia de Larrea y... ¿Y qué? Me parece que todavía no me has dicho tu apellido materno.

—Y Olavegoya.

—Caray, parece que uno estuviera hablando con la historia de este país.

—Olvidemos esa historia y concentrémonos en la nuestra, Carlitos. ¿Tú qué piensas hacer?

—Facilísimo. Quererte toda la vida y ser un gran dermatólogo, como mi padre y mis abuelos... Y bueno, claro, seguir siendo un buen cristiano.

—¿Tan fácil lo ves?

—Pues sí. Y además tenemos permiso de Dios, no lo olvides.

—Eres tú el que olvida que aquello fue un sueño. Un lindo sueño, Carlitos, pero nada más.

—No entiendes ni jota, Natalia.

—No, la verdad es que no.

—Pues te lo pondré de otra manera. Cuando se trata de un gran amor, Dios es absolutamente comprensivo.

—Perdona mi falta de respeto, pero creo que éste es el momento de recordar un dicho muy aplicable a nuestra limeña realidad y a nuestro entorno: «Y vinieron los sarracenos, y los molieron a palos. Porque Dios ayuda a los malos, cuando son más que los buenos.»

—No sabía que eras tan pesimista, Natalia.

—¿Pesimista, yo? No me digas que has olvidado el escándalo que se armó el viernes? ¿Olvidaste ya que casi te matan?

—Eran cuatro contra uno, y aun así...

—Pues ahora será todo Lima contra nosotros dos. Un muchacho de diecisiete años y una divorciada de treinta y tres... ¿También te parece que aun así?

—Claro que sí. ¿O no me quieres?

—Te quiero mucho más de lo que tú crees. Te amo, Carlitos.

—¿Y tienes miedo, aun así?

—Ven aquí, loquito maravilloso. Bebe de mi copa y bésame.

—Pero antes júrame que ésta es la última vez que dudas de que hoy es domingo.

—Le haces honor a tu apellido paterno, Carlos Alegre. Pero bebe de mi copa y bésame.

—Allá voy, Natalia, pero tú ándale diciendo a Luigi que traiga el postre y más vino. Sigo muerto de hambre, y además nos quedan miles de cosas por las cuales brindar.

Casi no durmieron, la noche de aquel primer domingo de su amor, y para Carlitos fue realmente horroroso arrancarse de los brazos de aquella mujer hermosa y anhelante que, desde el amanecer, le fue haciendo notar que más real no podía haber sido cada instante de lo vivido, y que por ello precisamente ahora navegaban hacia una nueva orilla llamada lunes, complicada, temible, abrupta.

—Pesimista —le decía él.

—Créeme que algo entiendo de todo eso, mi amor.

—Y tú cree en lo que dice mi abuela Isabel, que así se vive mucho mejor.

—Esta ciudad, Carlitos.

—Se diría que naciste en la calle de la Amargura, donde viven los hermanos Céspedes, je...

—¿Sabes que he decidido hablar con tu mamá? ¿Y con tu padre, también, si es necesario?

—Me parece muy bien, Natalia. Mira que yo también había pensado contarles todita la verdad a los mellizos. Me verán con esta cara, y por supuesto que querrán saber qué me pasó.

—Amanece lunes, Carlitos. Durmamos un poquito, siquiera, para que no llegues tan cansado donde tus amigos. Anoche le dije a Cristóbal que llamara al chofer para que te lleve en el otro automóvil. Te puede llevar todos los días, si quieres.

—¿Viviré aquí, mi amor?

—Ya lo creo, siempre que tú lo desees.

—¿Y tú?

—¿Adónde, si no? Ésta es nuestra fortaleza. La tuya y la mía. Y para siempre, si tú lo deseas.

—Sí, este huerto maravilloso y esta casona cinematográfica serán nuestra fortaleza. Nuestra perfecta fortaleza árabe: muralla de piedra por fuera y jardín por dentro.

—Te amo, te admiro, y me gustas tanto...

—Yo creo que está amaneciendo domingo otra vez, Natalia de mi corazón...

—A ver, prueba guiñar el ojo izquierdo, Carlitos...

—No creo que salga bien, por ahora. Las cortinas están cerradas y aún no logro ver claramente... Por más que guiño y guiño...

—¿No? ¿No ves nada?

—Absolutamente nada. Pero, en cambio, a ti basta con tocarte un poquito por aquí, otro por allá, otro más por acullá, para que veas qué bien hablo, y eres puritito domingo, cuerpona...

—Lo tuyo sí que se llama pasos agigantados, miiiiii...

Pero fue aquel primer lunes de su amor el que realmente se les agigantó a ambos. ¡Y cómo! Primero fue Natalia, porque jamás creyó que la madre de Carlitos, su gran amiga Antonella, iba a cerrar filas con su esposo y con todo Lima. Increíble, cómo podía cambiar una persona en esta ciudad. Natalia la había conocido cuando llegó de Italia, recién casada con Roberto Alegre, y desde entonces ambas mujeres habían congeniado mucho. Además, Antonella había sido su gran confidente, durante su infeliz matrimonio, y hasta ese día, y prácticamente había sido la única persona que siempre quiso escucharla, que siempre la entendió, y que desde el primer momento estuvo cien por ciento de su parte. A aquella Antonella había acudido ese lunes Natalia, confiada en su comprensión, en su inteligencia y generosidad proverbiales, pero de golpe se encontró con una mujer cerrada y hostil, llena de prejuicios, y que tomaba en cuenta únicamente lo que la sociedad podía decir o pensar. De su amiga italiana, abierta e inteligente, sensible, cosmopolita y culta, aquel lunes por la mañana no quedaba absolutamente nada. Además, Antonella ni siquiera le habló en singular, y en ningún momento le dijo que ella pensaba o creía o sentía algo. Habló siempre de su marido y de ella, en plural, y con un tremendo plural la puso prácticamente de patitas en la calle.

—Roberto y yo hemos decidido que nuestra amistad ha terminado. *Terminado*, Natalia. Que quede bien claro.

Y a Miguel, el segundo mayordomo, le indicó que acompañara a la señora hasta la calle. Hasta la *mismita* calle, por favor, Miguel.

Natalia de Larrea abandonó la casa de la familia Alegre con lágrimas en los ojos, profundamente triste, decepcionada, y herida, y con la convicción plena de que su gran amiga Antonella, su ex amiga y hasta su gran enemiga, a partir de entonces, había cambiado del todo en algún momento del sábado o el domingo. Sin duda su esposo y sus amigos la sometieron a un tremendo cargamontón y le exigieron un cambio radical de actitud. Y ella cedió ante tanta rabia y cerrazón y, lo que resultaba mucho peor, ella comprendió, no sólo tuvo que ceder. No, Antonella había comprendido, finalmente, y a partir de ahora era una limeña más, un satisfecho y convencido miembro de aquel mundillo que Natalia tanto despreciaba y, en el fondo, temía, aquel mundillo cerrado y gris que se creía eterno y se sentía dueño de la verdad y también del gendarme.

También el pobre Carlitos salió escaldadísimo de su conversación con los mellizos Céspedes. Ni Raúl ni Arturo tuvieron una sola palabra de afecto o comprensión para él y su detalladísima crónica, contada entre los sollozos que le producía una felicidad que, de rato en rato, irrumpía a borbotones, y entre las carcajadas que le producía recordar al doctor Salieri volando por los aires o al ilustre senador Fortunato Quiroga gritándoles a los cuatro auquénidos que lo estaban despellejando vivo, que él era el primer contribuyente de la república, indios de mierda, carajo, mientras Víctor, a su vez, le replicaba que él era el pramer mayordomo *di* don Ruberto Aligre y la señora di Locca, madre que es del joven Carlitos, nuestro amego, que desde niño ha sabido ser.

Pobre Carlitos, su historia la terminó con dos buenas quemaduras en los brazos, y, recién cuando regresó al huerto, esa noche, cayó en la cuenta, al cabo del interminable interrogatorio al que lo acababa de someter una desmoralizadísima Natalia, que sí, que en efecto, alguien había fumado en sus brazos horas antes. Y que le ardía. Y que le ardía muchísimo, caray, esto es atroz, mi amor, con lo cual Natalia tuvo que llevarlo nuevamente a la clínica Angloamericana para gran satisfacción del médico, porque era el mismo joven doctor que había estado de guardia la noche del viernes, y porque el escándalo ya había llegado a oídos del todo Lima, y él era uno de los primeros en haber visto y atendido a los pecadores, y, eso sí que sí, yo soy el primero que los vio meterse mano de lo lindo, porque besarse apenas podían con ese labio del tal Carlitos, todito partido, y a ella la vi escandalosamente desnuda, sí, señores, porque lo que es la Nataliota esa, mucho de Larrea y mucho de Olavegoya y que este virrey y que el otro presidente, también, más todos los billetes del mundo, además, estoy de acuerdo, señores, pero hay que oírla cuando te suplica con esa voz tan suya, genial, sensual, así de medio la'o, y sexi hasta decir basta, un favorcito, doctor, para su Carlitos, hay que verla ondularse y hasta retorcerse de amor, señores, porque entre una cosa y otra como si se fuera quitando prenda tras prenda y hasta con música de ambiente, y uno ahí paradito, sudando y cediendo en todo, cómo no, doña Natalia, claro que sí, doña Natalia, no faltaba más, y con muchísimo gusto, y además es mi obligación, doña Natalia, porque el juramento de Hipócrates, doña Natalia, usted me desespera, me mata, me enloquece... Señores: yo les juro por lo más sagrado que se le pone a uno la verga al palo con sólo verla y escucharla, por lo que más quieran, yo se lo juro, señores.

Pero a otros que también habría valido la pena ver y escuchar, aquel lunes por la noche, es a los mellizos Céspedes Salinas, aunque en este caso son ellos los que se tuercen y se retuercen, y también los que sudan, y la gota gorda, además, qué asco, y los que se desnudan, o más bien se calatean, pero social y calculadoramente, ya lo sabemos, de qué otra manera podría ser, tratándose de ellos. Y por supuesto que no hay música de ambiente alguna, en este caso, sino una suerte de sonido y de furia, y todo debido a que un shakespereano Carlitos Alegre acaba de demostrarles, con hechos y con palabras, que la vida sí que es un cuento contado por un idiota. ¿O son ellos, Arturo y Raúl, los verdaderos idiotas?

Y ahora como que se había levantado el telón en el segundo piso de la casona más triste y desconcertada de la calle de la Amargura, calle del diablo, valgan verdades, y la vida era, además de todo lo contado por el muy cretino de Carlitos, una verdadera mierda. En fin, sobre todas estas cosas, aunque situadas en un contexto limeño bien determinado, conversan los hermanos Raúl y Arturo Céspedes Salinas, que, como bien sabemos, además de ser mellizos y exactos son almas gemelas, por más que uno se sienta muy a la altura de su apodo, que es El Duque, y crea poseer de nacimiento excelentes modales en la mesa y finísimas maneras en los salones, y por más que el otro, que no tiene ni apodo siquiera, sienta que el hombre cuanto más parecido al oso más hermoso, y presuma de ello ante el espejo y en

57

todas las demás ocasiones en que la presencia de una señora o una chica bien se lo exigen. El Duque pretende ser el mellizo educado y el otro el mellizo de oro, pero hasta su propia madre dice que sus hijos son desconcertantemente parecidos y, además, almas gemelas. De tal manera que, cuando habla uno, bien podría ser el otro, y viceversa, y qué importa cuál de los dos dijo tal cosa y cuál tal otra, ya que siempre lo que afirma o niega Raúl es el eco de lo afimado o negado por Arturo.

Con lo cual, ahora, por ejemplo, se les oye decir que Carlitos Alegre es un verdadero cretino, aunque hay que reconocer que tiene huevos, lo que realmente tiene es que está loco de remate, creo yo, ¿pero tú no crees que todavía puede sernos útil?, bueno, a lo mejor, sí, porque esa Natalia, por más puta o loca que sea, no deja de ser toda una De Larrea y Olavegoya, e hija única, además, y además ya heredó a su padre y a su madre, pues sí, claro, y ya qué le puede faltar en esta vida, si posee alta cuna y fortuna, ¿qué?, ¿cómo?, que yo pienso que no deberíamos decir alta cuna y fortuna, ¿te suena mal?, yo creo que sí, pues entonces tenemos que irlo probando por ahí y a ver qué pasa, buena idea, sí, aunque soltémosla con mucho cuidado, porque yo el otro día le dije al cretino de Carlitos que el tenista Alejandro Olmedo había alcanzado la cumbre del estrellato, al ganar la Copa Davis, y el muy huevón repitió Olmedo ha alcanzado la cumbre del estrellato y soltó la carcajada, casi lo mato, carajo, pero en cambio sólo le pregunté de qué se reía y él por toda respuesta dijo Me río de lo de la cumbre del estrellato, y alcanzada, además, porque estoy viendo a mi abuela Isabel reírse de todos los que han alcanzado todo tipo de cumbres, o, mejor dicho, de todos los que afirman que alguien ha escalado tanto estrellato...

—¿Y qué más, Carlitos?

—Pues seguro que mi abuela Isabel se ríe sólo porque

su abuela, que también se llamaba Isabel, se rió a carcajadas hace siglos porque ni sé quién dijo que alguien había escalado hasta alguna cumbre sublime, ¿me entiendes? Como que eso de tanta cumbre y tanto estrellato resulta medio huachafo, o algo por el estilo, digamos que demasiado sublime y por lo tanto medio ridículo, también, ¿me entiendes, Raul?

—Cuántas veces tengo que decirte que yo soy Arturo, carajo...

—Perdón, je, pero ya te he contado que a mí siempre se me escapan las cosas más elementales, según mi abuela Isabel, la de la cumbre del estrellato y Alejandro Olmedo...

Y el telón se alzó aún más en aquel segundo piso de casona triste y calle de la Amargura, cuando esa noche, no mucho después de que el idiota de Carlitos les contara la historia de su vida y se largara con ambos antebrazos quemados, y como si nada, trayéndose abajo sus más profundas convicciones, demoliéndoles hasta la última certidumbre, mas no su casa, carajo, este imbécil pudo haber aprovechado, de una vez por todas, los mellizos Arturo y Raúl oyeron los mismos pasos cansados de siempre subiendo la misma escalera crujiente y lastimosa de siempre y pensaron en el pan nuestro de cada día y hágase, Señor, tu voluntad, y muchas cosas así de duras y de tristes, porque su madre continuaba subiendo, silenciosa, resignada, igualito que ayer y que cuando éramos niños, y continúa subiendo, desde que tenemos memoria, una tras otra, todas las noches, de la misma manera en que, todas las mañanas, baja y baja y continuará bajando y subiendo y llegando igualito porque hace un millón de años que murió nuestro padre, maldita sea, y...

—Buenas noches, hijos.

Una pequeña habitación, un saloncito, muebles viejos y libros de medicina. Resultado triste. La señora María Salinas, viuda de Céspedes, los mira desde el umbral de la puerta. El traje es negro y el pelo blanco. Se la ve cansada, pero ella es una mujer resignada, y siempre sonríe y se persigna no bien abre la puerta de su casa y ve tantos escalones. Raúl y Arturo dudan en incorporarse, pero finalmente los dos pegan un gran salto y besan y abrazan a doña María. Y la estrujan, como desmostración clara de un amor muy grande. Y tanto Raúl como Arturo alzan los brazos, como quien va a soltar una gran verdad, toda una revelación, pero se han pasado un poco y ahora se miran como si cada uno esperara que el otro recordara lo que había que decir. Y finalmente no dicen nada, aunque nuevamente besan, abrazan, estrujan a su madre. Desconcertada, la viuda Céspedes opta por una sonrisa y piensa que ya va a ser hora de comer.

—Bueno, todavía tengo que poner la mesa y calentar la comida —les dice a sus hijos, y sale en dirección a la cocina.

Un corredor y una bombilla de cuarenta vatios que van desde el saloncito hasta el comedor y la cocina. El piso del corredor cruje desde que murió su esposo y la bombilla cuelga de un cable que fue tan blanco como el techo, entonces. La viuda Céspedes entra a la cocina. Enciende otra bombilla pero ya no piensa en vatios ni crujen las losetas del piso. En cambio sí oye la voz de sus hijos, pero sin prestarles mucha atención, como muy de lejos, y busca más bien en los muebles lo que necesita.

—Tú reinarás, madre querida. Tu serás la reina de la ciudad de Lima. Nosotros nos encargaremos de eso.

El eco de estas voces se oye muchas veces en la calle de la Amargura y en toda la ciudad de Lima, mientras el telón va cayendo, pero muy lentamente, y entre el público aplaude el eterno aguafies-

tas de Carlitos Alegre. Carlitos se dirige a una mujer bellísima. Y sigue aplaudiendo aunque con la cabeza va diciendo que no y que la obra en sí le ha gustado pero que eso de convertir a la viuda Céspedes en tenista campeón de la Copa Davis le parece demasiado. Como que a una pobre viuda no se le puede llevar a la cumbre del martirologio y cosas por el estilo. Natalia de Larrea titubea, duda, pero luego ríe y se emociona no bien entiende lo que, en el fondo, le ha querido decir Carlitos, con tan sólo unos gestos negativos de la cabeza. Y Natalia de Larrea besa a Carlitos, justo cuando el telón termina de caer, porque de vez en cuando sí que se fija en cosas elementales y la abuela Isabel se equivoca.

Muy vanguardistamente, sin embargo, el telón vuelve a levantarse y los mellizos lanzan piedras contra Carlitos, desde un saloncito con tres bombillas de sesenta vatios y una lámpara modelo Carlos Gardel. Sin enterarse de nada, la viuda Céspedes avanza calladita, la pobre, por el corredor de una sola bombilla.

—¡El colmo! —exclama, desde la platea, Carlitos Alegre—. ¡Un corredor de una sola bombilla! ¡La cumbre! ¡Lo que se dice la cumbre!

Va recogiendo las mismas piedras que a él le han lanzado desde el escenario y se apresta a arrojarlas, pero no sabe si primero a Raúl y después a Arturo ni, elementalmente, tampoco sabe cuál es cuál, de tal manera que a él le caen más pedradas todavía. Furioso, Carlitos Alegre lanza todas sus piedras juntas.

—¡Porque da lo mismo! ¡Porque cada uno es, además, el otro! ¡Y porque a la señora Céspedes ya sólo le falta un callejón de un solo caño, carajo! ¡Habráse visto cursilonería igual!

—¿De dónde me has sacado semejantes amigos, amor?

—Digamos que ellos me sacaron a mí, Natalia de... No, no te digo ni te diré más, Natalia de mi corazón, porque, perdona, parece cosa de este par de sublimes.

El telón se viene abajo con estrépito y se diría que para siempre, por el estado en que ha quedado.

Pero nunca se sabe con una obra como *Acto seguido*, porque ahora, por ejemplo, se ha vuelto a abrir la puerta de la calle en la casa que alquila y paga puntualmente doña María Salinas, viuda de Céspedes, que ya tiene la comida prácticamente lista, y que sólo estaba esperando que llegara su hija Consuelo para llamarlos a todos a la mesa. Y sí, ahí llega ya Consuelo, ni bonita, ni feíta, ni inteligente ni no. Consuelo cursa el cuarto año de secundaria en el colegio Rosa de América, con resultados bastante discretos, aunque año tras año gana el Premio al Esfuerzo y/o el Premio a la Constancia, que matan ambos de vergüenza a sus hermanos Arturo y Raúl.

Aunque la verdad, reconoce la señora María, es que su hija es una chica muy constante y esforzada, que no sólo estudia mucho en el colegio sino que, además, se da tiempo para seguir unos cursos de presecretariado bilingüe inglés-castellano, todas las tardes al salir del Rosa de América. Y la pobrecita llega a casa a la hora de la comida, come, me ayuda a lavar los platos, estudia en el mismo saloncito que sus hermanos, sobre todo ahora que ellos lo hacen por las mañanas y tardes y con ese amigo que se han conseguido sabe Dios dónde, el distraidito, sí, que parece muy bueno pero que un día la llama a una doña María, otro señora de la Amargura, y ya alguna vez me ha llamado doña Viuda. Pero educado es y, según mis hijos, pertenece a una familia muy distinguida de médicos dermatólogos y tiene un abuelo italiano muy famoso, de apellido Nobel.

—¿Pero a qué hora estudia la pobre Consuelo, María?

—Ah, sí, claro. Ella estudia después de la comida, no bien termina de ayudarme con los platos y las ollas. Estudia robándole horas al sueño, la pobrecita.

—Muy merecidos se tiene entonces esos premios que se gana. ¿Son, me dijo usted?

—A la Constancia y al Esfuerzo, doña Estela. Y aquí le dejo su chequecito de todos los meses.

—Usted siempre tan puntual, María. Espero también que siempre me cuide mucho mi casa.

—Tengo un chico que me ayuda con la limpieza, doña Estela. Porque los muchachos, ya usted lo sabe, a esta edad piensan en otras cosas y todo lo de la casa les fastidia. Y además ahora que se preparan para el ingreso y estudian tanto...

—Pero le queda Consuelo...

—Ella ya tiene bastante con lo que hace, doña Estela. Y, con su permiso, debo retirarme ya...

Los mellizos Céspedes se morían de vergüenza con los premios que ganaba su hermana Consuelo, ni bonita, ni feíta, ni inteligente ni no, y así todo, una vaina, una real vaina nuestra hermana Consuelo. Y se morían de vergüenza precisamente porque eran unos premios consuelo, creados para chicas como ella, humilditas, sencillitas, calladitas, solitarias y obedientísimas, pero que no destacaban en nada o sólo destacaban porque la vida es una mierda y lo único que les queda a las pobres es esforzarse constantemente, carajo. Claro que Carlitos jamás se fijaría en Consuelo, salvo para tropezarse con ella, como ya lo había hecho en más de una oportunidad cuando se quedaban estudiando más de lo previsto y, por ejemplo, ella llegaba y él se iba, y uno subía la escalera al mismo tiempo que el otro bajaba y él andaba tan distraído que le decía Usted perdone, me equivoqué de escalera, y se daba media vuelta y otra vez para arriba. Increíble, pero había sucedido un par de veces, por lo menos. Y otras veces lo que sucedió fue que ella le dijo Buenas noches, Carlitos —porque Consuelo, ni bonita ni feíta, ni inteligente ni no, una vaina, una real vaina, maldita sea, a lo del secretariado bilingüe continuaba yendo todas las tardes, aunque fuera verano y todos los estudiantes anduvieran de vacaciones—, y él le respondió Buenas noches, Martirio, una vez, otra Remedios, otra Soledad, Concepción, y así. Para matarlo, el tal Carlitos, pensaban los mellizos, pero acto seguido Consuelo terminaba de subir la escalera y pasaba un ratito a saludarlos y era a ella a quien querían matar, entonces.

Acto seguido (continuación)

El despacho presidencial de palacio de gobierno. Elegancia suprema. Muebles franceses. Mucho oro y mucha plata por todas partes. Lámparas maravillosas con las bombillas más poderosas del mundo. Don Fortunato Quiroga de los Heros es el nuevo presidente del Perú y acaba de sentarse por primera vez en su escritorio. ¿Quién es el extraño hombre que lo acompaña?

—Y que se jodan todos los peruanos, pero yo no gobernaré hasta que no me mate usted a la parejita esa, Lucas.

—El trabajo sucio déjemelo siempre a mí, señor presidente.

—¿Y cuánto cree usted que tardará en eliminarlos sin dejar la más mínima huella?

—¿Veinticuatro horas le parece bien a su excelencia?

—Tenga. Mil dólares ahora y mil más cuando me los haya liquidado a los dos. A él, sobre todo, oiga usted. Métale todos los plomazos que pueda, en mi nombre. A ella, en cambio, un sólo balazo, y en el corazón. ¿Entendido?

—Sí, su excelencia.

—Como me la desfigure o algo así, lo mando colgar de los huevos, Lucas. ¿Me oyó usted bien?

—Sí, su excelencia.

—Pues entonces mucho cuidado con lo que hace. Porque yo quiero estar en ese entierro y contemplar por última vez ese rostro maravilloso. Y además quiero darle el único beso de toda mi puta vida. Ese beso que ella jamás permitió que yo le diera.

—Sí, su excelencia.

—Y ahora lárguese, carajo.

Lucas sale disparado y el presidente llora amargamente.

—¡Adiós, Natalia!

Meses antes. El saloncito de las tres bombillas de sesenta vatios y una lámpara modelo Carlos Gardel. Arturo y Raúl Céspedes se miran, miran el techo, vuelven a mirarse, vuelven a mirar el techo... Se los ve preocupados, indecisos.

—Yo creo que nos convendría alejarnos un poco de Carlitos. Es un buen amigo y hay que reconocer que nos ha ayudado en todo, desde que preparamos el ingreso con él...

—Sí, pero...

—Porque si don Fortunato Quiroga es elegido...

—Carajo, justito ahora que íbamos a salir con las hermanas de Carlitos...

—¿Tú crees que es verdad? ¿Que don Fortunato está realmente loco por la tal Natalia?

—Carlitos dice que no cesa de merodear por el huerto y que llama cada cinco minutos, día y noche.

—Pero si lo que necesita es casarse, únicamente para que haya una primera dama, ¿por qué diablos no se busca otra mujer?

—Porque en Lima no ha nacido todavía la mujer que se pueda comparar con Natalia de Larrea y Olavegoya...

—En eso sí que tienes toda la razón. Y Carlitos en el medio. Carajo, me moriré y seguiré sin creerlo.

Apenas se divisa un letrero que dice «El huerto de mi amada». Lucas gatea entre las plantas. Luego se le deja de ver hasta que enciende una discreta linterna e introduce un pequeño alambre en una cerradura. Después apaga la linterna, y se pierde en el interior de la casona. Silencio total. Y de pronto, como cien plomazos. Y otra vez silencio y luego otros cien plomazos. Ladridos de perros, luces que se encienden, gritos de pavor.

Por las calles de Lima, los canillitas vocean los periódicos y agitan uno con el brazo extendido. «¡Todo sobre el crimen más complicado del mundo!» Sólo hay una explicación posible para el crimen más extravagante y complicado del mundo, como lo llaman algunos diarios sensacionalistas. El asesino fue a matar a dos personas y se encontró con que eran tres, una prevenida y dos no. Pero dos de las tres personas intentaron sin duda impedir tan desesperadamente que a don Carlitos Alegre di Lucca lo llenaran de plomazos, mientras éste, a su vez, hacía lo propio con las otras dos personas, que, cosas de la vida y de la muerte, la primera en caer acribillada de pies a cabeza fue doña Natalia de Larrea y Olavegoya, la segunda fue esa tercera persona prevenida que sabe Dios qué hacía ahí sin que nadie lo supiera, y que resultó gravemente herida, mientras que el joven Alegre salió ileso de milagro. Luigi y Marietta Valserra claman al cielo.

—*Porca miseria!*

—*Santa Madonna mía!*

Corte Suprema de Justicia. El inculpado Carlos Roberto Alegre di Lucca, peruano, nacido en Lima, veintidós años de edad, estudiante de medicina en la Escuela de San Fernando, sigue incurriendo en tantas contradicciones que ya se va por el tercer abogado defensor y su suerte parece decidida.

—Pues yo les sigo asegurando, señores magistrados, que

el asesino usaba guantes, que yo sólo recuerdo haberlos usado el día de mi primera comunión, y que por eso la pistola está llena de huellas mías hasta el día de hoy. Porque al asesino se le cayó, yo la recogí, y para evitar que huyera estuve disparando a ciegas hasta que Luigi, el italiano, encendió una lámpara y el tal Lucas dijo Basta, loco de mierda, ya me quemaste, y expiró.

En el hospital Loayza, Consuelo Céspedes Salinas vuelve de pronto en sí, al cabo de casi un año sin conocimiento. Con la autorización del médico jefe, un juez acude a interrogarla. Y su versión coincide cien por ciento con la de Carlitos Alegre di Lucca, que es absuelto y pide la mano de Martirito, perdón, de Consuelito, en prueba de eterna gratitud, pues ella se coló en el huerto sólo para salvarles la vida a Natalia y a él. Los mellizos Raúl y Arturo Céspedes Salinas se abrazan felices.

—¡Consuelo! —exclaman!—. ¡El Premio al Esfuerzo y el Premio a la Constancia! ¡La lotería, carajo! ¡La lotería!

Pero algo ha fallado lamentablemente en el saloncito triste de la calle de la Amargura, donde los mellizos Céspedes llevan siglos mirándose, mirando luego al techo, mirándose otra vez y luego otra vez más al techo. Algo ha fallado, sí. Y es que la puerta de la casa acaba de abrirse por tercera vez, esta noche. Y ha entrado el tío Gumersindo Salinas, apodado sabe Dios por qué «Colofón». Sobre él se guarda un estricto silencio, aunque alguna vergüenza rodea su casi oculta presencia en esta casa y en esta vida. Colofón es la tercera persona que baja esa escalera todas las mañanas y por las noches la sube. Diariamente, detestablemente. Los mellizos oyen el crujir de los escalones, y, acto seguido, apagan las cuatro luces del saloncito. El tío Gumersindo tose en la oscuridad.

COLOFÓN

—Yo sé que están ahí, sobrinos.

—...

—Buenas noches, sobrinos.

—...

—Sé que soy muy pobre y que estoy enfermo, sobrinos. Pero esta casa la paga mi hermana y ella me invitó a vivir aquí...

Un verdadero ataque de tos.

—...

—Tengan compasión de mí, por Dios santo...

El tío Gumersindo Salinas se aleja tosiendo, cruza toda la casa, y abre alguna portezuela allá al fondo. Una escalerita casi clandestina que sube al techo. Ahí tiene su cuartito el tío y también el plato tibio que todas las noches le sube su hermana, bueno, su media hermana...

—La vida es una historia pésimamente mal contada por un imbécil de mierda —afirma uno de los mellizos.

Puede ser cualquiera de los dos porque el saloncito sigue a oscuras y ahora sí que cae del todo un telón bien remendado, mientras Carlitos Alegre le dice a Natalia que este melodramón debería haberse titulado en realidad Y se les aguó la fiesta, par de idiotas. Ella ríe y se apresta a besarlo, pero en ese instante los mellizos aparecen por un costado del escenario y se la agarran a pedrada limpia con la pareja.

POR FIN

II

Definitivamente, Carlitos Alegre no había nacido para fijarse en las cosas, y mucho menos si éstas eran negativas o desagradables. Y, además, a su total falta de malicia se agregaba un tono de alegre desenvoltura que era la más clara manifestación de un optimismo a prueba de balas y de una alegría de vivir sólo comparable a su inesperada capacidad de amar y al sorprendente coraje con que podía enfrentar las peores situaciones, ante la incredulidad del mundo entero. «Cuando uno tiene fe en la infinita bondad de Dios», solía decir él, por toda explicación. Y sin duda por eso estaba ahora sentado con tan pasmosa naturalidad en el precioso comedor del huerto, y todo, desde la presencia misma de Natalia, de Luigi o de Marietta, de Julia o de Cristóbal, hasta la del último objeto del decorado, le resultaba de una pasmosa familiaridad, siempre y cuando hubiese reparado en su existencia, claro está. Digamos, pues, que el mundo, para Carlitos, era también un valle de lágrimas, por supuesto, como lo es para cualquiera, pero que, en su caso excepcional, dentro de ese valle tan feo y obtuso, Dios le había colocado un pequeño oasis particular que él no cesaba de frecuentar, y Dios de adornar, sí, de ornar y de adornar, para que quede claro, dando lugar, así, al rasgo más positivo, alegre y hermoso del catolicismo de Carlitos Alegre —tan natural, además, que ya alguien se había referido a él como algo realmente sobrenatural, y, en todo caso, anterior a la existencia misma de la Iglesia católica—, y a la absoluta familiaridad con que ahora había asumido que ese comedor y el huerto entero de Natalia, con sus empleados y todo, eran felices y perfectos añadidos que el Señor acababa de introducir en ese oasis privado, que, por otra parte, parecía incluso explicar la pertinencia de su apellido paterno y su luminosa significación.

—¿No te aburrirás, Carlitos? ¿No extrañarás tu casa y a tu familia? —se atrevió a preguntarle Natalia, cuando en realidad lo que estaba viendo en el rostro de Carlitos era algo así como la felicidad en *prêt-à-porter*.

—¡Qué ganas las tuyas de interrumpirlo a uno en su camino!

Por supuesto que nadie en ese comedor, empezando por la propia Natalia, logró entender el alcance total —ni mucho menos— de la respuesta de Carlitos. Qué se le iba a ocurrir tampoco a nadie ahí que el tipo acababa de encerrarse con ellos, sí, nada menos que con ellos y en su divino oasis. En fin, son cosas de la vida y de eso que suele llamarse la comunicación entre los seres humanos e incluso *el infierno son los demás*, aunque para nada sea este último el caso, ahora, por supuesto. Pero, claro, la pregunta de la pobre Natalia, tan llena de cariño y de la mejor intención, literalmente se había estrellado contra la felicidad enmurallada de su gran amor, y nada menos que mientras él la estaba incluyendo como nunca en el menú de su felicidad, con sus italianos, sus empleados y todo, y el oasis acababa de cerrarle sus puertas al mundo, tras poner en la entrada un letrerito que decía «Localidades agotadas» y dejar en la mera calle a gente como su jodida familia, al menos por el momento, mientras que a los inefables mellizos Céspedes Salinas los dejó como locos, buscando entradas en la reventa, lo cual, entre ellos, no es nada excepcional, por lo demás. Qué ganas, pues, las de Natalia, de venir a interrumpirlo con unas preocupaciones que simple y llanamente estaban fuera de lugar, en ese comedor, en el huerto todo, y, nunca mejor dicho, en el corazón mismo de su oasis-fortaleza: jardín por dentro y muro de piedra por fuera y los mellizos allá afuera tratando de escalar y resbalándose una y otra vez con el pedrón, y un resbalón más y de nuevo trepa y trepa, cual Sísifos de sociedad, porque así de complicada era su vida, o así de frívola y de poco complicada; en fin, que cada cual saque sus propias conclusiones sobre la parejita, aunque creo que a estas alturas y habiendo leído su acto seguido, sobre todo, tan melodramático e interpretación de los sueños, tan lamentable y tan poco sutil, uno ya puede...

—Todo intenté menos interrumpirte, Carlitos —le dijo Natalia, aterrada ante la perspectiva de haberlo podido herir, y pensando al mismo tiempo, por una mera asociación de ideas, que mañana habría que buscar un momento para ir a la clínica Angloamericana y que le saquen esos puntos de la ceja y que el ojo cada vez lo abre mejor y ojalá no esté el medicastro ese que parece bailar al ritmo de mi voz y mi ansiedad—. En fin, *todo* menos interrumpirte, mi amor...

—Apenas te oí, la verdad, y mucho menos te hice caso, Natalia. Porque vamos caminando juntos y es tan delicioso tener además de mar de fondo el huerto y a sus italianos y a los dos de Chorrillos que... Pues eso: apenas te oí, mucho menos te hice caso, y sí que se *hace camino al andar*, mi compañera adorada.

Felizmente que Carlitos le dijo *adorada*, al terminar su frase, porque a Natalia ya se le habían empezado a empapar los ojos con su llanto y sólo una palabrita mágica, adorada, logró contener ese desbordamiento y actuar con la eficacia de mil medidas preventivas. Lo que sí, continuaba

71

sin entender nada, la pobre, y como sumamente ansiosa, lo cual le quedaba maravilloso sentada ahí al otro extremo de la mesa, coincidiendo además con el momento en que Cristóbal entraba con una inmensa fuente de plata y sabe Dios qué delicia que entre Luigi y Marietta les habían preparado de sorpresa.

—Te damos las gracias, Dios mío —dijo Carlitos.

—Te damos las gracias, Dios mío —lo imitó piadosamente Natalia, aunque la verdad es que era la primera vez en su vida que le daba gracias al Señor por unos alimentos, así, en la mesa y antes de comer, y como que le salió muy forzado a la pobrecita.

—Pero habrá que probarlos primero —se permitió bromear Luigi, que era agnóstico—. Ya después le agradecen a Dios y, de paso, a mi Marietta y a mí, que hemos sido los verdaderos factótum... ¿O se dice factótumes?

—Ni idea, Luigi. Pero, una vez más, creo que aquí nadie me entiende ni me escucha ni nada —soltó Carlitos, ante la mirada de incomprensión de todos los ahí presentes. Y luego se rió ostensiblemente, como quien comenta con mucha ironía la situación en general.

—¿Puedes explicarte mejor, por favor? —le rogó Natalia, nuevamente a punto ya de soltar inconteniblemente el llanto.

Y había en su rostro tanta ansiedad, que a Carlitos no le quedó más remedio que hacer un supremo esfuerzo y enterarse de algo en esta vida. Y sólo entonces se dio cuenta de que todos ahí estaban en el mismo oasis, clavado en pleno centro de la sociedad de Lima, nada menos, para su total solaz y esparcimiento, para su felicidad siempre al alcance de la mano, aun en los peores momentos, y que, humano muy humano, en vez de tomar todos el mismo rumbo, cada uno se había metido por un caminito distinto, como en un jardín cuyos senderos se bifurcan, y Natalia por aquí y Luigi y su Marietta por allá, y, por acullá, todavía, Julia y Cristóbal.

—Alto ahí todos —dijo Carlitos. Y ahora, de pronto, era él el de la voz ansiosa y la mirada suplicante—: Por favor, perdonen si no me he hecho entender bien desde un principio, pero qué duda cabe de que una vez más en mi vida se me han escapado las cosas más elementales. Siempre me lo dijo Isabel, mi abuela paterna. Pero bueno, al grano.

—Se enfría la comida —se atrevió a decir Marietta.

—La comida puede enfriarse por una vez, querida Marietta —le dijo Natalia—, pero, con tu perdón, lo que Carlitos tiene que decirnos no puede enfriarse por nada de este mundo.

—Digamos que sólo por nada de este oasis, mi amor...

Se quedaron todos nuevamente turulatos, ahí, pero, al cabo de un momento, cuando todos a una empezaron a entender que había una vez una ciudad llamada Lima y un año calendario 1957 y un gran amor y unos padres contrariados y unos amigos falsamente escandalizados y una sociedad de doble filo, mil raseros, e hipocresía generalizada, y al borde de ésta, unos mellizos Céspedes Salinas, que siempre están a punto de alcanzar la cumbre del estrellato, como Sísifo, mas luego se desbarrancan una vez más, y así, queridos amigos, pero que, gracias al Señor Misericordioso, que ama y entiende el amor del bueno, que es supremamente generoso con él, y que para probárnoslos crea, en medio de esta Lima de la que les hablaba, un oasis como este huerto, todo plantas y frutales y hortalizas y fuentes y acequias cantarinas, por dentro, e impenetrables rejas y muros, por fuera, entonces...

Ahora sí, por fin, todos en el comedor del oasis entendían y reían y lloraban y aplaudían y, entonces, sí, Carlitos pudo continuar con menos tropiezos y explicarles, por ejemplo, que la mano de Dios, o tu divina mano, Natalia, que para este caso da lo mismo, se ha fijado hasta en los detalles menos conocidos de esta historia, como son que en mi casa dejé tirado en el suelo de mi dormitorio un rosario negro, negro y triste cual un misterio doloroso, ahora que lo pienso mejor. Y también que, en mi loca huida con la señora Natalia, contigo, mi amor, y bueno, también Natalia de mi corazón, por qué no, que se jodan los mellizos y empiecen a trepar otra vez...

Y todos en el comedor se mataban de risa y felicidad al alcance de la mano porque ahora sí captaban hasta el último detalle de la explicación de Carlitos, que continuaba contándoles que en su loca huida tampoco se le ocurrió ir por su misal negro, negro y horroroso y como que siempre de luto, patético, ahora que lo pienso bien, y, bueno, además, qué se me iba a ocurrir en un momento así, con cuatro borrachos frenéticos persiguiéndonos alevosamente, qué diablos se me podía ocurrir, si ni siquiera pude pensar en él, ir en busca de mi reclinatorio...

—Hay un anticuario en Lince —se atrevió a intervenir Luigi.

Y entonces fue cuando Carlitos corrió a besar a Natalia, a mares, y en seguida les contó a todos ahí que ella, la principal inquilina de nuestro oasis, antes de comprarme ropa de la más fina y acertar hasta con la talla de mis calzoncillos, amigos, me consiguió un alegrísimo misal de portadas de nácar y verdadero papel biblia con bordes de oro, y un rosario que es una reliquia digna del tesoro vaticano...

—Que no es tan digno, dicho sea de paso —se atrevió a comentar el muy agnóstico de Luigi.

—Eso lo podríamos discutir después, amigo mío.

Y mi adorada Natalia, divina, se fijó tan bien en todo, que hasta las cuentas son exactamente del mismo tamaño que las de mi triste rosario anterior, el tan negro y patético como mi misal, cosa que no deja de tener su importancia, porque andar frotando cuentas hasta en el fondo del bolsillo, toda una vida, crea mucho hábito, amigos míos. Y, aunque parezca mentira, tiene por consiguiente una gran importancia para cada beato que las cuentas de su rosario sean siempre del mismo tamaño. Y si no, pregúntenle a un ex alcohólico si además del alcohol no le falta también su vasito, tanto como al ex fumador su boquilla, por ejemplo. Pues bien, he aquí otro detalle que tampoco se le olvidó a mi amor. Nos conocíamos apenas, en aquel momento, pero ya me amaba tanto que hasta en mis hábitos se había fijado.

—Yo he oído decir que el hábito no hace al monje, don Carlitos —se atrevió a comentar Julia.

Y Carlitos le respondió que no, claro que no, Julia, y que precisamente estaba a punto de contarles, ya para ir terminando, cómo a él le habían cambiado un hábito por otro y sigo siendo el mismo monje, je, aunque muchísimo más feliz ahora, valgan verdades, je, je. La señora Natalia, en su infinita bondad, también pensó en un reclinatorio, del cual, les juro, yo no recuerdo haberle hablado jamás, sin duda por lo tremendamente incómodo que era el mío y por el cansancio que me producía usarlo. En fin, como que iba a dejar de arrodillarme para siempre, creo yo. Pero, buscando entre las cosas de sus antepasados, que conserva en un depósito secreto, la señora Natalia encontró la joya de reclinatorio que me ha traído y que ella asegura perteneció a ni sé cuál virrey que se mandó traer uno de Sevilla, tan pero tan cómodo que, les aseguro, ahora que ya lo he probado: puede pasarse uno el día entero de rodillas en él, y el que se cansa es otro. Pero bueno, resumiendo, ahora. Por todo ello y muchísimo más, amigos míos, yo empecé a adorar a la señora Natalia desde antes de conocerla. Y no hay nadie en el mundo entero —y mucho menos en esta ciudad del diablo, que tanto ha maltratado ya a la señora, a

75

mi gran amor, nada menos— que logre quitarme de la cabeza que fue Dios quien puso a esta gran dama en mi oasis, y con toda su gente, utilizando para ello, además, los deliciosos compases de *Siboney*.

—¡Carlitos, mi amor! —exclamó Natalia, aferrándose a él—. ¡Y yo que pensaba que te habías molestado conmigo! ¡Y tú queriéndome así! ¡Y yo interrumpiéndote, mientras que tú en nuestro oasis...! ¡Tengo tanto miedo de perderte! ¡De puro tonta te perderé, mi amor! ¡Y es que hasta amando eres inteligentísimo y realmente cuesta mucho trabajo seguirte!

—Y ahora, queridos amigos, compañeros de mi oasis, como entre las cosas maravillosas de su familia que me ha traído la señora, también está el libro de oro de la poesía universal, permítanme que le recite a ella estos dos versos de Petrarca, que, de entrada, atrajeron mi atención, y a los que sólo puedo agregarles un juramento, así, de rodillas y sin reclinatorio, ya que éste, y compruébelo usted bien, Julia, es un caso en el que el hábito literalmente no hace al monje:

No, vosotros no me veréis cambiar jamás,
hermosura de ojos que me enseñasteis a amar

Natalia era una mujer extasiada, y hasta el muy pícaro de Luigi, que también se autodefinía como volteriano, además de agnóstico, y afirmaba haberlo visto ya todo en esta vida, compartía la profunda emoción que se había apoderado de su Marietta, de Julia, tan enterada ahora de todo lo concerniente a hábitos y monjes, y del veterano mayordomo Cristóbal, que llevaba siglos al servicio de la familia de Larrea, que se jactaba de no tener acento serrano ni provenir del mundo andino, porque entonces uno ya no es mayordomo sino sirviente, y que había cargado a la niña

76

Natalia, en más de una ocasión, cuando uno de esos temblorones que sacude Lima creaba el pánico en el balneario de Chorrillos y amenazaba con traerse abajo la casona de Larrea y Olavegoya, acabando con la vida de don Luciano y doña Piedad, padres de aquella criaturita linda que tan desdichada sería después, aunque mírenla ahora a mi señorita, quién iba a decir que algún día, con todo lo que le pasó cuando la casaron con ese pichiruchi acomplejado y tantos otros pretendientes frustrados vinieron a acusarla con sus dedos inflexibles, con sus índices hipócritas, con sus inmundas bocas, pero ella tuvo mucho valor, porque eso sí que fue valor, Lima entera contra mi señorita y ella solita contra el mundo, contra su propio padre y hermanos, carajo, porque sólo la señora Piedad hizo honor a su nombre cuando aquel divorcio atroz de su hija, increíble, y mírenla ahora, quién iba a decir... Pero Cristóbal siempre se había guardado para sí mismo sus opiniones sobre tan ilustre familia y éste no era el momento de romper aquella regla de oro del buen mayordomo, por lo que se limitó a comentar que la justicia tarda pero llega y preguntó si se calentaba ya la comida de los señores. Luigi, que por último se autodefinía como anarcosindicalista viejo, estaba a punto de decirle que qué sabía él de comida y de justicia, y en ese orden, a ver, oiga usted, cuando Carlitos se puso de pie y, como era de esperarse, pidió que calentaran también un poquito de vino y de *Siboney*.

Natalia lo idolatró, y, de golpe, Luigi como que no soportó más, como que se negó a ver más, y bruscamente se tapó los ojos con una mano y dijo *andiamo* y *cosa aspettano?* En la cocina, un momento después, Julia opinó que el señor Carlitos lo rápido que se hacía querer, como hombre grande se hace querer el joven Carlitos, como señor, como... Bueno, no sabría decir bien cómo, pero digamos que se hace querer el joven señor Carlitos como, este... como...

—Tú cierra los ojos, cruza los dedos, y pide un deseo, Julia —la interrumpió Luigi, con cierta impaciencia—. Cierra bien los ojos y deja ya de pensar cómo diablos se hace querer don Carlitos.

—Pero de que se hace querer nadie aquí duda, don Luigi —dijo Cristóbal—. Y además, la señora Natalia...

—*Madonna!* ¡Cuándo se van a enterar de que la señora Natalia ya cerró los ojos, ya cruzó los dedos, y vive pidiendo el mismo deseo día y noche! *Avete capito!*

—*Mio marito* pregunta que si lo entendieron.

Ahí todo el mundo se miraba, y, hasta el comedor precioso y como encantado, en ese preciso momento, llegaron unas palabras altisonantes de Luigi y algo de que Cristóbal, *¡porca miseria e porca eva,* ya puedes llevarles a los amantes de Verona el vino y el *Siboney* calientes, los calamares calientes, *e la maledetta giustizia* caliente, *pacco di merda...!*

Carlitos encontró muy divertido que, al cabo de un millón de años en el Perú, a Luigi se le continuaran mezclando el italiano y el castellano cada vez que se irritaba porque algún plato no le salía perfecto. Y Natalia dio gracias al cielo. Natalia le dio las gracias al cielo, y punto.

Un par de horas más tarde, el que le daba las gracias al cielo era Carlitos. Todo empezó cuando Natalia le dijo que se estaba haciendo tarde y mañana tenía que estudiar, recuerda que a ti te gusta llegar siempre muy puntual donde los mellizos, mi amor, ¿no te parece que podríamos pasar ya a mi alcoba?, y a Carlitos realmente le fascinó lo de pasar a una alcoba.

—Francamente, yo toda mi vida he pasado a un dormitorio, mi amor.

—La verdad, yo también. Pero me encantó la idea de usar la palabra alcoba. La usaba mi abuelo, recuerdo, y mira tú por dónde ahora se me vino a la mente y, no sé, como que me sonó más íntimo, más cálido, más...

—Bueno, a mí todo lo que tú dices me suena más cálido, o sea que no creo que ahí esté la cosita esa que yo he sentido cuando has dicho que pasemos a tu alcoba. Alcoba ya de por sí suena bien íntimo, y, dicho por ti, súper íntimo e híper cálido, pero hay mucho más, creo yo. Sí, veamos. Pasemos a mi alcoba dicho por ti ya no sólo suena oscurito y delicioso, sino que suena muy sexi, también, aunque a mí no me gustaría alejarme del placer etimológico o histórico, o algo así, que me ha producido la palabrita. Nadie dice el dormitorio del rey sino la alcoba real, por ejemplo, y, claro, como tu familia presume de copetuda, tu abuelo, sin duda —y sin ánimo alguno de ofenderte, Natalia, por supuesto— se refería a su alcoba pensando en el fondo en su majestad El Abuelo. ¿Me sigues?

—Digamos que me encanta, te siga o no, aunque tal vez deba aclararte que, desde la muerte de mi mamá, mi copetuda familia se reduce prácticamente a mi humilde personita y a un par de hermanos con los que ni me hablo siquiera.

—Pero tu humilde personita, vista por los pobres mellizos, por ejemplo, se *reduce* a toneladas de abolengo. ¿O me vas a decir que no?

—¿Por qué mejor no pasamos de una vez a la alcoba, Carlitos? Deja a tus mellizos para las horas de estudio, por favor.

—Tienes toda la razón. Y, ahora, mira. Ya estoy pasando de nuevo a tu alcoba, aunque digamos que, esta vez, en la práctica. Y qué rico que es, caray.

—No te lo voy a negar.

—¿Pero por qué tanto más rico que dormitorio, *that is que question*?

—Sigo sin poder explicármelo.

—¿No será que, por ser palabra de otros siglos, suena a amor eterno, y de ahí el gustito ese como histórico y etimológico?

—Acertaste, Carlitos. Por lo que a mí se refiere, ya acertaste. Y, por favor, no necesito más explicaciones. O sea que déjate ya de estar entra y sale, y pasemos de una vez por todas a mi alcoba, te lo ruego.

—Un ratito. Sólo un ratito más.

—Ya te saliste otra vez, mi amor, caray. ¿No te he dicho que me basta y me sobra con...?

—Un segundito más y acabo, Natalia. Porque, mira, se me acaba de ocurrir una cosa. Vamos a llevar el rosario, el reclinatorio y el misal a tu dormitorio, y vas a ver tú cómo nos va a parecer todavía más alcoba, la perfecta alcoba, real o lo que sea, pero histórica, etimológica y perfecta.

Fueron por las tres cosas, las pusieron cada una en su debido lugar, y ahora sí que aquel antiguo dormitorio de una estupenda casona campestre quedó del todo transformado en cálida, íntima, deliciosa y acogedora alcoba, digna además de un amor inmenso y poseedora de al menos tres elementos indispensables para la oración, la acción de gracias, y la memoria de Dios, sus familiares y hasta sus discípulos. En fin, era como si el amor divino y el humano se rozaran risueñamente, se dieran los buenos días y las buenas noches, y los amantes de carne y hueso extrajeran de aquel cotidiano aunque milagroso contacto licencia de eternidad y bula absoluta y todopoderosa para no pagar ni una sola de sus infracciones de tráfico por la ciudad y la sociedad de Lima, el mar y el cielo y el mundo entero. Y éste era, precisamente, el dominio del amor en el que, sin darse cuenta siquiera, mientras jugueteaban con un par de palabras, y con la imaginación y el deseo, habían ingresado Natalia y Carlitos. No se dieron cuenta tampoco del momento en que ella empezó a desnudarlo a él, él a ella, ni del momento en que alguno de los dos fue a traer unos preciosos lamparines de gas que había en un corredor, porque tal vez ella se lo había pedido a él, o tal vez él a ella, y seguramente que los dos encendieron aquellas mechitas al mismo tiempo y apagaron tanta luz de esa impresionante araña de gran dormitorio, mas no de alcoba. Y probablemente todo esto les estaba sucediendo porque cada uno reconocía el cuerpo del otro desde siempre y ese ardor eterno daba lo mismo que fuera el de ella o el de Carlitos, porque finalmente nunca se lo podrían haber creído y preferían dejar las cosas así de maravillosas y llenas de interminables sensaciones inexplicables, que, sin duda alguna, eso sí, eran instantes tan tuyos, tan míos, tan nuestros, Carlitos, Natalia, amor, sí, mi amor... Pero él insistía en que lo dejara ver, ¿ver lo que ya estaba viendo?, sí...

Claro que sí. Porque el rostro de Natalia era el de esa fotografía que ella le había enseñado, el de una reina de carnaval de diecisiete años, pero en su cuello y sus hombros y en el borde ya abultado y muy anhelante de un traje *strapless*, ahí, apenas, se acababa, deliciosa, pero también con mucho miedo de niña, aún, aquella fotografía profética, y él quería ver más allá del pelo rizado por alguien que no era humano, caray, y esas mejillas que en una fotografía en blanco y negro se veían purito color, rozagantes, y los ojos ahora y en la fotografía hablaban el mismo ardor que miraban los carnosos labios húmedos en el papel de una instantánea a través de los años y siempre pintados de color rojo, aquí en esta alcoba, que no dormitorio, mi amor, razón de más, mira, tú, ¿qué dices, mi amor...?

—No, no me digas nada, Carlitos, y más bien sigue, sigue, sigue, por favor, que es tan, sí, sigue sigue...

—Me fascina volver a todo tu cuerpo y releer por todas partes palabras tan evidentes. Mira: dulzura... Mira: delicia... Mira: juventud... Mira: entrega... Mira esta continuidad perfecta de tu foto de los diecisiete años... De antes de tu dolor y tu pena... Mira esta prolongación eterna de una total ausencia de odio y rencor, esta calidez, esta sonriente acogida, esta maravillosa duración de adolescencia. Tú tienes, Natalia, mira aquí, y mira aquí, y mira aquí, y aquí también tienes, mira, exacta, carnosita, la fisonomía de la foto... Mira, se te ve hasta en los muslos de la foto, su total permanencia... Esta foto es purita fisonomía, mi amor, mira...

Por supuesto que, donde Carlitos decía *mira*, ya había quedado un beso. Y a veces insistía varias veces en un mismo punto, y como que se quedaba comprobando delicioso, como que se instalaba un buen rato ante el milagro. Porque aquello —diablos, cómo decirlo, si no— era una verdadera auscultación oscular y Natalia lo dejaba y dejaba, a medida que ella también se dejaba y dejaba y le respondía y respondía...

—Pero tú mira este beso, mi amor, mira, mira, mira y...

—Delicioso, mi amor, realmente delicioso, y jamás te voy a frenar ni mucho menos a dar la contra, pero sí te recuerdo que mis muslos no salen en ninguna foto de carnaval...

—Aguafiestas y tonta. Y además estás intentando discutir con un apasionado de la dermatología y un futuro gran especialista.

—Me quedo con el amante de hoy en esta alcoba...

—Entonces créeme que de donde primero se ausenta la juventud de una mujer hermosa es de su fisonomía. Y en ti permanece todo por todas partes, beso tras beso, aunque a mis diecisiete años, lo sé, no tienes por qué recordármelo, uno es totalmente incapaz de decir estas cosas correctamente. Pero beso, y mira, y beso, y mira... No sabré decirlo pero aquí en... en... en...

—¿*En*, mi amor?

—¿Podría decir *tetas*, por favor?

—¿Te gustan?

—¿Cómo decirlo, caramba? ¿Cómo hacerte entender que este par de tetas magistrales son purita fisonomía, dieciesiete años y carnaval? ¿Cómo lograr que me entiendas, por Dios santo y bendito?

—Mirándome siempre más...

—No sabré expresarlo, pero beso, y mira, y beso y... aquí vale la pena emplear unos besitos más prolongados...

—Me quedo con el amante de hoy en esta alcoba para siempre.

—¿Me lo prometes?

—Carlitos, no creo que exista en el mundo una mujer tan tonta como para preferir un hombre que habla correctamente, a otro que, como tú, habla deliciosamente.

—¿Me lo prometes, entonces?

—Te lo prometo esta noche en esta alcoba.

—¿Me dejas memorizar esa promesa?

—Tómala, es tuya.

Natalia estaba desnuda en la foto y los dos tenían diecisiete años y así de feliz era aquella noche de alcoba en que Carlitos se fue de inspección y, aunque sí hubo tiempo para quitarle los puntos y comprobar que con ese ojo tan restablecido podía continuar inspeccionando eternamente, con rendimiento pleno, además, donde los mellizos Céspedes no llegó ni llamó ni nada hasta dos días después. A los pobres los tuvo en ascuas sociales, pero qué se iban a atrever a llamar a la casa de la convulsionada familia Alegre di Lucca, en San Isidro, o a la de la familia de Larrea y Olavegoya, en Chorrillos, y, en cuanto al huerto de Natalia, lo más probable es que una gente que vive en la calle de la Amargura ignore que un huerto tiene teléfono, salvo que trabaje en la contabilidad del mismo o haya tenido en el campo un pariente tipo Colofón que contrajo el bacilo de Koch arando melodramáticamente, o sea, toda una vida, de día y de noche, y allá en Surco, por la carretera al sur y los pantanos de Villa con zancudos, paludismo y eso.

O sea, que la noche de la alcoba continuaba, pero ahora a Carlitos le había dado por ir y volver a cada rato, por abandonar el lecho y alejarse concentradísimo en cada una de sus observaciones, meditándola y analizándola a fondo, y como observándola a través de un microscopio, incluso, para luego retornar veloz como un rayo y retomar el amor alborotadísimo. Entonces se solazaban y retozaban, Natalia y él, y se entrelazaban y retorcían, horas, pero él de pronto se volvía a ir, muy suave y tiernamente, por supuesto, aunque también con cierto humor y no sin eficacia plena, porque andaban en plena penetración. Y aquel ir y volver enloquecedor lo intentaba describir también, concentradísimo y alegando que ahora lo que pretendía era llevársela con él por donde fuera y siempre, aprenderla todita de memoria, y aprehenderla, también, de manera etimológicamente inolvidable, para que pudieran seguir siempre juntos por calles y plazas y ciudades y países, por su carrera de médico, su vida de hombre creyente y feliz, y así para siempre, mi amor. Y se volvía a escapar concentradísimo, nuevamente, aunque a veces, cuando Natalia ya no podía más, ni él tampoco, tenía que correr como loco para convertirse con ella en palabras que a veces incluso sonaban un poquito a bíblicas y *Cantar de los cantares*, como Oh, yo, el colmado, Ay, yo, la colmada... En fin, que aquello era una verdadera antología de huerto y de alcoba, de hombre y de mujer y de divino y humano.

También había momentos de reposo a la luz tenue de aquellos lamparines, a los que ahora sonaba mucho más bonito llamarles candiles. Y momentos increíbles, divertidos y entrañables, y duros y sumamente tiernos o divertidos, como cuando, a la luz de un candil, ahora, ella se puso celosa y le preguntó con quién había ido a su fiesta de promoción, tan sólo unas semanas atrás.

—De ese baile debes de tener fotos como las de mi carnaval, amor, y esta vieja se muere de celos. Dime, por favor, ¿con qué chica fuiste a esa fiesta? Y como me mientas...

—Con Cristi, mi hermana, que también se puso furiosa por mi torpeza al bailar...

Inmediatamente, la elegantísima y caótica camota de la alcoba se dividió en dos zonas de relativa penumbra. Hacia una se lanzó Natalia, a llorar a mares y a morirse de pena, suavecito, eso sí, para que él no se diera cuenta... Carlitos fue a su fiesta de promoción con su hermana Cristi... Me muero, me muero de pena, de todo, mi Carlitos maltratado... Porque nadie más quería ir con él a esa fiesta ni a ninguna, nunca... Porque las chicas pueden ser tan crueles a esa edad... Porque él es tan beato y tan ido y loquito y distinto que, bueno, para qué, se dirían todas las chicas... Porque por más que rogó y rogó, seguro que muerto de risa, eso sí —Natalia también se había inspeccionado íntegro a Carlitos, también se lo había inhalado y besado vivo—, ninguna chica quiso aceptar su invitación... Y Natalia redoblaba su llanto suave, se le notaba en los hombros blancos, increíblemente bellos en la penumbra con esos espasmos de amor y dolor...

Mientras que en la otra zona de penumbra de aquel elegantísimo camón de sábanas y frazadas hechas un lío de inspecciones y búsquedas, de idas, vueltas, y permanencias locas, en aquel revoltijo de torpezas exitosísimas y manejos a cuatro manos y piernas y de todo, en aquella leonera de amor, Carlitos se desternillaba de risa recordando la rabia de Cristi cuando él intentó pedirle perdón y darle una explicación que la tranquilizara, y la verdad, no le sirvió para nada y, tal vez sea cierto, para qué le dijo que le resultaba más fácil pisotearla a ella que a una chica con la que no tengo confianza y además, Cristi, tú y Marisol son para mí las chicas que más quiero en el mundo, unos cuantos pisotones bien valen la pena, creo yo... Pero bueno, resulta que no, y Carlitos dale con reírse en su zona de penumbra mientras los hombros de Natalia y sus espasmos silenciosos continuaban también, pero los mocos la obligaron a recoger su pañuelo bordado del velador —que no mesa de noche, ni nada de eso— y pegarse la gran sonada.

Por supuesto que Carlitos pensó que era gripe, en fin, un enfriamiento, y claro, mira las sábanas por todos lados y las frazadas colgando y nosotros así, que fue cuando nuevamente y, con el pretexto de calentarla un poquito, empezó a ir y venir por la alcoba y a llenarla de su demoledora torpeza y a comprobar que Natalia y él lograban hacer el amor y el humor, al mismo tiempo, y que, mi amor, tú eres pura fisonomía y carnaval por todas partes donde cualquier cosa, que fue cuando a Natalia se le oyó decir clarísimo, entre gritos y murmullos y ayes y palabras en trocitos, mi amor, mi amor, me siento toda foto y diecisiete años...

También durmieron, es cierto, como también lo es que desayunaron a la hora del almuerzo y luego pasaron por la clínica Angloamericana, y que, rumbo al centro de Lima, pero no a la calle de la Amargura —y se morían de risa, como dos niños traviesos, porque ni avisaron—, cada uno llevaba su equipaje. El de Natalia consistía en un bolso muy grande, con mil hermosos frasquitos y objetos de tocador y una maleta llenecita de todo tipo de ropa. Más modesto, Carlitos apenas llevaba un maletín, navaja y crema para afeitarse, escobilla de dientes, agua de colonia Varón Dandy —por aquello del amor y del humor—, un peine, y cuatro verdaderos tratados de dermatología para leerlos si Natalia se quedaba dormida en alguna cama del camino.

—Muy gracioso —le decía ella, al volante de su Mini Minor para travesuras, el rojito.

Y él silbaba feliz, con el labio inferior en bastante buen estado, la verdad, después de todo lo de anoche.

Y, aunque no llevaron misal, reclinatorio ni rosario,

convirtieron en alcoba un cuarto del hotel Country Club, uno del Maury, uno del Gran Hotel Bolívar, y uno del hotel Crillón, ya bien entradita la noche, este último, y después de que Natalia le probara con diversos trajes que traía en su maleta y yendo y viniendo por muchas calles de Lima, que siempre lo reconocería, que siempre volvería, si por alguna razón se tenía que ir a cualquier parte, desde el baño de un café o la tienda que queda a dos cuadras, hasta Londres, Roma, París o Praga, en fin, a todas aquellas ciudades de leyenda para Carlitos donde a menudo la llevaban sus negocios de antigüedades. Y, así, por ejemplo, era pleno verano, pero Natalia tuvo que ponerse el abrigote ese de armiño para inviernos en París con elegancia. Y él casi se muere al verla partir pero, bien viva ella, también, casi lo mata, encima de todo, porque bajo el abrigote estaba como Dios la trajo al mundo y el viaje quedó completamente frustado cuando Natalia perdió hasta el avión de regreso en una alcoba del hotel Maury.

Sin embargo, la mejor escena de despedida fue la de las galerías Boza, en pleno corazón de Lima. Carlitos estaba sentado en el café Dominó, tomándose una Coca-Cola, y Natalia pasó vestida de mucha hembra para mí, desafiante y terrible, la melena rizada al viento, toda despeinada y leona. Llevaba una simple blusa negra de algodón, pero transparentona a morir, zapatos de andar desfachatadamente por casa, sin tacos ni nada, casi de ballet, y una falda de cuadros blanco y negro pegada a todo, o tal vez todo pegado a la falda, pero siempre de la forma más curvilínea que darse pueda. Ella se movía un poquito y los cuadros blanquinegros de la falda se alborotaban demasiado, y crecían, se encogían, se volvían locos. Por lo demás, no llevaba nada debajo de nada, porque había salido corriendo de la cama y de los brazos de su amante, sin tiempo ni para un calzoncito siquiera, en su desesperado afán de llegar al banco por plata antes de que me cierren, mi amor, y nos muramos de hambre porque no tengo un centavo, me acabo de dar cuenta. Ésta era la trama.

Pero sucede que se les hizo tarde planeando y localizando la escena y ésta adquirió unos tintes de dolorosa realidad cuando ella se dio cuenta de que, diablos, en serio me he quedado sin un centavo, y se lo gritó corriendo al pasar desnudada por cuanto hombre la miró y silbó, mas siempre ajena, inalcanzable, pecadora y fugitiva, y a él se le cayó la Coca-Cola encima y se manchó íntegro, mientras ella se seguía de largo, corría de verdad, abandonaba las galerías y, torciendo a la derecha, desaparecía en su afán de llegar al primer banco abierto que encontrara.

Cuando por fin volvieron a encontrarse, al cabo de un buen rato, Carlitos le confesó que él del centro de Lima apenas si conocía la catedral y todas las iglesias y conventos, eso sí, pero del resto ni papa... Bueno, la calle de la Amargura, claro, pero ésa...

—Confiesa que te asustaste, mi amor.

—Y después dice mi abuela Isabel que no me fijo en las cosas más elementales. Nunca más me hagas eso, Natalia.

En una alcoba del Gran Hotel Bolívar, Natalia le probó que nunca más le volvería a hacer eso, por más que lo hubieran planeado entre los dos. Y varias horas más tarde, ya bien entradita la noche, se lo volvería a probar en una alcoba del hotel Crillón, aunque la música de un piano maravilloso, primero, y un órgano entrañable, después, tuvieron mucho que ver en el asunto. Natalia era ahora una mujer elegantísima, y a Carlitos le quedaba más o menos un terno, algo grande una camisa, y bastante bien una corbata de urgencia que compraron casi a ciegas en una sastrería de La Colmena. Por lo menos era ropa de buen gusto. Comieron, primero, en el *Sky Room*, y luego bajaron al primer piso a escuchar un poco de música y ella a tomarse una copa más de champán. Carlitos sí que metió las cuatro, entonces, y el formal y muy compuesto mozo casi lo mata de una miradita filuda, pero no tuvo más remedio que ceder a los caprichos del hijo de la multimillonaria, el muy cretino, y traerle exactamente una copa de champán como la de la señora, pero vacía, y me la llena usted después con tres cuartos de Coca-Cola y uno de vino tinto, para acompañarla a la señora y que parezca verdad que bebo algo, je, aunque pensándolo bien no tanta Coca-Cola porque tres cuartos más uno de vino hacen cuatro y si se desborda la copa, mire usted, ya yo esta mañana me manché todito y, este, je, je, no quisiera...

Es verdad que sólo Natalia era capaz de no matar a veces a un tipo así, pero en el amor como en la guerra, que decía Napoleón. Y ahí estaban los dos felices, sentaditos al lado del piano de Erik von Tait, al que le bastó tocar un solo acorde de la primera melodía que se le vino a la mente para darse cuenta de que el mozo era un animal y esta inefable pareja dos amantes que se adoran... Y ya desde entonces tocó nada más que para ellos y le hizo muchísima gracia que Carlitos le fuera pidiendo, una y otra vez, *Siboney*. Le dio gusto en todo, al señor, y Natalia lo invitó a tomar una copa con ellos. Aquel músico negro y elegante era panameño y podía poner a los amantes en cualquier estado de ánimo con sus canciones. Había magia en lo que tocaba y una inmensa bondad y elegancia en sus palabras. Componía canciones, sí, también, y varias de ellas se las enviaba a Nat King Cole, a ver si se las interpretaba. Hasta ahora no había tenido suerte, no.

Erik von Tait regresó al órgano, esta vez, y mucho rato estuvo tocando una suerte de interminable *Siboney*, con más y más variaciones sobre un tema que iba alargando especialmente para esa pareja feliz. Y así hasta que los mandó a una cama y una alcoba bastante urgentes, aunque llena de mar y de arena, de cocos y maracas y noche tropical en alguna playa caribe que él había conocido a fondo, indudablemente.

Se volvieron a ver varias veces, en el Crillón, en el huerto, y en la casita que Erik alquilaba en la avenida la Paz, en Miraflores. Erik von Tait fue el músico de aquel inmenso amor. Y una mañana llamó feliz a Natalia para contarle que la canción que compuso para ellos, y sobre ellos, con esas lindas palabras y la inolvidable melodía, se la acababa de aceptar Nat King Cole.

Pero las travesuras, las despedidas inventadas y los reencuentros felices de los amantes del Mini Minor rojito no terminaron aquella primera noche en el hotel Crillón. Al día siguiente, lanzados a la carretera central, también convirtieron en alcoba un dormitorio de La Hostería, en la vieja y ya alicaída Chosica Baja, y, allá por Chaclacayo, otro dormitorio en el Residencial Huampaní, auge con sol, río, jardines y piscina, de la mesocracia limeña de aquellos años, aunque para nada modelo de elegancia ni mucho menos de alta hostelería. Sólo la gloria del cuerpo de Natalia y la demoledora, insaciable y penetrante curiosidad de su copiloto lograron que un par de dormitorios bastante chuscones se transformaran en dos señoras alcobas, por primera y última vez en sus vidas.

Notable fue la reaparición de Carlitos en la calle de la Amargura, pues llegó en un elegantísimo coche negro y con chofer uniformado, mientras allá arriba, en la peligrosa ventana de su segundo piso, los mellizos Céspedes casi se desnucan por asomarse demasiado. Nunca habían visto un vehículo igual en Lima, tampoco en el cine, y, bueno, ahí se acababa el mundo para ellos. Era el Daimler que utilizaba doña Piedad y que después de su muerte quedó prácticamente olvidado en la gran casa de Chorrillos, con chofer y todo. Y ahora Natalia se alegró de no haberse deshecho ni del uno ni del otro, porque cómo iba a llegar Carlitos todos los días desde Surco hasta la calle de la Amargura. Claro que podría trasladarse muy temprano del huerto a Chorrillos, y ahí tomar el tranvía que unía los distritos y balnearios del sur con el centro de Lima, pero ése era todo un largo viaje y además Carlitos deseaba volver a su misa diaria y ya había detectado una iglesita muy rústica, perdida entre unos potreros y cubierta casi completamente por jazmines y buganvillas. Y estaba feliz con su hallazgo.

—No sé, Natalia, pero es como volver al cristianismo primitivo. Me encanta la idea.

—¿Y cómo vas a hacer, mi amor? Perdona mi curiosidad, pero ¿*cómo* vas a hacer?

—¿Cómo voy a hacer qué, Natalia, no te entiendo?

—Bueno, digamos... Lo de confesarte y comulgar.

—Una manera sería contarle todo menos lo nuestro al sacerdote, para evitarle cualquier tipo de dudas y problemas de fe, pues me imagino que se trata de un pobre curita casi rural que no me entendería ni pío. ¿Entonces, para qué crearle problemas de conciencia al pobre, que, además, seguro que es sordo como una tapia, viejísimo y español? No. Lo mejor, creo yo, es llegar con todos tus problemas arreglados anticipadamente y ya no tienes ni que confesarte siquiera.

—¿Y vale así?

—Cuando ya lo has arreglado todo personalmente con Dios, claro que vale, Natalia.

—Amor, perdona que me meta nuevamente donde no me corresponde, pero me gustaría saber cuándo, cómo y dónde has arreglado *nuestro* asunto personalmente con Dios...

—En tu cama, estos días, Natalia. Dónde, si no. Ya creo

que te he explicado que Dios es infinitamente bueno y liberal en todo lo referente al amor. ¿Qué le puede gustar más a Dios que una pareja que se quiere como nosotros? Que tú seas mayor y yo, hasta menor de edad, ¿tú crees que Dios se mete en esas cosas? ¿Crees que realmente le importarían, si se fijara en ellas aunque sea un instante? Para eso está el registro civil, que a Dios le interesa un repepino. Lo suyo es el alma, la verdad y la felicidad. Ni que hubiéramos matado a alguien, mi amor.

—A tus padres podemos estarlos matando de un disgusto.

—Pues eso les pasa por no tener la manga ancha que tiene Dios, créeme. Pero, además, de veras, no te preocupes. Yo todo se lo he ido consultando a Él en tu cama, día y noche, y en cada una de las alcobas por donde hemos pasado.

—Pero ¿en qué momento, Carlitos, dime?

—En todo momento, mi amor. Y si no, ¿cómo crees tú que nos han salido tan bien las cosas en la cama? ¿O creías que yo era un experto de nacimiento? Acuérdate de que ni siquiera sé bailar, Natalia. Y mira, si quieres, un ejemplo más de lo que te estoy explicando. Escúchame bien. Si tú hubieras sido bailarina y el amor una danza sublime, créeme que, en vez de alcobas, lo nuestro habrían sido grandes escenarios, los más grandes escenarios del mundo, por supuesto. Y yo, de puro amor, habría terminado convertido en Nijinsky, modestia aparte, *pero* con el conocimiento y el consentimiento previos del Señor. Porque, eso sí, sin consultarle a Dios, primero, y sin su ayuda y consejo en todo momento, las cosas jamás nos habrían salido así de bien, ¿no te parece? ¿O tú crees que los dos hemos exagerado al emplear la expresión «divinamente bien», a cada rato?

—Yo creo en ti, Carlitos. Y nunca he creído tanto en ti como en este momento, te lo prometo.

Natalia se había quedado absolutamente turulata, es cierto, muy, muy cierto, pero también lo es que había quedado absolutamente convencida. ¿Convencida de qué? Pues de eso. ¿De qué *eso?* Pues, de pe a pa, de todas y cada una las respuestas y explicaciones que su amante maravilloso le había dado, ahí en el comedor, mientras desayunaban y esperaban que Molina, el chofer del Daimler, llegara de Chorrillos, recogiera al joven Carlitos, y se lo llevara a estudiar. Y había que verlo a él, ahora, fresco como una lechuga, siempre sonriente, feliz con el platillo de frutos secos que Cristóbal acababa de traerle y sacándole la pepa a cada uno de los dátiles, a cada uno de los guindones, y a cada uno de los higos secos. Era un procedimiento lento y minucioso, sobre todo porque ninguno de los frutos tenía pepa ni nada, ya. Natalia lo contemplaba, feliz también, y convencidísima, por supuesto, aunque no dejaba de pensar en que la única forma en que Carlitos y ella lograrían convencer a todo el mundo de que lo de ellos era natural, espontáneo, limpio, alegre y normal, sobre todo normal, era... Bueno, era imposible. Porque habría que mandar al pobre Carlitos a acostarse con la sociedad entera de Lima, primero, y luego sentarlo a desayunar y hacerle las preguntas que ella acababa de hacerle mientras él se iba atorando incluso con la pepa inexistente de un higo seco, y habría tenido que ser ella también la que escuchaba cada una de sus palabras y las relacionaba sin obstáculo alguno, con toda la naturalidad del mundo, con los momentos de verdadero amor y armonía, de gracia y de perfección que habían logrado ir hilvanando hora tras hora y noche tras noche, e incluso mientras dormían. Porque aquello era así. Por supuesto que era así. Cualquiera podía ponerse en su lugar y comprobarlo. Y, sin embargo, aquello no era así. No, por supuesto que no. Porque cualquiera podía ponerse en su lugar y comprobarlo, claro que sí, pero nadie nunca jamás se iba a atrever a hacerlo, por la sencilla razón de que era mucho más fácil arrojar primero la piedra ancestral, según la costumbre tan limeña y borreguil.

Por lo demás, Carlitos acababa de llamarle té al café, de darle las gracias a Marietta, en vez de Julia, y ya se iba a estudiar, pero olvidando sus libros. Le quedaba pues a ella la tremenda tarea de proteger a ese muchacho. ¿Qué estarían pensando, decidiendo, haciendo, sus padres? ¿Qué, tanta gente más? Natalia se dejó besar por un muchacho que partía alegremente a estudiar y que, indudablemente, estaba convencido de que el huerto y ella eran para siempre. Y ésta era, pues, la tarea que le quedaba a Natalia. Tremenda.

Se oyó partir el automóvil y ella continuó sentada, mirando el comedor, la mesa, las sillas, la consola, los aparadores, los platos y las fuentes, el mantel, los bodegones, los cubiertos... Aquello era una inmensa habitación llena y vacía, a la vez, y la casona toda iba adquiriendo de pronto una nueva dimensión, una creciente desolación, aunque por las ventanas se pudieran ver siempre aquellos jardines y arboledas y la mañana fuera soleada. Natalia se incorporó. No quería dejarse aplastar por la ausencia de Carlitos, por la forma en que, de golpe, el mundo a su alrededor iba quedándose por completo sin contenido. «Se va él, y mira tú, Natalia, lo vacío que se ha quedado todo. Vacío y sin sentido. Si pudiera recordar, una por una, las palabras de nuestra conversación, hace un momento... Ah... Nuestra conversación contra el mundo entero, claro...»

No había mejor manera de luchar contra todo aquello que volver a la alcoba, encerrarse en ella, y meterse cuerpo y alma en la camota, antes de que Julia entre y se le ocurra poner orden en aquel maravilloso desastre. Sí, ahí estaba, oliendo aún a lamparín, a candil, a velador, y hasta a divino, sí, mira tú, todo en la penumbra en que lo dejaron cuando él pasó a ducharse rápidamente mientras ella pedía el desayuno y llegaba Molina...

Molina... El recuerdo de aquel extraño chofer, hosco, malhumorado, seco, y hasta atrevido, pero que adoraba a sus padres, la hizo sonreír. Nadie supo nunca su nombre, o en todo caso ella debía de ser bastante niña aún cuando se perdió en la memoria de todos. Porque Molina era Molina y nada más, sin un nombre de pila, un apodo, un segundo apellido. Natalia se hundió en su camota, desapareció bajo una sábana y trató de imaginar cuáles podrían ser las relaciones entre Carlitos y el eterno malhumor de Molina, porque el viaje de Surco hasta la calle de la Amargura era bastante largo. Y además iban a ser cuatro viajes al día, dos de ida, todas las mañanas, y dos de vuelta, todas las tardes. Las relaciones iban a ser, por lo menos, bastante complicadas y hasta extravagantes. Pero sin duda alguna, lo mejor de todo, pagaría por verlo, caramba, iban a ser las relaciones entre los mellizos Céspedes, Molina, el automóvil Daimler y Carlitos, realmente pagaría por ver todo aquello, caramba...

Natalia reía, ahora, escondida bajo una sábana, reía al recordar lo que había sido la llamada de Carlitos a los mellizos, anoche, para avisarles que había estado ligeramente descompuesto, aunque sumamente feliz, aunque, bueno, no, este... je. Pero mañana llego como siempre muy puntual, aunque ahora en un automóvil Daimler, me parece... Natalia reía al hilvanar alguna que otra palabra de aquella absurda conversación telefónica...

—¿Un qué?

—El chofer se llama Molina, eso sí. Con toda seguridad.

—¿Un qué?

—Uno con estribos.

—Muy viejo, entonces...

—Yo diría más bien que muy caro y, por supuesto, demasiado elegante para mí, pero Natalia dice que ni el

Daimler ni Molina sirven ya para nada y que, en cambio, el tranvía...

—¿Vienes en auto o en tranvía?

—Ya les dije que voy con Molina, que es chofer y no tranviario... Pero, a ver, déjenme confirmarlo todo con Natalia. Y no me cuelguen, por favor.

Lo malo es que fue Carlitos el que colgó, para ir a preguntarle a...

—Caray, qué burro soy. Creo que les he colgado, mi amor...

—Te oí decir que ibas a consultarme algo acerca de lo de mañana, creo.

—Sí, ya sé, pero...

—Olvídalo por ahora, Carlitos. Y, además, estáte seguro de que los mellizos ya lo entendieron todo.

Y claro, igualito a como hablaban por teléfono, metiéndose casi entre el aparato de pared, colgados de su desesperación social, ahora los hermanos Arturo y Raúl Céspedes colgaban ya lo suficiente de la ventana peligrosa de derrumbe y quincha, ahí en su melodramático segundo piso, cuando el Daimler hizo su saludable ingreso en la calle de la Amargura. E instantes después casi se desnucan cuando el Daimler, en efecto, carajo, la cagada y en efecto, era novísimo y carísimo, pero tenía estribos, pero estribos como para Greta Garbo o Harry Truman y multitudes aclamando, en la pantalla en blanco y negro del cine Ritz, que no era cine de estreno sino más bien de barrio y medio pelo, aunque queda en la avenida Alfonso Ugarte, y no lo negamos, nosotros sí vamos al Ritz, que es horrible, según dicen y decimos, claro, pero vamos porque nos queda cerca, ¿nos entiendes?, y además queda en la avenida Alfonso Ugarte, Carlitos, ¿nos entiendes?, o sea, que no es del todo cine de barrio, y Carlitos que sí, que los entendió perfecto, y que el cine Ritz no es un cine de estreno pero tampoco de provincias, no, Carlitos, de barrio pero no tanto, ¿nos entendiste?, bueno, sí, de barro, ya entiendo, como esta casa, ¿no?, je, je. La puerta de la casa se abrió en un abrir y cerrar de ojos y los mellizos ya estaban ahí.

—¿Usted no los vio allá arriba en la ventana, señor Molina? Explíqueme, por favor, cómo han hecho para estar ya aquí abajo.

—Lo mío, joven, es mirar al frente, para que no nos estrellemos.

—Es cierto, señor Molina. Y ahora, ¿puedo bajar ya?

—Pero por el lado derecho, joven, para que no lo atropellen. Y espere a que yo le abra la puerta, por favor, qué dirían, si no, don Luciano y doña Piedad, que, *ellos*, sí sabían bajar como se debe de un automóvil con o sin estribos.

—Le prometo tenerlo todo en cuenta, señor Molina.

—Mi nombre es Molina y se me dice sólo Molina, señor Carlos.

—Le prometo tenerlo todo en cuenta, señor.

—Molina, señor.

—Sí, señor.

—No parece chofer —se les escapó a los mellizos, en su desesperación por ver y enterarse de más, y, de paso, entender un poquito, también.

—Mi uniforme es de chofer de los señores de Larrea y Olavegoya.

Casi los mata con su respuesta, el uniformado, pero sobre todo casi los mata con el problema racial que, desde ese instante y para siempre, significó Molina en la atormentada vida etnosociocultural de los mellizos Céspedes Salinas —más bien de raza blanca, aunque además..., o, al revés, algo cholones, aunque también...—, con su aspecto simple y llanamente ario y prusiano y hasta superior a nosotros, mierda. Porque Molina medía un metro ochenta y siete, era albión, como la rubia Albión, llevaba unos bigotes de noble y de ruso y de ruso blanco despilfarrando en Maxim's, como en la película en tecnicolor *La viuda alegre*, vista en un cine de provincias, bueno, sí, de barrio, carajo, no nos confundas, Carlitos, unos ojos verdes y un sinnúmero más de ventajas y superioridades de tamaño y color, cuando menos, con respecto a nosotros, chofer de mierda... Todos se despidieron odiándose, en la vereda derecha de la calle de la Amargura, menos Carlitos, que no entendió nada de lo ocurrido, ni de una parte ni de la otra, y cuando los mellizos le aseguraron que este hijo de puta tiene que ser hijo natural de alguien, les respondió:

—Pues yo creo que es menos hijo de alguien que nadie en este mundo, porque, por no tener, no tiene ni apodo.

—Pero un segundo apellido...

—Ni segundo ni tercero, se lo aseguro, porque Natalia lo conoce desde niña y dice que sólo tiene ese malhumor permanente y ese amor eterno por sus padres. Fíjense ustedes que hasta sigue lavándoles el Daimler, todas las mañanas a la misma hora, y después se sienta y se pone a esperar órdenes hasta la hora de guardar el auto de nuevo. Ah, olvidaba explicarles lo de los estribos y el largo tan largo del Daimler. Es una limusín o *une limousine*, como ustedes prefieran, según el señor Molina.

—No jodas, hombre, Carlitos. Las limusines son sólo para las funerarias.

—Pues pregúntenle al señor Molina y verán. Son sólo para las funerarias y para *los* multimillonarios.

Los mellizos Céspedes no le iban a preguntar nunca jamás nada en su puta vida al chofer uniformado Molina, que, antes de despedirse, dirigiéndose exclusivamente al señor Carlos Alegre, además, le recordó que a las trece horas lo estaría esperando, ya, como convenido, en este mismo lugar, y acto seguido se limitó a ser estrictamente un poquito más alto y más rubio que nunca, porque mientras subía al Daimler y ponía en marcha el motor, los estaba mirando de arriba abajo con los ojos más verdes que nunca y con el uniforme con más botas que nunca y más Miguel Strogoff que nunca, también, por consiguiente, aunque esto último en tecnicolor y en el cine de barrio Ollanta y con el actorazo ese de Curd Molina, perdón, Curd Jurgens, carajo, un error lo comete cualquiera, pero este hijo...

Molina y el Daimler ya habían torcido hace horas, a la derecha, para enrumbar nuevamente a Chorrillos y los mellizos continuaban parados ahí, odiándolo para siempre, encontrándolo simple y llanamente inexplicable, también para siempre, e intentando ver el automóvil por dentro.

—Pues me parece que ya va a ser bastante difícil ver el auto por dentro y por fuera, je —los despertó, literalmente Carlitos, o más bien los desextasió, je, je, y continuó contándoles que el Daimler es una maravilla y tiene miles de asientos—. Yo, por ejemplo, venía sentado en medio de la sala, al principio, pero de un solo miradón Molina me mandó para atrás, porque ése debe ser mi sitio, para siempre, y parece que él de eso sí que lo sabe todo porque hasta tiene libros sobre los choferes en la corte del rey Arturo y cosas semejantes, se lo juro. La propia Natalia me lo contó anoche, palabra de honor.

—El chofer de la familia de Larrea y Olavegoya, carajo, nada menos...

—Bueno ¿pero no les parece que deberíamos subir y estudiar un poquito siquiera, antes de que Molina regrese y nos encuentre todavía parados aquí? Francamente...

—Subamos, sí, Carlitos. Pero no sólo a estudiar. Tenemos algunas ideas, ya vas a ver. Llevábamos algún tiempo dándoles vueltas, pero con los líos en que te has metido, no sé, teníamos también nuestros temores. Pero, bueno, este Daimler como que lo aclara todo e inclina la balanza a nuestro favor. Basta con ver un carrazo así, compadre, para que nuestras dudas se desvanezcan y nuestras ideas brillen como nunca, para serte honesto. Y es que todo está clarísimo, ahora, hermanón.

Carlitos, por supuesto, no les entendió ni jota, de qué demonios le estaban hablando este par de locos, caray.

—Bueno, la verdad... je, je.

—Subamos, Carlitos. Esta mañana te lo aclaramos todo, y esta tarde estudiamos como nunca. ¿De acuerdo?

—Las cosas que se les ocurren a ustedes —fue lo único que se atrevió opinar a Carlitos, cuando Arturo y Raúl Céspedes terminaron de exponerle la larga serie de ideas y planes de acción que, además, ahora, con un Daimler a su disposición, a ellos les parecían alta y exitosamente ejecutables, por decir lo menos.

Los tipos estos sí que eran ciento por ciento increíbles, y sólo de escucharlos el pobre Carlitos se había debatido entre la más sonora carcajada y la más espantosa vergüenza. Y ahí andaba ahora pensando que, en cambio, eso sí, Lima entera se escandaliza porque Natalia y yo nos queremos tanto, y sin embargo la parejita esta es capaz de todo con tal de llegar sabe Dios dónde, cuando los mellizos casi lo matan de una verdadera andanada de palmadas de complicidad en el hombro y hablándole al mismo tiempo de los lazos de amistad que nos unen, Carlitos, desde el día en que, bueno...

Por supuesto que no se atrevieron a mencionar el día aquel, ni mucho menos a decir que se trataba de un día ya lejano, y esas cosas, porque Carlitos bruto sí que no era ni andaba mal de la memoria ni nada, y, todo lo contrario, tenía fama de genio, al menos en lo suyo. Pero Carlitos también vivía en las nubes, gracias a Dios, y con eso contaban los mellizos para que, una vez más en la vida, al pobre se le escapara lo elemental del asunto y ni cuenta se diera de que ellos acababan de hablarle muy claramente, por fin, y de que éste era el momento, o nunca, para enterarse de la verdadera razón por la cual aparecieron un día en su vida, por puro interés, claro está, porque eran un gran par de trepadores, y porque en su inefable escala de valores, él, nada menos que él, mamita linda, había resultado ser el puente y la escalera, y el ascensor, y todo, más la llave ganzúa, por supuesto, también, si se quiere, capaz de hacerlos llegar a las más altas esferas, hasta la mismita *high*, Arturo, la *highzota*, y de abrirnos una tras otra las puertas de la alta sociedad de Lima, más la suya propia, Raulito, y la puerta de la clínica de su padre, en Miraflores, Arturazo, y la del abuelo premio Nobel, *in USA*, caray, ¿te imaginas?, y, cómo no, las puertas de oro de los corazones tan adinerados de Cristinita y Marisolcito, que debían de significar nada menos que la cumbre del estrellato para este par de cretinos, porque lo que hay que ver y oír en esta vida, y lo que hay que soportar, además.

Aunque claro, por el momento, de eso, nada, con el problema de mierda de la Natalia esta, aunque también la Natalia esta, claro está, y mejor que nadie, tal vez, sí, por amor a su Carlitos y a sus amigos Céspedes Salinas, y por, y para, y entonces, y mira tú por dónde, y mira tú que, y encima de todo, y a lo mejor, también... Bueno, éste era un tramo de las ideas y los planes de acción de los mellizos que aún no estaba demasiado claro, porque, entre otras cosas, como que les quedaba inmenso y plagado de obstáculos, por ahora, pero que, de una manera u otra, ya se irá viendo, podría ser importantísimo, en su debido momento. Y además a Carlitos tampoco se le podía contar todo, al menos no en esta primera etapa, claro que no, Raúl, de a poquitos, Arturo, y con mucho cuidado, Raúl, por más que el genio del Daimler y el hembrón de alta cuna y fortuna, ojo, Arturo, que la expresión esta todavía no la tenemos bien controlada, es cierto, lo sé, lo recuerdo, no hay que abusar, pero aquí entre nos, como suele decirse, sí, entre nos, dime...

—Las cosas que se les ocurren a ustedes —fue lo único que se atrevió a decir Carlitos Alegre, que nunca se fijaba en nada, y que también esta vez dejó pasar ante sus ojos lo elemental.

¿Cómo y por qué había empezado la relación con los mellizos? Y: ¿Qué hago yo metido hace semanas con unos tipos que, ahora que lo pienso bien, hasta me fumaron en los antebrazos, cuando...? Pero a Carlitos siempre se le bifurcaban los senderos, y hasta se le trifurcaban, o, mejor aún, a Carlitos hasta se le *trifulcaban* los senderos, porque las cosas se le hacían un lío y de pronto en medio de una grave reflexión soltaba tremenda carcajada, como ahorita en que los mellizos le estaban contando todo lo que en la vida de ellos significaba una limusín Daimler con estribos, sí, Carlitos, porque ven, bajemos un ratito a la calle para que veas el auto que acabamos de comprar para este verano, ¿te acuerdas del Ford sedán del 42 con que fuimos a tu casa, la primera vez, el que tú creíste que era un taxi?

—Yo no creí nada, la verdad, pero, eso sí, hasta ahora me da muchísima risa cuando me acuerdo de que ese taxi, perdón, ese auto negro, los atropelló a los dos, sin chofer y sin moverse. ¿Se acuerdan? Increíble. Cosa de dibujos animados o de Los Tres Chiflados. Mis hermanas también se tronchan de risa cada vez que se acuerdan de, je, je... De locos, aquello sí que fue de locos, je, je, y si además de todo era un taxi que ahí nadie había llamado, je, je, je... Les tendría que contar este último detalle a mis hermanas, aunque claro, por ahora no voy a poder, pero no bien...

—Olvídalo, por favor, Carlitos, te lo rogamos. Olvídalo y escúchanos, por favor, hermano. Fuera de bromas, ese automóvil era de nuestro padre, y lo vendimos por viejo, sólo por viejo, Carlitos. Era el automóvil de nuestro viejo, y, ¿entiendes, carajo?

—¿Y éste de quién es, entonces? Porque la verdad es que también se ve bastante viejito, aunque todavía huela a pintura fresca, je, je...

Sin darse cuenta siquiera, Carlitos les estaba dando en la madre, ahora, y nada menos que después de haberles dado en el padre, hace un instante, pero la verdad es que el pobre no sabía qué diablos se traían los mellizos con tanto automóvil viejo.

—Éste, Carlitos, para serte del todo sinceros, lo hemos comprado con ayuda de nuestra madre. Pero tú bien sabes que a ella le pagaremos un día todo con creces, ¿o no, amigo? Lo sabes, ¿no es cierto?

—Con muchas creces, sí, je.

—Éste es un cupé del 46. Recién pintadito y todo. Ford, cupé, y del 46. Tremendo bólido, ¿no?

—¿Bólido, esto? —se le escapó a Carlitos, que se excusó de inmediato por su tremenda metida de pata, pero que, acto seguido, simple y llanamente no logró controlar la carcajada que le produjo imaginar a Molina opinando sobre *esta* limusín. Vio a Molina furibundo, y más rubio y uniformado que nunca, odiando al bolidillo de porquería este y a sus propietarios, y lo único que se le ocurrió decir, por toda explicación, y siempre entre carcajadas, es que él era así de loco, que por favor lo disculparan, pero que a él de pronto se le venían a la mente asociaciones de ideas como ésta del eternamente malhumorado y uniformado Molina, parado ahí con ellos, con el cupé recién pintadito del 46 y odiando a la humanidad entera, entera, sí, por haberlo distraído de sus serias tareas Daimler. Carlitos Alegre continuaba tronchándose de risa y los mellizos, parados y hechos una mierda, ahí, se preguntaban a dúo, y en patético monólogo interior, mezclado además con toda una reflexión sobre las cosas de esta vida, si Carlitos era un tipo fiable o no. Porque de confianza sí era, y buena gente, y un buenazo, y un cojudo a la vela, también, si se quiere, pero imagínate tú, Raúl, ni me lo digas, Arturo, que en plena casa de las Vélez Sarsfield, tan finas, tan pelirrojas, tan multimillonarias, tan anglosajonas, ellas, nos suelta babosadas como éstas y carcajadas de mierda como ésta, y no hay quien lo pare, al muy hijo de la gran puta, sshiii, Arturo, calla, piensa que está en juego el Daimler y su relación con esas chicas, él es el que las conoce y hasta son su primas, por algún lado, parece ser, pero además hay una buena amistad entre los padres de ambos y Carlitos las conoce desde que regresaron de Inglaterra, por más que diga que no las ha vuelto a ver hace siglos y que a lo mejor ni las reconoce ya. Carlitos es sencillamente imprescindible, Arturo, aunque antes vamos a tener que entrenarlo un poquito mejor, creo yo, y hay cosas que tendremos que explicárselas casi al pie de la letra, aunque nos joda y pasemos un momento difícil, pero es que el tipo no puede seguir metiendo las cuatro, a cada rato, como ahora con nuestro sedán y nuestro cupé y hasta con nuestro padre y nuestra madre, no, definitivamente no puede, carajo.

Pues hubo, en efecto, entrenamientos intensivos y también intensas confesiones y, cómo no, momentos en los que Carlitos les decía que francamente no entendía ni papa. Y hubo otros momentos en los que soltaba una carcajada asociativa, según él, y luego se disculpaba muchísimo, pero continuaba con su carcajada horas y horas, hasta pasar a otros momentos en los que les pedía por favor que le repitieran bien una cosa, a ver si por fin entiendo, caramba. Y hubo, también, otros momentos en los que movía la cabeza negándolo todo, como quien dice que la vida no puede ser así y punto, me niego a creerlo. Y hubo, por último, momentos en los que Carlitos se ponía de pie, les decía que por hoy ya basta, y yo creo que deberíamos estudiar un rato, a ver si con unos cuantos capítulos de dermatología se me aclaran un poco las ideas.

Pero las Vélez Sarsfield eran tres y, por favor, Carlitos, son tres y te necesitamos y tú mismo nos has contado que Natalia tiene que viajar un par de semanitas a Europa, nosotros sólo te pedimos que nos acompañes, hermano, qué le puede importar a Natalia que esas tres mocosas nos reciban en su casa. A Natalia, la verdad, lo de las tres mocosas feísimas esas le importaba un repepino, precisamente porque eran horrosas, más feas todavía que su madre y que su padre, pero claro que Carlitos no era tan cruel como para soltarles a sus amigotes todo lo que Natalia había opinado sobre esas pobres chicas, ni mucho menos lo que había opinado sobre esos pobres chicos, refiriéndose por supuesto a ustedes, este...

—Una lacra social, mi amor. El retrato robot de dos tarros de caca.

—Pero me apena lo de su papá, que murió tan pronto y parece que prometiendo mucho, Natalia, o al menos así me cuentan ellos a mí...

—Vete tú a saber si será verdad.

—La prueba es su mamá, pobre señora, si la vieras subir la escalera y... Bueno, suba o baje, o lo que sea, todo lo hace con esa cara de resignación, la pobrecita... A mí esa señora me da mucha pena y me parece sumamente buena y decente, Natalia. Y toda una víctima.

—Y qué le queda, con el par de monstruos esos.

—Bueno, por quedarle, le queda todavía la hija, que es

como más resignada todavía... No se llama Martirio, pero sí algo por el estilo. La verdad es que siempre me equivoco con el nombre de esa pobre chica. Pero se llama Soledad, Consuelo, Encarnación, Martirio. En fin, la pobrecita como que hasta tiene un nombre medio tristón o medio dramático.

—Pues ésa es la que te ha tocado a ti en suerte, mi amor, en la repartición del mundo que hacen tus amigotes. Créeme. Estoy segurísima, Carlitos. Ésa es mi rival. Ya verás tú algún día.

—No te entiendo, Natalia...

—Entonces, abre bien los ojos, mi amor, porque el día menos pensado te encuentras con la chica esa ante un altar.

—Y de testigo, Colofón, seguro —se imaginó Carlitos, de golpe, e inmediatamente asoció mil ideas y soltó la carcajada.

—Amor, cuídate mucho de ese par de tipos. Es cierto que en este momento nos conviene mucho que la gente te vea saliendo con chicas, mientras yo estoy en Europa. Ya te he contado que tu padre quiere demandarme y, aunque le tiene terror a un escándalo y le está dando tiempo al tiempo, tiene toda la ley a su favor. He hablado con un gran amigo abogado y me ha dicho que estamos completamente locos y que perfectamente podríamos llevar esta relación a escondidas, contigo en casa de tus padres y yo en mi casa de Chorrillos. Este huerto sería nuestro escondite y...

—Éste es el huerto de mi amada, Natalia...

—Bueno, pero por ahora, al menos, tu amada se va a Europa a ver unos asuntos. Es horrible alejarnos, lo sé, y tú también. Fíjate lo duro que fue separarnos incluso de mentira.

—Voy a estudiar mucho.

—Y yo te voy a dejar el huerto, sí, pero también a Luigi, para que te cuide del par de canallas de tus amigotes.

—Pero si tú misma me lo has explicado, Natalia. Ellos me necesitan a mí mucho más que yo a ellos. Los pobres, la verdad, no llegarían ni a la esquina de su horroroso mundo sin mí, según tus propias palabras.

—Qué asco, mi amor, la verdad. Me parte el alma dejarte, aunque sea por un par de semanitas, pero créeme que lo que más me desespera es dejarte con ese par de seres tan vomitivos.

—Me cuidaré.

—Yo prefiero que te cuide Molina, mi amor. Ya hablé con él, y créeme que odia tanto a tus mellizotes que hasta se ha ofrecido solo para llevarte con ellos de un lado a otro, con tal de vigilarte. Y créeme que cuando a Molina se le mete algo entre ceja y ceja...

—Estudiaré mucho, Natalia. Y rezaré...

—Vas a estudiar y a rezar muchísimo, Carlitos, pero casi siempre dentro de un Daimler o en casa de las chiquillas esas. Y lo único que me consuela es que, cuando yo regrese, habrás aprendido muchísimo acerca de la ciudad en que vives.

La verdad es que los primeros rezos de Carlitos, aquella semana, fueron para que las pobres chicas Vélez Sarsfield no fueran tan feas como decía todo el mundo, empezando por los propios mellizos Céspedes, claro está. Las conocía, sí, pero llevaba mucho tiempo sin verlas y además podía jurar ante un altar que nunca se había fijado en que fueran muy feas o muy bonitas. O será que, una vez más, lo más elemental debió de escapársele.

—Reconozco que soy un despistado. ¿Pero las tres son tan feas? —les había preguntado él, en medio de una de esas confesiones que Arturo y Raúl le habían soltado mientras lo sometían a todo aquel curso de capacitación y adaptación a sus circunstancias sociales, a sus temores, a sus sueños, a sus más fervientes anhelos, pero también al pavor que les producía que alguien los mirara de arriba abajo.

Por supuesto que Carlitos no escuchó bien la respuesta porque un ataque de risa lo interrumpió en plena concentración y cuando andaba metido de cabeza en el alma tan oscura de los mellizos, atentísimo a cada complejo y sus ramificaciones, sus orígenes y sus tótems y tabúes, a la mitificación de lo que un automóvil podía representar, a la confianza en sí mismos que ahora sentían al saber que podían llegar donde una chica en un Daimler, ya ni siquiera en el cupé verdecito del 46 con el que habían superado en algo la vergüenza del Ford taxi negro del 42, en pleno verano de 1957, Carlitos, imagínate si las chicas Vélez Sarsfield nos miran de arriba abajo en nuestro debut y delante de ti, que tanto significas para nosotros, y que además nos has permitido —y no sabes cuánto se lo agradecemos a Natalia, te rogamos que le digas a esa gran dama de tan alta cuna y fortuna, perdón, olvida por favor lo que acabamos de decir, te rogamos que le digas a Natalia sólo que un millón de gracias por el Daimler con chofer uniformado— subir a una limusín con estribos y nuevecita, reduciendo prácticamente a la nada el riesgo de que se nos mire...

«¿Pero son realmente tan feas las tres?», estaba a punto de volver a preguntarles Carlitos, cuando asoció lo del Daimler con Molina y a Molina con las miradas de arriba abajo que tanto pavor les causaban a los mellizos, diablos, este par de locos aterrados de que en su debut unas chicas los miren mal y ni cuenta se dan de que a esa casa van a llegar ya pésimamente mal mirados durante todo el trayecto desde la Amargura hasta la avenida San Felipe, qué horror, porque Molina seguro que hasta por el retrovisor los va a ir mirando del cielo hasta el mismito infierno... Y entonces fue cuando le sobrevino la carcajada y no logró enterarse hasta qué punto eran feas las pobres hermanas Vélez Sarsfield. No bien logró contenerse un poco, Carlitos se hizo la firme promesa de fijarse muy bien en cada una de las hermanas, no bien llegaran al caserón ese de la avenida San Felipe.

Porque era desesperante, además, no saber bien cómo eran esas pobres chicas con las que tanto había hablado por teléfono en los últimos días, de acuerdo al plan establecido por los mellizos. Maldito plan el de los hermanos estos, porque a Carlitos lo obligaba a ir conversando cada tarde con una hermana distinta, haciéndose pasar primero por Arturo, luego por Raúl, y finalmente por sí mismo, que fue cuando más trabajo le costó. Y, por supuesto, los mellizos habían escogido a las dos hermanas mayores, aunque hay que reconocer que también ellos le llevaban un buen par de dramáticos años a Carlitos, dramáticos, sí, porque, por favor, no se lo digas nunca a nadie, hermano, pero hubo dos años, que también se los pagaremos con creces, de más está decirlo, en que nuestra pobre madre no logró pagarnos el colegio y por eso hemos terminado tan tarde.

Pero volviendo a las hermanas angloperuanas y tan *cosmopolitan*, a decir de los mellizos, a Carlitos le tocó empezar a llamar el lunes y preguntar por Susy, que estaba destinada, o más bien predestinada, a ser la pareja de Arturo, y la verdad es que la improvisación le salió perfecta o es que la chica esa era un encanto de finura, naturalidad y *cosmopolitan*, porque no puso obstáculo alguno en hablar con un desconocido y en quedar con él para el viernes a la hora del té, que en Lima se llama lonche y se toma más bien a las seis de la tarde, pero el pesado de Arturo dale y dale con que té a las cinco es más británico y ellas estudiaron la primaria en Inglaterra, cuando su papi fue embajador, y otra vez que lonche no, animal, colgado además del teléfono de pared y jode y jode con sus sueños, sus anhelos, sus pavores, sus arribas y sus abajos...

—Pero quién habla, Arturo, ¿tú o yo? —se hartó Carlitos, con el auricular muy cerca de la boca.

—Tú, hermano, por supuesto.

—¿Qué pasa, Arturo? —se oyó la voz desconcertada de Susy.

—Soy Carlitos... Ah, no, soy Arturo, creo...

—¡Animal! En este momento eres Arturo o no eres nadie.

—¿Qué pasa, Arturo?

—Un gran danés que siempre molesta cuando uno habla, je, je. Y además aquí me dicen que se ha cruzado la línea...

—¡Animal! Aunque no, no, Carlitos. Perdón. Sshiii... Eso del gran danés te ha salido cojonudo, Sshiii, sí, toda tuya, hermanito...

—Perro del diablo, el gran danés... Pero ya se va, por fin.

La conversación, que había empezado tan bien, estuvo a punto de irse al diablo por culpa del Arturo mellizo, que finalmente se dio cuenta de que el papel protagónico se lo tenía que dejar todo a Carlitos, sobre todo desde su gran acierto al atribuirle la posesión de un gran danés, nada menos. Entonces, por fin, se recompuso aquella simpática charla y Susy Vélez Sarsfield era un encanto, sumamente bromista, y de gran habilidad y rapidez para captar todas aquellas locas asociaciones de ideas con que Carlitos logró recrear a un Arturo francamente simpático y socialmente perfecto, una especie de *gentleman* distraído y agudo, al mismo tiempo, para gran felicidad de un Arturo Céspedes Salinas, que nunca había colgado tan satisfecho de sí mismo de teléfono de pared alguno en su perra vida.

Al día siguiente, martes, le tocó su turno a Mary Vélez Sarsfield, que también resultó ser encantadora y sumamente natural y probablemente *cosmopolitan*, también, y se tragó íntegro al Raúl Céspedes Salinas, que también le pidió cita para el té de las cinco, el viernes, no para el lonche de las seis, por supuesto, y que al final del diálogo colgaba del telefonote de pared lleno de Daimler en la mirada y con un pie ya en el estribo.

Lo complicado vino el miércoles, porque a Carlitos le tocaba ser Carlitos Alegre e invitar a Melanie, la tercera de las Vélez Sarsfield, casi una niñita, pero con muchísimo mundo, parece ser, aunque la verdad es que hubiera pagado por llamar a sus hermanas y preguntarles por las chicas Vélez Sarsfield, porque ahora no sólo se le confundían con muchas otras amigas de Cristi y Marisol, sino que de pronto como que se le borraban del todo o reaparecían pero con unas caritas tan lindas que, resulta, podían ser cualquiera menos ellas. Casi se queda sin cita para el viernes, Carlitos, por imitarse a sí mismo imitando a los mellizos, primero, después por insistir en que mejor era un lonche a las seis que un té a las cinco, porque entre otras cosas les daba más tiempo para estudiar, y finalmente porque la que contestó primero y les contó de unos hermanos muy simpáticos pero que insistieron venir a las cinco y a té y no lonche, no seas pesado, Carlitos, era Susy, nada menos.

—Pero si contigo ya he quedado.

—Siempre tan loquito y despistado, ¿no, Carlitos? Pero yo contigo no hablo desde niña, casi, y creo que con quien realmente quieres hablar es con Mary.

—Con ella también ya quedé, te lo juro.

—Pues entonces te paso con Melanie. Y ojalá que te acepte, para que la pobrecita también tenga algo que hacer...

—Qué mala eres, Susy...

—Pues a mí me cuentan que el malvado eres tú. Y, la verdad, me muero de ganas de conocerte. Por lo de la señora Natalia de Larrea, para serte bien sincera. Me *muero* de curiosidad de conocer al gran malvado, aunque no sé si mi mami te va a dejar entrar a la casa. Mira, por qué no te cambias de nombre. Inventa algo, por favor, que me muero de curiosidad. Y yo te juro que nunca le contaré esto a nadie. Quedará entre nosotros, Carlitos. Te lo digo de verdad.

—¿Y cómo me llamo?

—Pues Carlitos Sylvester no está mal. De niña yo tuve un gran amigo en Londres que se llamaba Carlitos Sylvester. Era un encanto, un verdadero encanto.

—¿Carlitos Sylvester?

—Exacto. ¿Llamo a Melanie de parte de Carlitos Sylvester?

—Encantado, sí. Sobre todo porque llevo unos días maravillosos desde que no soy yo.

Carlitos maldijo a los mellizos por no haber estado ahí, la única vez que necesitó ayuda para hacer una llamada telefónica. Estaba solo, tumbado en la camota de la alcoba del huerto. Y Natalia era un sueño demasiado grande y duro. Despedirse de ella varias veces por calles y plazas y hasta carreteras de Lima ya había resultado bastante duro. Despedirse de ella en la realidad era esto, a pesar de Luigi y Marietta, de Cristóbal, de Julia, de la devoción y solicitud con que lo atendían. Despedirse de ella era esto, a pesar de que, desde hacía un momento, él era Carlitos Sylvester para unas chicas llamadas Susy, Mary y Melanie.

Despedirse de Natalia y quedar enteramente entregado a los delirios de los mellizos Céspedes era algo que, incluso, se agravaba a ciertas horas del día y podía ser demasiado duro cuando un reloj de pie, en la penumbra de la sala, le golpeaba con su tictac esas horas de la noche en que mantenemos los ojos abiertos y todo absolutamente nos duele.

Como ahora, por ejemplo, en que la oscuridad lo cubría todo en el huerto, pero aún entre esas tinieblas Carlitos lograba ver muy precisos los rostros penosos de los hermanos Céspedes hablándole de las mujeres feas con que tenían que empezar sus salidas en las altas esferas de la sociedad limeña. Porque ellos tenían una larga lista de mujeres, para los próximos años, para irse formando y, al mismo tiempo, haciéndose conocer. Porque la gente, Carlitos, tiene que irse acostumbrando a nosotros, a nuestros apellidos, a nuestro origen, a la muerte de nuestro padre, que dejó a nuestra madre en la miseria y en la amargura, nunca mejor dicho, porque hasta la calle de la Amargura fuimos a dar con ella y con Consuelo, ni bonita ni feíta, ni inteligente ni no, y con esos premios al esfuerzo y a la constancia y esa humildad para todo y ante todo que a nosotros nos joden tanto, carajo, hermano...

—¿Y Colofón? —les soltó Carlitos, bastante harto de tanto melodrama, solamente para su uso, por supuesto. Y porque Carlitos no soportaba que despreciaran así a Consuelo ni a nadie—. ¿Y Colofón? —insistió, al ver entre las tinieblas del huerto que los tipos éstos se miran y me miran como si yo fuera un caído del palto.

—Colofón no existe, carajo.

Pero el tictac de aquel reloj de pie, allá en la penumbra de la sala, noches enteras sin Natalia, le iba probando hasta qué punto Colofón sí existía, y también Consuelo, o Martirio, o lo que sea. Y, tic tac, tic tac, le iba haciendo saber hasta qué punto las altas cunas y fortunas, maravillosa expresión acuñada por los mellizos, eran, por recordar otra de sus expresiones, las más altas cumbres del estrellato, para ambos. Y Carlitos sentía, sí, sentía, más que pensaba o recordaba, todo lo conversado con ellos y el pavor que le tenían a una mirada de arriba abajo. Por eso las muchachas feas, para empezar. Como para ellos las mujeres sólo podían ser ricas o pobres y bonitas o feas, era inmenso el riesgo de recurrir a unas muchachas muy ricas y muy bonitas. Y como ricas, sumamente ricas, tenían que ser siempre, pues que sean feas. Así aceptarán la invitación de dos tipos que van a llegar en un carro viejo. Aunque resulta que ahora, cuando menos lo pensaban, el carro era un carrazo, un tremendo Daimler, carajo, y además sólo para ellos dos y con el chofer uniformado ese, que aunque nos deteste, qué diablos, a Carlitos le dará gusto en todo, porque doña Natalia, la jefa, te lo ha ordenado, Molina, so cojudo. Pero lo genial es que era Carlitos quien iba a llegar en el Ford cupé del 46, porque al pobre no lo habían aceptado en calidad de Carlitos Alegre, sino Sylvester, y ni hablar de que lo vieran llegar con ellos y en un Daimler, los señores Vélez Sarsfield podían sospechar que se trataba del amante de la tal Natalia de Larrea y eso ni hablar.

O sea que hubo que encontrar una solución de emergencia y ésta consistió en que Carlitos, que recién estaba aprendiendo a manejar, llegaría en el carro viejo conducido por el cretino de Molina, y nosotros dos, carajo, se les van a caer los ojos a Susy y a Mary cuando nos vean llegar, haremos nuestro ingreso triunfal al caserón de la avenida San Felipe, con tremendos jardines y pistas de entrada para automóviles, nada menos que solitos y en el Daimler. Por supuesto que lo único con que no contaron los mellizos Céspedes Salinas fue con que las hermanas Vélez Sarsfield también tuvieran un Daimler negro con chofer uniformado, estribos, mil asientos limusines y todo, con que habituadas como estaban a mucho lujo y nada más, encontraran entrañable y sumamente bohemia y *cosmopolitan* la llegada de Carlitos Sylvester en un carro del año del rey pepino, y con que las tres, tan anglo como eran, lo consideraron una suerte de *El amante de lady Chaterley*, con amplios jardines y hasta con un huerto y todo, y además manejando el propio amante, porque Molina sí lo había traído hasta la puerta, claro, pero ahí el hombre como que se murió de vergüenza por aquello de que un chofer de la familia de Larrea y Olavegoya y este carro tan verdecito y tan viejo, oiga usted, joven Carlos, ¿podría bajarme aquí y esperar?, lo cual explica el ingreso de Carlitos al volante del carro bohemio, aventurero y verdecito, un ingreso bastante titubeante y curvilíneo, a decir verdad, pero que las chicas Vélez Sarsfield encontraron digno de un hombre de tan alto vuelo y alcoba que hasta falsos apellidos tenía que usar, y se olvidaron del té a las cinco y de todo porque jamás habían subido a un automóvil tan encantador como el de Carlitos y, además, un Daimler, la verdad, es cosa de choferes uniformados, mientras que este cupé es cosa de pilotos aventureros y *old timers*.

Y fue así como los mellizos, que en ningún momento fueron despreciados ni nada, ni mucho menos mirados de forma alguna, tuvieron que resignarse ante ese triunfo absoluto de Carlitos Sylvester y sufrirse frases suyas del tipo: Miren, Arturo y Raúl, yo creo que una primera lección, o conclusión, esta tarde, podría ser que a una multimillonaria se le impresiona con un auto viejo, de la misma manera en que a una chica pobre la haces feliz con un Daimler, por ejemplo, y todo esto mientras el té de las cinco continuaba enfriándose a las siete y empezaba a anochecer y continuaban las tres parejas todas apretujadas en el cupé seductor conducido con más riesgo y aventura que nunca por un Carlitos Sylvester que las tres encontraban realmente encantador y con esas asociaciones de ideas tan locas y tan divertidas.

Hechos mierda, los mellizos se sintieron siempre más mirados que nunca, y desde el cielo mismo hasta el mismísimo infierno, aunque la verdad es que nadie ahí los miró mal ni nada, o tal vez el asunto sea que precisamente los miraron demasiado poco, o a lo mejor nada, y que además los pobres jamás llegaron a entrar en la casa estilo tudor más tudor e inmensa de todo Lima, un súper sueño para ellos, porque ya vimos que, no bien llegó Carlitos con su cupé y su terrible fama de alcoba que camina, oculta además bajo el entrañable nombre de Carlos Sylvester, las tres hermanas sólo tuvieron ojos y oídos para él y su automóvil bohemio y romántico, y ya sólo quisieron subirse al cupé y partir a la aventura, y ahí continuaban todavía a las nueve en punto de la noche con los pobres mellizos reducidos ahora a la nada existencial, aunque con Molina siguiéndolos, o persiguiéndolos, más bien, y siempre en el Daimler, tal vez sólo por cumplir con las órdenes de doña Natalia, pero seguro que, además, por qué no, para darse el gustazo de ser el único ahí esa tarde noche, que se la pasó todo el tiempo en actitud de arriba abajo, de automóvil a automóvil y tan sólo telepáticamente, por supuesto, y también, cómo no, referida exclusivamente a los hermanos de la calle de la Amargura y a la porquería esa verde que ellos llaman bólido, habráse visto cosa igual, sólo a un par de cretinos como los Céspedes Salinas se les ocurre llamarle bólido a semejante vejestorio, ja, ja, ja, ja...

Pero todavía hubo baile de disfraces y concurso de equitación con las tres hermanas Vélez Sarsfield, el Daimler y Molina, los mellizos Céspedes Salinas, sus locas ambiciones y atroces aterrizajes, y Carlitos Sylvester al volante del cupé del 46 y con sus infinitas oportunidades de acción y contemplación del mundo en que vivimos, o, mejor dicho, del mundo en que vivo desde que Arturo y Raúl se entregaron en cuerpo y alma a abrirse camino en el verdadero valle de lágrimas que resultó ser para ellos la alta cuna y la fortuna y esa cumbre del estrellato por la cual iban al mismo tiempo a cuatro patas y como en el juego de la gallina ciega, aunque siempre en el papel de la gallina los pobres mellizos, claro, tan presumidos de sí mismos en un comienzo, tan a mí me dicen Duque, el uno, tan el hombre cuanto más parecido al oso más hermoso, el otro, y tan al pobre Carlitos le tocará ser siempre la gallina ciega y a Molina un esclavo de mierda más, o qué se ha creído el muy cretino.

En fin, que cada noche más, entre las tinieblas del huerto y la ausencia de Natalia, reproducida con cruel perfección por el tictac eterno de un reloj de pie, Carlitos le rendía cuenta paso a paso de la manera tan increíble en que los mellizos concebían su vida como una verdadera batalla y consideraban a la ciudad de Lima como un frente de guerra en el cual amanecían todas las mañanas con nuevos bríos, sí, mi amor, créeme que así es, mi Natalia, todos los días como que vuelven al combate, este par de locos, y mejor armados, mejor informados y hasta mejor pertrechados, diría yo, mi amor, porque del Daimler ya prácticamente se apropiaron para siempre, verás cuando vuelvas, pero resulta que su diario Waterloo cada día es como más Waterloo, diría yo, porque realmente los tipos no cesan de ir por lana y de volver trasquiladísimos, si vieras tú a Molina, el tipo hasta conversa y se sonríe como nunca con lo feliz que anda de corresponsal de guerra o enviado especial o qué sé yo, mi amor. Y bueno, sí, tenías razón, las chicas Vélez Sarsfield no son nada bonitas, pero el verdadero problema no está ahí, sino en que son unas muchachas sencillísimas y que hasta se diría que ni cuenta se dan de que son tan ricas y tan *very british*, y, claro, no reaccionan nunca como tales y eso los tiene a los pobres mellizos con el mundo patas arriba porque ellos quieren que sean así, pero resulta que son asá, y quieren que reaccionen así, también, pero resulta que nuevamente reaccionan todo lo contrario, ¿y sabes qué, mi amor?, pues que los tipos a veces como que te dan mucha pena, otras como que te dan mucha risa, pero, aunque esto te suene muy poco cristiano, también hay otras veces en que, vistos en conjunto, te dan un poquito de asco... Gracias a Dios, eso sí, la dermatología les interesa mucho, claro que por su proyección social [sic], y sin duda por ello no descuidamos el estudio diario.

Pero el baile de disfraces de aquel carnaval de 1957, en casa de Maricuchita Ibáñez Santibáñez, fue ya demasiado Waterloo para los mellizos, aunque también ellos, cual Napoleones criollos, probarían suerte nuevamente en el arte de la derrota atroz y definitiva. Y es que los pobres Arturo y Raúl estaban más fascinados por la idea que se hacían de las hermanas Vélez Sarsfield que por las tres feuconas pero simpatiquísimas hermanas de carne y hueso. Por supuesto que fue Carlitos quien tuvo que mover cielo y tierra para conseguirles invitaciones, lo cual obligó también a Susy, Mary y Melanie a mover cielo y tierra para conseguirle una invitación a Charles Sylvester, su gran amigo de infancia en Londres, que acababa de llegar a Lima, se alojaba en casa de unos primos de apellidos Céspedes Salinas, que nosotras tampoco conocemos ni en pelea de perros, no, pero bueno, nos encantaría que los invitaras también con Charles Sylvester, sobre todo por lo del alojamiento y eso, sí, por favor...

—¿Que cómo son? Pues yo diría que medio cholazos y huachafones y como que vivieran en un Daimler o se pasaran la vida limpiándolo, Maricuchita, y además uno de ellos insiste en que le digan Duque y el otro Oso, que le queda perfecto, te lo juro, y hasta miedo te da el tipo, pero mira, a Charles Sylvester lo queremos atender lo mejor posible, y al fin y al cabo la tuya es una fiesta de disfraces, o sea que lo menos que van a traer los mellizos ésos es un buen par de antifaces.

—¿Tres invitaciones, entonces?

—Qué le vamos a hacer, Maricuchita, por favor. Tres invitaciones, sí, y si quieres les pido a los Céspedes que vengan con máscaras...

Pero el gran baile de disfraces de Maricuchita Ibáñez Santibáñez fue tremenda desilusión para los mellizos Céspedes Salinas, y nada menos que por culpa de las hermanas

Vélez Sarsfield, que llegaron igual de pecosas que siempre, igual de pelirrojas, con sus eternas colas de caballo, y sin nada que resplandeciera en todo Lima, ni siquiera ahí en el distrito de Miraflores, sin nada que brillara como el oro o relumbrara como un diamante. La casa del baile sí que estaba a la altura, y fue el propio Molina, tan comunicativo últimamente, el encargado de comentarle a Carlitos que se fijara en sus compañeros de estudios y Amargura, mírelos, joven, como que se han achatado ante tremenda fachada y ante el patio este de ingreso, y a quién se le ocurre, con el calorazo que hace, ponerse una máscara de oso y tremenda piel negra, oiga usted, y el otro disfrazado de Gran Duque de las Cruzadas, según él, que le he preguntado y dice que fue entonces cuando nacieron las grandes órdenes de caballería y los títulos como el suyo, ese amigo suyo va a empapar en sudor a cuanta chica saque a bailar y ojalá que use harto desodorante...

—Molina, por favor, je, je...

—Y usted no olvide que acaba de llegar de Londres y que se llama Charles, además de todo. Y, por favor, eso sí, no se quite ese antifaz ni un solo segundo. Va usted muerto si se lo quita y se dan cuenta de que es nada menos que el amante de la *lady* esa no sé cuántos, como la llaman las señoritas Vélez...

Pues las señoritas Vélez Sarsfield, nada menos, estaban llegando en ese preciso instante, también en un Daimler negro, y también con un chofer uniformado, por supuesto que de verano, de muy fina lanilla de un gris muy claro, y con esa preciosa gorra que entró en rápida competencia con la de Molina, que, aunque no iba ni de oso ni de duque de mierda ni nada, sino súper veraniego, como debe ser en esta época del año, por si acaso le pegó su tremenda mirada rubia Albión al del otro Daimler, y es que la gorra del otro chofer era mejor que la suya y esta misma noche le mando pedir a la señora Natalia una gorra parisina para empleado elegante y fiel, y talla sesenta y cuatro, usted por favor se encarga de eso, joven Charles Sylvester, pero, caricho, qué les pasa a sus amigos los mellizos, que andan como anonadados con la llegada de sus amigas, fíjese usted, joven Charles.

Era cierto. Toda la gran ilusión, toda la inmensa esperanza de los mellizos Gran Duque de las Cruzadas y Oso desaparecieron en un abrir y cerrar de ojos, como si la inmensa y muy iluminada fachada del caserón que tenían ante ellos se les hubiera venido encima y los hubiera aniquilado. Los mellizos habían soñado con tres princesas de cuentos de hadas, con antifaces de oro y toda una retórica de joyas, sin duda alguna, pero en cambio las hermanas llevaban un sencillo disfraz de muchachas parisinas y existencialistas, de simples boinas, de faldas hasta el suelo, de largas camisas de hombre y zapatillas de torero, todo negro. Las tres vestían con una sencillez casi fuera de tono, y que, de no ser porque con o sin antifaz siempre serían ellas y sus tres largas y pelirrojas colas de caballo, los demás asistentes al baile podían encontrar hasta ridícula, aunque gracias a Dios que aquí todo el mundo sabe que son multimillonarias, pensaban penosamente los pobres Gran Duque y Oso invernales. Y es que, una vez más, para su pueril frivolidad, un baile era también un campo de batalla. Los mellizos habían soñado con que las hermanas Vélez Sarsfield dejaran boquiabierto al mundo entero con joyas y disfraces de princesas de cuento de hadas, para debutar ellos en calidad de príncipes consortes, sin duda alguna gracias al toquecillo enamorado de unas varitas mágicas de dieciocho kilates, y ahora esta singular muestra de sencillez e independencia resultaba profundamente dolorosa para unos maniqueos arribistas a los que, anonadados como andaban, incluso les costó trabajo seguir el ejemplo del joven

Charles Sylvester y tomar del brazo a sus parejas para ingresar a los salones importantísimos de aquella residencia inalcanzable para ellos, por más que algún día también se la fueran a pagar con creces a su madre, carajo, y por más que en aquellos jardines iluminados y decorados carnavalescamente nadie los fuera a reconocer vestidos así, de Gran Duque de las Cruzadas, uno, y de hermoso Oso, el otro, y acompañados por las carcajadas de Melanie y Carlitos Alegre, porque, además, a la alcoba que camina oculta bajo un seudónimo se le acababa de venir a la mente una de sus locas asociaciones, esta vez nada menos que entre el calorazo de aquella noche de carnaval y los disfraces de los mellizos...

—Ellos, que tanto se esfuerzan siempre, mira tú, Melanie, y que darían la vida por ser elegidos reyes de esta fiesta, ellos, que tan en serio se lo han tomado todo esto, mira tú cómo al final nadie los va a reconocer por el sudor de su rostro sino por el de sus manos, porque a este par de locos lo único que les falta es un buen par de guantes a cada uno, y pobre de tus hermanas, con las manos, aj, todas sudadas de oso...

—¡Qué asco, Carlitos! No sigas, por favor...

Y así fue transcurriendo aquella noche atroz para los mellizos, que hubieran pagado para que algún palomilla les arrojara un buen baldazo de agua, aunque sea sucia, como en el carnaval callejero y populachero, porque lo que es aquí nos ahogamos y estas cojudas de Susy y Mary casi no nos hablan y parece siempre que estuvieran en las nubes. Pues no se equivocaban los mellizos, que además acababan de darse cuenta de que en un baile de disfraces para qué te vas a presentar ni nada, si nadie te ve la cara, y ellos que soñaban con ir conociendo e irse haciendo conocidos, porque dime tú, Arturo, quién será esa Cleopatra y quién esa madama Pompadour, *madame*, Raúl, carajo, y a mí me acaba de pegar un pisotón este Nerón de mierda, mientras que estas cojudas siguen en las nubes y apenas nos contestan.

No, por supuesto que no se equivocaban los mellizos, y, como ya varias veces le había contado Carlitos a Natalia, entre las tinieblas del huerto y su tictac infinito, estos tipos creen que ellas tienen que ser así, pero resulta que son asá, y ni Susy ni sus hermanas tenían un pelo de frívolas, todo lo contrario, eran unas muchachas sumamente sencillas y aparentemente hasta despreocupadas, pero de carácter muy alegre. Y soñar era su más intenso placer, hasta el punto de que parecían no prestarle atención alguna al mundo que las rodeaba y a las cosas que, una tras otra, iban viendo en compañía de unos tipos bastante inefables, la verdad, y que sin duda pensaban que ellas habían venido al mundo para conversarlo y hasta discutirlo todo muy seriamente con ellos. Pero, si bien las hermanas Vélez Sarsfield hablaban con todo el mundo lo suficiente como para alimentar cualquier conversación con una buena dosis de palabras, nada les resultaba tan pesado y aburrido como tener que discernir con un Oso hermoso y un Gran Duque, todos sudados, además, lo que estaba bien, y lo que no, en un simple baile de disfraces. Y cuando el Gran Duque de las Cruzadas se impacientó, le alzó la voz, y le preguntó por qué conmigo, precisamente, no, a ver, explícame por qué, ella le soltó:

—Es que tú, esta noche, debiste limitarte a ser el remedio que me cura de tanto aburrimiento en bailes como éstos. ¿Está claro?

—No, nada claro.

—Entonces quiere decir que no has comprendido lo terrible que puede ser el aburrimiento de un baile de segunda categoría.

Casi lo matan, a Gran Duque Céspedes, y en el preciso instante además en que, también su hermana Mary, estuvo a punto de matar a Oso Céspedes, que, de golpe, se le puso de lo más hermoso y donjuanesco, y, sudando como nunca y con dos whiskies adentro, le habló de un *futuro juntitos*, nada menos, y... En fin, algo así de atroz para la alegre y sencilla independencia de la muchacha.

—Tú eres un futuro, mi querido Oso, que se hace cada vez más pasado, pero que jamás llegará a presente.

Después a las pobres chicas les partió el alma haber dicho estas cosas tan duras, pobres muchachos, tan abrigados y en verano, y les vinieron recuerdos sentimentales escolares y religiosos del tipo «Dad de comer al hambriento» y «Dad de beber al sediento», ¿o no es así, Melanie, eso de «Dad?», y Melanie, que andaba literalmente pisoteada y feliz con Charles Sylvester, alias Charlie, ya, al cabo de mil bailes y uno que otro whisky de contrabando, je, fue idea suya, no, tuya, je, je, casi mata a todos ahí cuando respondió que ella sólo se acordaba de su *daddy*, en el Hurlingham Club, allá en las afueras de Londres, dándole de comer a unos patos de mil colores...

—Yo también lo recuerdo, Melanie, pero de lo que se trata ahora es de *Dad*, y no de *daddy*, y tu hermana y yo andamos un poquito arrepentidas, no nos preguntes por qué, y quisiéramos saber si podemos contar con ustedes y los hermanos, *aquí*, para montar un poco a caballo e ir a un concurso de equitación, la semana próxima.

—Encantados —respondieron, antes que nadie, los hermanos Céspedes Salinas, cual derrotados Napoleones que sencillamente se niegan a partir rumbo a su Santa Elena.

Y a Carlitos no le quedó más remedio que encantarse, también, y observar, una vez más, con microscópica y dermatológica curiosidad, cómo este par de locos van de Waterloo en Waterloo como si nada, caramba. O como Lázaro, je, que se levanta y anda, no bien Jesucristo se lo pide, qué tal aguante, la verdad.

—¿Y no se ha puesto usted a pensar en el aguante de esas pobres señoritas? —le comentó Molina, tarde ya aquella noche, cuando por fin regresaban a Surco y al huerto desde aquellos campos de batalla en los que los mellizos Gran Duque y Oso...

—Por favor, Molina: los mellizos Céspedes Salinas...

—Sí, señor.

... aquellos campos de batalla en que los pobres mellizos se habían estrellado nuevamente, esta vez contra un simple baile de disfraces, en el que unas muchachas alegres y sencillas no habían estado a la altura de sus sueños y anhelos, sino en el infierno mismo de sus peores temores. Porque tanto Susy como Mary, y hasta Melanie, si se quiere, también, en todo momento se negaron a interpretar el papel que los habría hecho felices, otorgándoles esa dosis de torpe coquetería que un par de tipos como ellos creía inherente al carácter de todas las mujeres.

Lo demás transcurrió todo en el campo de polo de Contralmirante Montero y General La Mar, en el límite entre los distritos de San Isidro y Magdalena, donde además tenían sus academias de equitación dos hombres tan distintos como el día y la noche: el germánico y callado viejo Steiger y el argentínico y extrovertido conde Lentini, al que es preferible no darle sino una nacionalidad aproximada, por precaución, y por no ofender, ya que en él todo era falso de nacimiento e incluso el titulillo que se gastaba lo había comprado hace poco —no sabemos si pagado—, en un viaje tan, tan rápido a Italia, que un periodista de sociales aseguró en su diaria columna que, de la avenida Italia, ese señor nunca pasó. El conde Lentini, que era brillantina pura y que habría querido vestirse como un caballero inglés, sólo lograba al galopar que los perros del barrio le ladraran a su paso, realmente furibundos y sumamente críticos, sobre todo aquellos perros que pertenecían a algunas discretas pero elegantes casas de color blanco y ventanas coloniales, que bordeaban el club de polo escondidas entre árboles, cipreses y buganvillas, y que sin duda comparaban la ropa del jinete con la voz de su amo y con la ropa y con todo, menos la brillantina, que, en este caso, era incomparable tanto por su calidad como por su cantidad e, incluso, se diría, por su intensidad. Su paso por la avenida Contralmirante Montero, su cruce por la calle General La Mar, y su llegada al camino para caballos de la avenida Salaverry, al frente de un nutrido grupo de discípulos, era simple y llanamente el recorrido más ladrado que jamás haya existido, y ladrado dos veces al día, además, uno a la ida y otro a la vuelta. En su raquítica pero esmerada y perfumada —sí, perfumada— academia, el conde Lentini parecía responderle a toda esa fábrica de ladridos mediante una buena serie de letreritos de madera, de su puño y letra, en los que opinaba, a manera de refrán o de máximas, sobre millones de temas y ladridos, y hasta mordiscos y cornadas de esta vida, también, probablemente, y entre los cuales había uno de mayor tamaño y a todo colorín en el que afirmaba querer más al caballo que al hombre, sin reparar, de puro bruto, seguro, que, tamaño aparte, un perro se parece bastante a un caballo, pues tiene cuatro patas, tiene cola, a menudo tiene orejas de *pony*, ese caballito bonsái, y que incluso la meada la tiene más o menos en el mismo sitio, aunque con la elegancia añadida de que levanta la patita y no se la empapa ni salpica toda. Pero, en fin, el conde Lentini, sin duda alguna, no estaba para profundidades cuando pintó su letrerito, y lo suyo, por lo demás, era la brillantina y no la brillantez.

Sobre el caballero germánico Steiger poco o nada hay que decir, porque poco o nada le dijo él jamás a nadie, nunca, ni siquiera a sus alumnos, a los que se dirigía con gestos y monosílabos. Rumores había, claro, que si un pasado nazi, que si una princesa polaca, que si una fortuna escondida en Transilvania, pero estos rumores solían ser antes que nada el termómetro con que se medía la imaginación, la cultura, y el provincialismo agudo de una burguesía que necesitaba dormir tranquila y acudía a los más manidos lugares comunes para llamarle pan al pan y vino al vino, y, de esta manera, sentir que lo tenía todo bajo su control para siempre.

De más está decir que el conde Lentini destestaba al caballero Steiger, a pesar de que éste, sobre todo con los años, había llegado a parecerse asombrosamente a un caballo. Las malas lenguas afirmaban, incluso, que ese odio paradójico se debía sobre todo a lo mucho que el maestro germánico se parecía al caballo preferido del conde, fíjate, a primera vista son verdaderamente dos gotas de agua, tú mira el quijadón del viejo y dime si lo del conde que brilla no sólo es odio sino además envidia tiñosa. El caballero Steiger, sin embargo, nunca se enteró siquiera de que al lado de su descuidada academia había otra, ni supo tampoco de la existencia de los letreritos, ni de la de su autor; en fin, que por no saber, el señor Steiger no parecía ni siquiera saber en qué país se encontraba su academia, ni qué idioma hablaban sus cuatro gatos de alumnos, ni si los perros de las calles por las que iba con sus discípulos ladraban o no, porque la verdad es que él jamás oyó ladrido alguno de esos perros del barrio, que más le parecían los fantasmas de un perro que otra cosa, pero es que el caballero germánico ignoraba también que esos animalejos acababan de agotarse ladrándole al caballero argentínico, que diariamente pasaba unos minutos antes que él, brillando todito, y que más bien su paso rumbo a la avenida Salaverry les resultaba tan fantasmal que, entre desconcertados y aterrados, preferían guardar un silencio total. Y la verdad es que jamás se oyó un gruñidito siquiera, mientras pasaba el caballero Steiger a la cabeza de un grupito de fieles, señoritas casi todas, más algún despistado jinete, y entre esas señoritas destacaban por una elegancia que tenía hecho mierda de envidia al conde Lentini, que realmente lo estaban llevando a idolatrar al caballo y abominar del hombre —no tardaba en enfatizar los términos de su letrero sobre caballo y hombre, el tal conde— las amazonas Susy, Mary y Melanie Vélez Sarsfield.

Pues a todo este mundo tan cerrado y especial, y, sobre todo, tan ajeno a ellos, tan desconocido, y tan inexplicable, invitaron las tres hermanas, con arrepentimiento por las duras frases del baile de disfraces, y, bueno, los pobres hacen lo que pueden pero como que no les sale ni les saldrá nunca, a los mellizos Raúl y Arturo Céspedes Salinas. Y por supuesto que también a Carlitos Charles Sylvester Alegre, como a ellas les encantaba llamarlo. Desesperados, los mellizos casi lo matan a preguntas sobre la manera de ser y estar en aquella zona de la realidad mirada por ellos de abajo arriba y que realmente los había tomado por sorpresa, porque el polo y la equitación claro que estaban en su programa de vida, o tendrían que estar algún día, mejor dicho, pero ahora, y así de golpe, como que era demasiado pronto, todavía, y tú qué vas a hacer, Carlitos, y cómo les vas a decir que no sabes montar a caballo, y qué ropa te piensas poner, y qué actitud debe tomar uno en lugares como ése.

—Si quieren que les diga una cosa, y muy sinceramente, lo único que me interesa en el mundo, en este momento, es que llegue el día sábado y que el avión en que Natalia regresa de París y de Londres aterrice puntualísimamente. ¿Me han oído? Lo de mañana con esas chicas y sus caballos me importa un pepino.

—Sí, Carlitos, pero...

—No, Carlitos, pero nada, Carlitos. Y, por favor, otro

asunto que me preocupa y, creo que debería interesarnos a los tres, es que en dos semanas más son los exámenes de ingreso. ¿O ya se olvidaron?

—Te juramos que, a partir de mañana, no perdemos ni un minuto más, y si es necesario estudiaremos también toda la noche. Te lo juramos, hermano. Pero, ahora, dinos por favor qué ropa nos ponemos.

—¿Quieren un sano consejo? Ignórenlo todo y verán también cómo todo les sale mejor.

—Pero tú...

—Yo, carajo, voy a ser Carlitos Sylvester por última vez en mi vida. ¿Me oyeron? Y ahora sigan mi consejo y sanseacabó.

Mas sabe Dios qué les pasó a los mellizos, o con quién consultaron sobre campos de Inglaterra o algo así, y a lo mejor hasta sobre Wimbledon, en vez de algún club ecuestre o aunque sea una cacería de zorros, o es que cayó en sus manos algún figurín amarillento, pero lo cierto es que cuando Carlitos pasó a recogerlos con Molina y el Daimler, y de paso a recoger, también, pero por última vez, su cupé romántico y aventurero, sencillamente enmudeció al verlos de pie ahí en la vereda, y con una mezcolanza de atuendos para golf, para tenis, para badmington, e incluso para bridge o para la batalla de Inglaterra, si se quiere, pero jamás para montar a caballo.

—Y además se van volver a morir de calor —se le escapó, olvidando que tenía a su lado a Molina, más enviado especial y corresponsal de guerra que nunca.

—El carnaval continúa —dijo el chofer, encantado de la vida.

—Molina, por favor.

—Yo le voy a hacer a usted escuchar un tango del inmortal Gardel, joven. O por lo menos es él quien lo canta. ¿Cómo dice? Sí: «El carnaval del mundo, gozaba y se reía...»

—Mire, Molina...

—Mirar es lo que estoy haciendo, precisamente, joven Sylvester...

—Mierda. Suban ustedes, que yo voy por el cupé.

La mirada de los mellizos Céspedes preguntándole si, por favor, ¿metimos la pata otra vez?, es algo que Carlitos Alegre lleva aún grabado en el fondo del alma, algo para lo cual, además, en su vida ha logrado encontrar respuesta alguna. Y si la hubiera encontrado, hace rato que la habría añadido a una suerte de *Antología universal de la infamia*. Pero, bueno, digamos que, para todos los efectos, aquella mirada llegó esa mañana hasta aquel ambiente de las academias de equitación, tan poco equitativo aquella mañana, porque había concurso hípico en el lindo campo del polo y cada limeño 1957 llevaba en el atuendo y en el alma ese trocito heroico de Inglaterra que aún sobrevivía por entonces en estas Indias y que las hermanas Vélez Sarsfield encarnaban con naturalidad y discreción verdaderas. Los demás exageraban, casi todos, pero es que la nostalgia es así, agranda las cosas y les añade fuerza y color, volviéndolas casi agresivas con su carga latente de vida, de pérdida irreparable, y de destino jamás alcanzado. El caballero Steiger ignoraba todo y todos lo ignoraban a él, menos sus alumnos, que realmente lo apreciaban, aunque hay que reconocer que en ese campo de polo se le acentuaba tanto su parecido con los caballos, que por momentos parecía otro caballo más, pero muy mal alimentado y sin patrón alguno. Don Bernardo Connors Santander, con su eterno *fond de teint*, su peinada angloargentina, su nariz aguileña, su donosura, su atuendo ligeramente exagerado, pero también ligeramente descuidado, todo con un esmero de horas y horas, por supuesto, y cargándole mucho al rojo y al blanco con gorra y visera a la medida para su perfil Dick Tracy, y con su Chrysler dorado, de techo blanco y de dos puertas, cómo no, le aseguraba, solito él, a todo aquel espectáculo de fondo verde, un auténtico contenido *british* y *very*, también, por qué no, pero no en una auténtica escena de campiña inglesa sino en un perfecto anuncio de cigarrillos Lucky Strike, que mandaba al infierno de envidia a alguien que, además, de pronto amanecía llamándose conde, sí, pero Lentini también. Y ojo, que esta marca de cigarrillos no era el único recurso *sport* de don Bernardo Connors Santander. En otras ocasiones, el elegante caballero del eterno bronceado era capaz de convertirse él y su circunstancia en una perfecta publicidad de cigarrillos Camel.

Contra todo esto llegó primero el conde Lentini y llegaron inmediatamente después los mellizos Céspedes Salinas, a cuál peor en lo suyo, la verdad, y las hermanas Vélez Sarsfield oyeron clarito cuando alguien de entre el público opinó que por qué no traían un basurero para esos tres, de una vez por todas, carajo. Y por ahí como que se produjo una súper confusión porque alguien le dijo profesor al conde y los mellizos ignoraban que fueran dos los profesores y al tipo lo vieron tan florido y lleno de pañuelitos por todos los bolsillos, tan jinete y tan brillante de pies a cabeza, como si para las botas y el pelo utilizara los mismos productos de tocador, que, rapidísimo y para sus adentros, pensaron, Diablos, el profesor de Mary y Susy, nada menos que el germánico señor Steiger, lo cual sí que da una idea del despiste tan gigantesco que se traían los pobres, aunque para nada da una idea de la efusividad que les entró ante tanta equitación humanizada, ésta es la nuestra, viejo, que ellas crean que a su profe ya lo conocíamos, que ellas piensen que, que ellas se imaginen que...

Lo malo es que mientras ellas tenían que creer, pensar e imaginar tantas y tamañas cosas, a ellos literalmente se les fue la mano de la efusividad y al conde le voló un botón del saco, muy precisamente el que luchaba por ocultar su buena barriguita, y en su vida odió tanto a los hombres y amó tanto a los caballos, aunque ello no le impidió tratar a los espantados mellizos de animales de mierda y a ustedes quién los ha invitado y se puede saber de qué circo los han sacado, y así horas y horas, pero con carajos y putamadres y de todo, también. Hasta el propio Carlitos, que venía siguiéndolos, prefirió hacerse el perdedizo, aunque no pudo evitar que Molina tomara nota, en su calidad de enviado especial, del momento preciso en que el conde concluía diciéndoles que ustedes, sí, ustedes dos, engendros de figurín, par de payasos, y Wimbledon para cholos, ustedes, sí, me han hecho realmente aborrecer al género humano e idolatrar a mi caballo, al cual a partir de este mismo momento nombro cónsul imperial romano, porque aquí, señores, están ustedes ante Calígula II, descendiente directo de aquel emperador que también amó a su caballo como yo amo al mío, par de miserables, y ahora hínquense, granujas, hínquense ante su emperador o llamo a la policía.

Pero el conde Lentini no llamó a nadie y más bien casi se muere cuando las hermanas Vélez Sarsfield, nada menos que ellas, ah, si pudiera tenerlas en mis cursos, si lo partiera un rayo al viejo de mierda de la academia de al lado, acudieron muy amablemente en ayuda de sus pobres Napoleones, y entre otras verdades de este mundo cruel les explicaron que su profesor era el caballero Steiger y que ellos se habían *precipitado*, sí, porque éste es el caballero Lentini, de la otra academia.

—Beso sus manos, señoritas.

—Bese las de sus caballos, Lentini —le soltaron las tres, casi en coro, e inmediatamente le dieron la espalda y lo dejaron tirado ahí, soñando con otro viajecito a Italia, pero esta vez para comprarse un título muchísimo más caro y de mucho mayor solera, parece que ahorré demasiado, carajo, y que todo Lima se entere de quién soy yo.

Molina no cesaba de enviar partes de campaña, acerca de este nuevo baile de disfraces, y los mellizos se habían alejado espantados de la escena y esperaban sentados a la sombra de un árbol, pálidos, mudos, con los ojos desorbitados, como si estuviese a punto de leerse su sentencia de muerte. Pero las hermanas Vélez Sarsfield, que hasta bonitas parecían esa soleada mañana con sus uniformes, con sus gorritas de equitación y sus largas colas pelirrojas al viento, habían decidido que nadie tiene derecho a tratar así de mal a nadie en este mundo, que más bien «Dad de comer» y «Dad de beber», y eso, y que pobres Arturo y Raúl, aunque lo peor de todo es que nuevamente se nos van a empapar de sudor, caramba con los mellizos estos, habríamos apostado que otra vez les daba por improvisar, sólo ellos son capaces de encontrar semejantes gorras y esos pañuelos de cuello, ¿tú qué crees que podemos hacer con ellos, Melanie?

—Por allá hay unas acequias y a lo mejor hasta hay unos patitos, para lo de dar de comer, al menos, como *daddy* en el Hurlingham Club. Y nos olvidamos de los caballos, mejor, por hoy, y a ellos los vamos *desviando* en esa dirección, hasta que dejen de ser vistos. ¿Qué les parece? Y si quieren yo voy a avisarle al profesor Steiger que ha surgido, que ha surgido, pues que ha surgido lo que ha surgido.

—¿Y Charles?

—Creo que se ha escondido debajo de su carro, el muy vivo.

—Tan lindo, con su cupé...

Ésa pudo ser una buena solución, pero desgraciadamente los mellizos habían optado por otra, pésima, por supuesto, y sobre todo de un exagerado melodramatismo, e incluso con su añadido trágico, aunque ellos pensaran todo lo contrario y confiaran en el efecto absolutamente positivo de la confesión que se disponían a hacer, sin consultarle siquiera a Carlitos, que podía resultar siendo el gran perjudicado y terminar perdiendo al menos buena parte de la aureola que tan popular lo hacía ante las hermanas, a pesar de sus despistes y metidas de pata. Pero bueno, eso qué diablos les importaba a los mellizos: lo suyo, ahora, era recuperar imagen ante esas muchachas, y además Natalia de Larrea estaba a punto de regresar de Europa y Carlitos de encerrarse con su gran amor en el huerto y sólo salir en las horas de estudio. O sea que si lo delataban un poco, qué diablos, porque lo suyo, ahora sí que sí, era de vida o muerte. En fin, torpes, y además nada fieles en sus cálculos sociales, los mellizos Céspedes Salinas, pero ahí estaban ahora, y a ver qué tal les iba. Porque ya se habían incorporado y ya habían caminado hasta ponerse cara a cara ante las tres hermanas, dispuestos a jugárselas el todo por el todo con su patética confesión.

—¿Saben ustedes que los verdaderos aventureros y románticos somos nosotros, y que hasta somos un poquito excéntricos? ¿No lo saben?

—¿Sabemos qué? —les preguntó Susy, extrañadísima.

—No entiendo —intervino Mary.

—Yo tampoco entiendo nada —completó Melanie, añadiendo—: ¿Se puede saber a qué se refieren?

—A nuestro auto.

—¿Cuál, el cupé verde?

—Ése mismo.

—Pero si siempre fue de ustedes.

—Pero ustedes creían que era de Carlitos.

—¿Nosotras creer eso? No, hombre, nunca. Tal vez el primer día, cuando seguro que ustedes se inventaron una de las suyas, que siempre les salen tan mal... Ay, perdón... Pero también desde el primer día, Carlitos, que es tan despistado, se refirió siempre a ese carro como el cupé de los mellizos. ¿O no se dieron cuenta ustedes, tampoco?

—¿Y entonces por qué el romántico y el aventurero es Carlitos?

—Bueno, porque me imagino que sólo a un viejo aburrido se le ocurre andar todo el día en esa especie de carroza fúnebre, y con un chofer, además. Un muchacho divertido jamás...

Molina informó en un parte de guerra que el objetivo había sido tomado y arrasado y que el enemigo huía despavorido, mientras Carlitos empezaba a salir de debajo del cupé, no me vayan a chancar estos pobres mellizos, ahora que todo ha quedado, desgraciadamente, demasiado claro, y mientras todos ahí eran testigos —unos mucho más sonrientes que otros, claro está...— del momento en que un mozo de cuadra, sin duda llevado por el metro ochenta y siete de Molina, por su uniformazo, que bien podía ser una nueva moda para los señores jinetes, y por lo rubio Albión que era todo en él, se le acercó para informarle que la primera prueba estaba a punto de empezar y que los señores socios se sirvieran ir pasando ya a la tribuna, por favor, caballero.

—Y ahora resulta que hasta yo soy socio —dijo Molina, pensando que después de esa nueva confusión, al par de mellizos estos ya sólo les queda recoger sus bártulos y enrumbar hacia Santa Elena. Y luego, haciendo gala de una muy sutil y profunda ironía, que Carlitos realmente ignoraba, pero que le encantó, agregó el siguiente comentario—: Cómo se nota que en esta ciudad empiezan a escasear los rubios: fíjese que hasta a mí ya me quieren convertir en caballero socio.

Y, en efecto, a los mellizos ya qué otro remedio les quedaba más que inventar un compromiso importantísimo que se les había olvidado por completo, te dije que lo anotaras todo siempre en la agenda, Raúl, disculparse ante las hermanas, y por qué no lo anotas tú, carajo, Arturo, no atreverse a mirar siquiera a Molina, quedar para esta tarde a las tres en punto en nuestra casa, para estudiar, Carlitos, *por favor*, no nos falles, subirse a otro carro de mierda más en la vida, descubrir que no tenían las llaves, esperar a que Carlitos, por fin, las encontrara y se las devolviera, y huir despavoridos tras haber entendido el significado cabal de sus últimas palabras, pronunciadas mientras las hermanas Vélez Sarsfield respiraban aliviadísimas, partían en dirección a sus caballos y sus pruebas ecuestres, felices, pelirrojas, y al fin nos libramos de ellos, por Dios...

—Carlitos, ¿nos puedes prestar las llaves de tu cupé, por favor?

—Por supuesto —les respondió Carlitos, que nunca se fijaba en nada, y que con esta nueva distracción no hizo más que prolongar ad infinitum la sensación de desprecio en estado puro que estaban viviendo los pobres mellizos, y también, cómo no, el momento en que, por fin, podrían encender el motor y salir disparados, porque encima de todo el muy burro de Carlitos no encontraba las llaves en ningún bolsillo y les decía que se esperaran un momentito, por favor, ahorita las encuentro, y ¿Sabe usted, Molina, qué puedo haber hecho yo con las llaves de mi cupé?, sin darse cuenta en absoluto de que, para colmo de males, el desprecio es algo que se traga pero que no se mastica, según dicen.

III

Siempre las cosas pasan así. Mañana sábado por la noche llegaba Natalia, o más bien ya en la madrugada del domingo, sobre la 1.30, y Carlitos Alegre habría dado la vida por que llegara hoy, por que estuviera llegando justito en este momento, o, lo que es mejor, mucho mejor aún, por que hubiera llegado anoche y juntos estuvieran desayunando ahora, pero no en el comedor, sino en la terraza que da al inmenso jardín posterior de la casa, florido, lleno de árboles y enredaderas, y con la hermosa piscina allá al fondo, que Luigi iluminaba todas las noches, desde hace unos días, como para hacerle señales al avión en que regresaba la señora y que no se les fuera a seguir de largo, sobre todo al *povero* Carlitos, que según parece no duerme nunca, la Marietta y yo lo hemos oído llorar a oscuras, más de una vez, y la otra noche, *poveretto*, debió de vencerlo la soledad al tictac, como la llama él mismo, cada vez más nerviosa, más rabiosamente, hasta que de pronto todos oímos aquellos golpes secos y feroces, y yo empuñé la escopeta y convoqué a los canes, pero resulta que era él, y que, entre las tinieblas, se la había agarrado a patada limpia con *l'orologio, poveretto, anche lui*, y *poveretto* el bolsillo de la *signora*, porque creo que la joya de la relojería *svizzera* de pie se ha quedado sin tictac ni campanadas para siempre, aunque el joven Carlitos, tan acertado siempre para los golpes, debió de recibir *anche lui la sua* parte y ahora doña Natalia lo va a encontrar no sólo bastante demacrado y flaco, sino algo cojo, además... Pero es que se le hacían eternas las horas a Carlitos, aunque fuera mucho el tiempo que cada mañana y tarde y hasta noche le consagraba ahora al estudio con los mellizos, ante la proximidad de los exámenes de ingreso, y en las tinieblas de esa alcoba que, además, sin Natalia, había descendido a la categoría de dormitorio, e iba en camino de convertirse en camarote, por qué no, cualquier cosa es posible sin Natalia en esta camota, que me lo digan a mí, si no, que fue cuando Carlitos empezó perder un poco los estribos, ya, y empezó a sentir la necesidad cada vez menos controlable de incorporarse y salir corriendo del helado camarote veraniego, se sintió también cada vez más confundido, empezó a no lograr diferenciar entre el Ártico y el Ecuador, recordó aquella canción en que alguien sueña que la noche ardía y el fuego se helaba, y decidió que si aquello seguía igual él iba a poner las cosas a patadas en su sitio, porque definitivamente ese tictac, que, cuando Natalia estaba aquí, no se atrevía ni a chistar, ahora se pasa la vida impidiéndome siquiera soñar imposibles, como en la canción esa en que todo anda al revés, y estar ahorita mismo desayunando con ella a las nueve en punto de una mañana maravillosa, habiendo ingresado ya en la universidad, por supuesto, y sin un solo mellizo en millas a la redonda, en esa maravillosa terraza y con la piscina al fondo entre tanto árbol y enredadera y Natalia con una toalla blanca de sultana en la cabeza y su albornoz blanco y esa esbeltez única, rozagante, casi arrogante, ese talle largo que hace juego con todo lo demás, por donde uno la mire, caray, y que no tiene rival, me consta, porque el otro día los mellizos me enseñaron una revista de artistas de Hollywood en que ambos están estudiando ahora nada menos que ropa para montar a caballo, ellos y ellas, no pierden la esperanza este par de mulas, o, mejor dicho, jamás aprenderán, y con estos mismos ojos vi toda una galería de estrellas del firmamento y la meca del cine y Beverly Hills —palabras éstas, todas, que tienen fascinados a los mellizos, pero que yo les he aconsejado controlar a fondo, antes de empezar a soltarlas por calles y plazas— y bueno, pues, ninguna de esas estrellas, ni una sola, ni Ava Gardner siquiera, resulta comparable a Natalia tomando el desayuno conmigo en el firmamento del huerto, recién salidita de la cama y tal como a ella le gusta, calatita por debajo y dispuesta en cualquier momento a quitarse toalla y albornoz, arrojarse como Eva, no Perón, claro, qué ramplonería, a la piscina, y ponerse nuevamente su albornoz antes de que incluso los perros se enteren de lo que ha pasado ahí, pero yo sí, je, je, y otra vez enrollarse su toallota de sultana empapada sobre la cabellera mejor rizada de nacimiento —«ondulación permanente», aseguran los mellizos que se dice, qué horror— que hay en el mundo. Sí, *así* le gusta a ella levantarse de la cama, y ése es el momento en que más incomparable se vuelve, qué mujer competiría con esa majestuosa salida de la cama, con sus andares rumbo a la terraza o a la piscina, qué mujer se le acercaría, siquiera, a esas horas de la mañana, quién se metería con esa piel, y ese, cómo decirlo, pues sí, con unos términos un tanto médicos, qué le voy a hacer, con ese derroche de salud inquebrantable que es toda una fiesta para cualquiera, menos para el tictac de este reloj del diablo, por supuesto, que a uno lo confunde todo y no tarda en volverlo loco, que fue cuando Carlitos empezó a gritar que ni la aurora se atrevería a compararse con Natalia, siempre y cuando, claro, tú, tictac de mierda... Y Luigi empuñó la escopeta y convocó a los canes y todos ahí notaron que parecían patadas, más bien, y que, a ver, sí, parecen venir de la sala grande o de la sala del piano o tal vez del bar, sí, de por ahí, enciende todas las luces, Cristóbal, que yo en estas tinieblas *non vedo niente, pacco di merda...*

Sí. Siempre las cosas pasan así. Carlitos había quedado

en estudiar también aquel día sábado, y definitivamente esa cojera no se lo iba a impedir, como tampoco le iba impedir asistir a su diaria misa matinal, ni devolver la llamada de Melanie Vélez Sarsfield, que, anoche, antes de que él regresara de la calle de la Amargura, le había dejado un recado pidiéndole hablar un momentito con él, y, ahora que se acordaba, también tenía que llamar a Erik von Tait, que en eso habían quedado con Natalia, en que él invitaría a Erik a comer al huerto para que lo acompañara hasta la hora de partir a recogerla al aeropuerto con Molina. Carlitos regresó de misa, desayunó, marcó el número de Erik, primero, y el de Melanie, luego, y en ambas casas fue invitado a consultar con su reloj antes de volver a llamar a esta casa, jovencito, porque una niña en vacaciones veraniegas jamás está despierta a estas horas de la mañana, joven, y porque un músico que toca todas las noches hasta altas horas de la madrugada en su puta vida se levanta antes del mediodía, so cojudo.

Pues sí. Las cosas siempre pasan así. Y ahora Carlitos acababa de tocar el timbre en casa de los mellizos Céspedes y clarito había oído el funcionamiento del primitivo mecanismo para abrir una hoja de la puerta de doble batiente, desde el segundo piso. Se trataba de un largo cordón atado con un simple nudo a la manija lateral de la cerradura, que luego corría muy mal oculto bajo el pasamanos de la escalera, y que alguien jalaba desde los altos para no tener que bajar cada vez que tocaban. ¿Por qué, entonces, alguien bajaba ahora tan rápido? ¿Por qué con tanto ruido y como a borbotones? ¿Por qué, si además el picaporte de la puerta ya había obedecido y ésta está ya entreabierta? Carlitos empujó, y estaba abriendo, cuando una especie de costalón repleto de papas o algo así se estrelló contra el batiente y se lo clausuró de un porrazo en la nariz, que ahora le sangraba profusamente, mientras que, adentro, del otro lado del accidente, alguien gemía muy suavecito a la altura del suelo, como si no quisiera molestar a nadie con su muerte. ¿Qué hacía, tocaba de nuevo o no? Molina se había marchado sin enterarse de nada y él felizmente llevaba un buen pañuelo en el bolsillo posterior del pantalón. Carlitos se tapó la nariz, reconoció que el gemido era femenino, lo encontró muy dulce y realmente precioso, pero sobre todo sobrecogedor, y miró la hora en su reloj porque parece que esta mañana me ha dado por molestar por donde sea que llamo o toco. Pero eran las nueve de la mañana y él últimamente siempre había llegado a esa hora, puntualísimo.

—Soy yo, que llego a las nueve en punto —dijo Carlitos, pero claro, el pañuelo como que emitió muy mal aquel mensaje nervioso y urgente.

Y también los gemidos que le llegaron del otro lado de la puerta eran de una falta de claridad total, aunque su dulzura y belleza fueran in crescendo y empezaran a inquietarlo sumamente, pero también a conmoverlo sobremanera. Y es que, la verdad, quien fuera que gimiera, ahí atrás de la puerta, era incomparable en lo suyo, hasta el punto de que Carlitos había asociado la abundancia cada vez mayor de sangre que fluía de su nariz, a pesar del pañuelo tan rojiblanco ya como los colores patrios, con una mágica capacidad de aquel gemir para hacerlo a él manar y manar sangre, entrañablemente, como si la suya, además, no fuera sangre manada sino derramada por una causa noble. Carlitos volvió a mirar su reloj, y habían pasado nada menos que siete minutos, desde la primera mirada. Y como al octavo minuto el gemidillo se adelgazó, agónico y tristísimo, casi tísico, o, en todo caso, de un romanticismo entre alarmante, por real, porque golpazo sí que había habido, díganmelo a mí, si no, y sublime, porque nadie se golpea tan fuerte y después se queja tan lindo, como al octavo minuto, que ya iba para noveno, el hilo de voz se adelgazaba hasta extinguirse, él no pudo más, de lo que fuera, porque de amor sí que no iba a ser, ya que ni idea de quién podría ser el costalote de papas, además, y emitió otro mensaje a través del pañuelo bañado en sangre: ¿Era usted, doña María? Pues parece que esta vez sí le entendieron, porque ni qué decir de la manera en que el gemidito le respondió que no, como reclamando derechos de autor, y volvió a gemir más enternecedor y romántico que nunca, como quien reclama además una mayor atención y finura de oído y percepción, y, cómo no, mejor gusto, también. Con el rabo entre las piernas, ahora, él se atrevió a preguntar, esta vez: ¿Eres tú, Martirio?, y la que se armó de gemiditos al otro lado del accidente. ¿Soledad, eres tú...? Esta vez ni le contestaron. ¿Concepción...? Pues el gemidillo ahora sí parecía haberse evaporado, desvanecido, muerto, mientras él se desesperaba porque ya iban a ser las nueve y cuarto y tanto silencio empezaba a resultarle insoportable. Y a las nueve y veinte, ya con las lágrimas en los ojos, Carlitos emitió su último mensaje: Siempre supe que esto me ocurriría, por no recordar bien tu nombre, sea quien sea la que está ahí detrás, aunque doña María no es y la chica que viene a limpiar no puede ser, porque ella llega más tarde. Siempre supe que esto me ocurriría, pero si eres la hermana de los mellizos, tú también deberías saber que yo soy la persona más distraída del mundo y que siempre me confundo con tu nombre, para mi desesperación, sobre todo ahora. A Carlitos le pareció haber oído un gemidillo placentero, y repitió: Sobre todo ahora, sí, ¿sobre todo ahora...? Y clarito oyó que el gemidillo como que despertaba de lo más complacido, y ello le dio el valor para agregar: Pero, cómo decirlo, porque todavía no he terminado, ¿sabes? Bueno, sí, ya: Pero también yo sangro, y, de hecho, estoy sangrando hace veinte minutos y ya se me acabó de empapar el pañuelo... El gemidillo como que recorrió su propio hilo de voz, al revés, y de pronto se convirtió claramente en gemidito, otra vez, y se puso cantarín como sólo él. Y Carlitos se alegró infinitamente y anunció que iba a tocar el timbre de nuevo. Y tocó... Alguien le abrió desde los altos, al cabo de buen momento de silencio total, cuya duración, él, en su ansiedad, no logró controlar, pues olvidó de mirar su reloj. Luego, empujó la puerta, con gran cuidado, pero ahí no había absolutamente nadie y arriba estaba Arturo, aunque algo o alguien, sí, eso lo logró ver él muy claramente, pero con un efecto retardado por la sorpresa, algo o alguien gateó junto a la pierna de Arturo, allá arriba, justo cuando Carlitos miraba y empezaba a subir, un bulto o algo, una falda gateando de espaldas o un costal blanco se escabulló entre la pared y la pierna de Arturo, que, por supuesto, no había visto absolutamente nada y lo atribuyó todo a las distracciones de Carlitos, también el cabezazo que te has dado, claro que sí, más de una vez te ha ocurrido, recuerda, por tocar pensando en las musarañas y entrar antes de que alguien te abra, sólo a ti te pasan esas cosas, hermano, y por supuesto que Carlitos ya no insistió en que ni el hombre más despistado del mundo, ni el más borracho, se tropieza y desencadena con ello todo un mundo de ternura, de cariño, de silencio, de ansiedad y de...

Pues ya lo creo. Las cosas siempre pasan así. Y a la hora de almuerzo, Carlitos volvió a llamar a Erik von Tait y a Melanie. Con Erik quedó para comer, esta noche, y con Melanie en que pasaría a verla a eso de las seis, o siete, porque con los mellizos hemos quedado en estudiar unas horas también por la tarde, aunque hoy sea sábado. Carlitos almorzó muy rápido, y le pidió a Molina que lo llevara también muy rápido a Lima, donde los Céspedes, y que a eso de las seis regresara por él.

—El día como que se me ha empezado a complicar —le comentó Carlitos al chofer, mientras regresaban esa tarde a la calle de la Amargura.

143

—Bueno, pero al menos parece que los mellizos nos han devuelto el Daimler —le replicó Molina, agregando, al ver que el joven Carlitos permanecía mudo como una tapia—: Por lo menos hasta su próxima salida. Y qué nueva genialidad se les ocurrirá, entonces.

—Prefiero no imaginarlo —le dijo, por fin, Carlitos, aunque con un tono de voz que realmente lo invitaba a cambiar de tema.

—¿Y cómo van esa pierna y esa nariz? No me había fijado en que el reloj también le dio su testarazo...

—Molina, con su perdón, ¿podría no hablarme de mellizos ni de relojes? Ni mellizos ni trillizos ni nada, por favor. Y en cuanto a los relojes, ni siquiera de pulsera. Porque créame que ésos también golpean, cuando quieren. Muy a su manera, pero también golpean. En fin, yo me entiendo.

Estas últimas palabras del joven Carlitos dejaron sumamente preocupado a Molina, pues las encontró tan descabelladas que pensó que, sin duda, el exceso de estudio más el insomnio de la soledad al tictac, como la bautizó él mismo, lo andan desquiciando al pobre, como a don Quijote. Mucho libro y mucho pensar. La receta le parecía fatal a Molina, que poco a poco se había ido encariñando con el joven *amigo* de doña Natalia, y que ahora se alegraba de que ella regresara esta misma noche, para poner un poquito de orden en todo este extraño asunto. Como siempre en los casos complicados, y éste lo era, y mucho, para el alto y rubio Molina de años y años en esa familia, sus pensamientos y nostalgias desembocaron rápidamente en el recuerdo sagrado de don Luciano y doña Piedad. Cómo habían sufrido ese gran caballero y esa gran dama con todos los problemas que les acarreó la inmensa belleza de su hija. Y si la vieran ahora, ah, si bajaran del cielo y la vieran ahora, bella como siempre, y con un muchachito de diecisiete años. Bella como siempre, y más, tal vez... Porque para don Luciano, sobre todo, los horrores vividos por esa hija adorada, pero que lo llevó por la senda de la amargura, se debían todos a su belleza incomparable. Molina siempre recordaba una conversación que tuvo lugar en el asiento posterior de otro cochazo de los señores, uno muy anterior a éste. La señorita Natalia tendría unos quince años, entonces, y estaba sentada ahí atrás, junto a sus padres, cuando el padre Nicolás Villalba, un jesuita español que visitaba a menudo la casona de Chorrillos, dijo:

—¡Cuánta belleza te ha dado Dios, hijita!

—Pues ruéguele usted a ese mismo Dios que ya no le dé más belleza, padre Villalba —como que lo contuvo en sus halagos, casi proféticamente, don Luciano.

Y ahora Molina metido en este nuevo enredo de doña Natalia, o de la niña Natalia, porque la conoció siendo una niñita, o de la señorita Natalia, porque también condujo el coche que la llevó, vestida de blanco, pero llorando a mares, rumbo al altar. Un enredo mucho más moderno, el actual, sin duda alguna, o es que él se estaba haciendo viejo, pero en todo caso en esta oportunidad nadie era malo en la historia, salvo, claro está, los mellizos estos Céspedes, pero bueno, lo suyo en este caso es un papel totalmente secundario y, además, con lo brutos que son, no creo que la maldad les alcance para mucho... Pero ya estaban en la calle de la Amargura y el joven Carlitos está servido y a la seis en punto me tiene usted aquí de nuevo para llevarlo donde su amiga, la señorita Melanie.

Eran las seis y cuarto de la tarde cuando los mellizos dijeron basta por hoy y cerraron los libros, porque ya desde la mañana, además, Carlitos no había logrado concentrarse bien, y esa tarde, sobre todo, no había cesado de incorporarse para ir al baño un ratito, como si algo se le hubiera perdido por ahí. Y los mellizos se miraban entre ellos, no sin cierta complicidad e inquietud, pensando sin duda que el tipo este sabe muy bien quién se rodó la escalera al abrirle la puerta por la mañana. Pero esto era lo más extraño de todo, precisamente porque Natalia llegaba esta noche, y porque en los meses que llevaba viniendo a estudiar a casa de ellos, Carlitos con las justas se había fijado en Consuelo, casi nunca acertó con su nombre, e incluso en más de una oportunidad pensó que se había equivocado nuevamente con el vecino de los bajos, se disculpó ante Consuelo por haber tocado un timbre que no le correspondía, o por haberse metido ya en otra casa, dio media vuelta, se confundió aún más, y terminó metido por el corredor de la anémica bombilla que llevaba al comedor, cocina y dormitorios, de donde ellos mismos habían tenido que rescatarlo rápidamente, porque un poco más y el pesado éste termina en el techo inmundo y descubre incluso el cuartucho de Colofón, maldita sea. Y maldita sea, ahora también, porque golpeada y herida como estaba, tirada ahí ante la puerta de la calle, Arturo había logrado ejercer su habitual terror sobre su hermana, obligándola a gatear escaleras arriba antes de abrirle la puerta a Carlitos, esa mañana, para que no viera el bochornoso espectáculo de Consuelo rodándose una escalera de amor, ni bonita ni feíta, ni inteligente ni no, qué gran vaina, mierda, pero el tipo parece que alcanzó a ver algo, sin embargo. Bueno, bastaba con seguírselo negando, y que Carlitos se dejara de compasiones y esas huevadas, aunque tampoco estaba mal que empezara a fijarse un poquito, siquiera, en Consuelo, cuando ellos hace rato que no se hacían mayores ilusiones al respecto, y hasta las habían perdido ya casi del todo, por más buenazo e ingenuo que fuera Carlitos, o, en todo caso, a Consuelo se la reservaban para tiempos aún lejanos, para el fin de la carrera médica y el momento en la vida en que los jóvenes empiezan a casarse y eso, porque los mellizos Céspedes habían concebido la vida como una inmensa sucesión de partidas

de póquer, y también Consuelo, ni bonita ni feíta, ni inteligente ni nada, mierda, la misma vaina de siempre, y para
siempre, carajo, era una carta marcada que ocultaban para
una partida de mayor envergadura, aunque de gran riesgo,
por supuesto, de la misma manera en que Cristi y Marisol
formaban parte de una apuesta de mucho mayor calibre,
sumamente arriesgada y con las últimas cartas sobre la
mesa, para la cual aún les faltaban muchos años de roce social, de experiencia, de preparación y de aprendizaje per-
manentes, en fin, un largo y a veces espinoso camino, mal-
ditas hermanas Vélez Sarsfield, conde Lentini de mierda,
Molina jijuna la gran pepa, olvida ya, Raúl, lo intento, Arturo, pero jode, y a ver ahora qué le pasa a este Carlitos que
ya dos veces esta tarde como que se ha ido del todo de los
libros y nos ha empezado a preguntar por el gemidito ése,
¿a qué gemido del diablo se puede referir este loco del diablo,
si yo mismo he encerrado con cuatro llaves en su dormitorio
a Consuelo y su pata luxada y el codo ese todo lastimado...?

—Bueno, ya debes de haber meado hasta el alma, compadre, creo —le dijo Raúl Céspedes a Carlitos, cuando regresó del baño por enésima vez.

—No nos jodas con que la próstata a los diecisiete años,
ahora...

Por toda despedida, Carlitos se dirigió a la escalera, jaló
el cordón que la pobre... La pobre... Y se la jugó el todo por el
todo con lo del nombre, cuando dijo: Rezaré mucho por ti,
Consuelo... Después bajó entre unos gemiditos con sordina, pero muy hermosos y tiernos, aun así. Y claro que
eran de Consuelo y que la sordina era la puerta de su dormitorio cerrada con cuatro llaves, porque esa carta marcada llevaba un traje muy feo, esa mañana, y para su partida de póquer faltaban años, todavía.

—Rezaré mucho por ti, Consuelo —le repitió Carlitos,
mientras empezaba a bajar cuidadosamente la escalera,

aunque también en su encierro adolorido a la pobre Consuelo aquella voz le parecía que era, pero también que no era, y claro, ni ella ni él cayeron en cuenta en ese momento que también los mensajes de Carlitos habían sido emitidos sin el pañuelo de esta mañana, y se prestaban a serias dudas.

Hay que ver la manera en que las cosas siempre pasan así. Porque ahora Carlitos estaba sentado con Melanie en una suerte de gigantesca corte del rey Arturo o en una perfecta reconstrucción de interiores de una película de Robin Hood, pero en los buenos momentos de este personaje, o sea, cuando, con insolencia y porque la hija del rey medieval de turno, o incluso su esposa, enamoradas de él, tan bandolero y todo, pero Errol Flynn, al fin y al cabo, lo habían invitado a cenar al castillo de la Metro Goldwin Mayer, o sea, con todas las mejoras de la técnica moderna y de las películas de gran presupuesto. Melanie, más niñita que nunca, parecía un añadido de porcelana de Sèvres, o de cristal de Bohemia, poco o nada a tono con el decorado obligatoriamente tudor, de espadones, lamparones, vasijas y jarrones de metal, copones de vino, y hasta algunos arcos y flechas y varias cabezas de jabalí, realmente en franco contraste con tanta fiereza, con tanta piedra, ladrillo, metal forjado. Melanie, estaba pensando Carlitos, sentado junto a su amiga, resulta demasiado frágil entre tanto caserón y la chimeneota esa de piedra, por ejemplo, Melanie se puede romper en cualquier momento, aunque la verdad es que fue ella quien casi lo rompe a él con las primeras palabras de una conversación tristísima.

—Hace dos años que tuve mi primera menstruación y nadie se ha enterado. Ni mi mamá, ni mis hermanas, ni mis tías, ni nadie, Carlitos.

—¿Pero tú se lo has contado?

—Lo intenté, y hasta colgué calzones manchados de sangre por toda la casa, pero como que no se dieron por aludidos. Y tú no sabes, Carlitos, lo duro que es vivir en una familia en la que nadie se da por aludido.

—¿Y te duele?

—La menstruación, para nada. Pero lo otro...

—Ya...

—¿Dónde vives tú, Carlitos?

—Bueno, últimamente en una, cómo decirte, en una casona tan gigantesca como ésta, pero, digamos, que en forma de huerto.

—Y por supuesto que no quisieras venirte a vivir aquí, conmigo.

—Bueno...

—Bueno, ¿qué? Yo no te pido que vengas como Carlitos Alegre, sino como Charlie Sylvester. Aunque ya sé que Charlie Sylvester no existe, o que en todo caso no eres tú, pero, cómo decirte, yo a Charlie Sylvester lo quiero un montonazo. Ay, si supieras cuánto me gusta repetir el nombre de Charlie Sylvester. Me encanta Charlie Sylvester, realmente...

—Pero si no existe.

—¿Y el que venía con los mellizos?

—Fue un invento de ustedes, las tres hermanas. O tal vez fue Susy, la de la idea, no lo recuerdo muy bien...

—¿Sabes que extraño hasta a los mellizos?

—¡Cómo!

—Bueno, digamos que la época...

—Cómo que *la época*, si eso sucedió hace apenas unos días.

—Es que después no me ha pasado nada más que estar aquí...

—¿Y tus hermanas?

—Con sus caballos y dos chicos nuevos.

—¿Y por qué no sales tú también, con ellas, por ejemplo?

—Porque yo me he acostumbrado muy cariñosamente a ti.

—Este... este... Mira, Melanie, esta noche llega Natalia y, antes de Natalia, Erik von Tait...

—Erik, ¿qué?

—Von Tait. Viene a comer y a tocar el piano, mientras llega la hora de ir al aeropuerto.

—Me estás hiriendo mucho, Carlitos Alegre. A mí Charlie Sylvester jamás me hirió. Por eso lo prefiero tanto.

—Melanie...

—¿Qué? ¿Me vas a preguntar por mi mamá?

—¿Tu mamá?

—Mi mamá no sabemos dónde está. Y mi papá siempre está en los altos, borracho, pero *daddy* le daba de comer a los patos en el Hurlingham Club, eso sí. Y nosotras no sabemos por qué ahora vivimos en el Perú, ni hasta cuándo... ¿Quieres tomar una copa de vino? Debe de haber algún mayordomo por alguna parte.

—Este...

—O sea que ya te tienes que ir...

—Este...

—Vamos, Carlitos Alegre. Te acompaño hasta la puerta y te veo subir como un viejo prematuro a tu Daimler.

—No es mío.

—Es de tu *Lady Chatterley*, tu amante, ta-ta-ra-rá... Pues más viejo prematuro, todavía, pero te quiero mucho, Charlie Sylvester... Y, te lo repito, la de los mellizos esos fue una buena época, sí...

—Te llamaré...

—No. Mejor, no. Porque ahora te toca hundirte en los confortables asientos de cuero de chancho de una carroza fúnebre. Muy confortables, Carlitos. Te vas hundiendo poco a poco como entre arenas movedizas, ya verás. Hasta resulta rico.

—Rezaré mucho por ti, Melanie.

—Ay, no, por favor. Todo, menos ponerte tan pesado, Charlie Sylvester...

Tomaron por la avenida Salaverry, hasta la Javier Prado y, por más que hacía por incorporarse, por sentarse muy derecho e incluso en el borde del asiento, Carlitos se hundía cada vez más. O es que se sentía hundido, más bien, por más tieso que se pusiera. Y por ahí, por la Javier Prado, iban Molina y él, cuando de pronto surgió la casa de sus padres, de paso, por la ventana lateral tan amplia del Daimler, la casa fugitiva, inesperada, insólita, tremenda, la casa de siempre, la de Cristi y Marisol y la abuela Isabel, que ahora, sin embargo, ya no era la misma casa de siempre sino esa que pasó por la ventana y que él no se atrevió a voltear y mirar por el gran vidrio posterior del automóvil, desde esa especie de saloncito rodante en el que no encontraba la manera de no hundirse. Y, de golpe, se descubrió diciendo: Cada uno se confiesa como puede, aunque es verdad, también, que algunos lo hacen más tristemente que otros. Consuelo se confiesa con gemidos, gemiditos y gemidillos, y Melanie... Melanie... Aunque tú no lo quieras, Melanie, yo voy a rezar mucho por ti, y algún día, vas a ver, ya no te confesarás tan tremendamente.

—¿Me hablaba, joven? —le preguntó Molina, a quien Carlitos había olvidado por completo.

—No. Sólo comentaba que acabamos de pasar por la casa de mis padres y hermanas, y la abuela Isabel...

—Ajá...

Carlitos agradeció la discreción del buen Molina. Porque le habría sido imposible responderle a cualquier pregunta, o a todas habría respondido que nadie sabía ni sabría jamás hasta qué punto él acababa de descubrir que tenía diecisiete años, justo ahora que empezaba a acercarse a los dieciocho, justo ahora que estaba a punto de cumplir los dieciocho. Pero aunque cumpliera veinte, o treinta, o cuarenta, el asunto de los diecisiete años ya no tenía cómo quitárselo de encima, con toda su tristeza, su abandono, su acidez, con todo ese tremendo dolor cuya intensidad crecía por el hecho mismo de ser ésta la primera vez... La primera vez que todo, y la primera vez en que todo... Y aunque siempre las cosas pasan así.

Carlitos Alegre no tenía datos objetivos, no. No tenía prueba alguna de que las cosas siempre pasen así, por supuesto, tampoco. ¿Por qué, entonces, presentía tantas cosas? ¿Por qué se había asomado, de cierta manera, al dormitorio de Consuelo, clausurado por Arturo? El de los gemiditos esos, sí. ¿Por qué, a través de las paredes vetustas, de quincha, había intuido una cama de somier de resortes que se quejan por uno y una muchacha tumbada, golpeada, resignada, lo que fuera, pero triste y postergada? ¿Y por qué ahora sentía que, en sus confusiones, en los errores que todo el mundo le atribuía a sus distracciones, a su carácter siempre positivo, tremendamente alegre, a su falta de sentido práctico y de realismo, había, de pronto, grandes aciertos, patéticos apuntes de una cruel exactitud, como el de llamarle Martirio a Soledad, por ejemplo? O como el de prolongar, por vericuetos que ni el más atento observador habría intuido jamás, su visita al alma en pena de Melanie Vélez Sarsfield, ese atardecer de un día de marzo, en un caserón absurdo...

—Tan inmensa como es, esta casa debe de estar llena de rincones, Melanie. Dime, ¿qué haces tú con tantos rincones, por ejemplo?

—Me asomo, Charlie Sylvester.

—¿Y una vez asomada?

—Regreso corriendo aquí, y pienso en mi *daddy*, que anda por allá arriba, tumbado, seguro...

—Bien. Y después, ¿qué?

—Te llamo por teléfono, me siento, y espero.

—Pero ¿y tus hermanas?

—Pasan por ahí, exactamente por ahí, pisando esa alfombrota, y se van. Pero son buenísimas conmigo, no te vayas tú a creer que no. Súper buenas, oye...

—De oír, te oigo, Melanie. Pero digamos...

—¿Quieres una copa de vino?

—No, mil gracias. Pero si yo quisiera esa copa, supónte, ¿a quién se la pedirías tú?

—Ah, ni sé. Se pide y basta.

—Ya.

—¿Y qué más, ahora?

—Bueno, digamos, ¿quién limpia esta inmensidad de salas y salones y billares y comedores, y ese bar? A ver, cuéntame. ¿Te imaginas que debe de haber como un millón de vasos y copas y ceniceros y adornos en ese bar, solamente?

—Qué bruto eres, Charlie.

—¿Bruto? ¿Por qué?

—Bueno, cuando las cosas son carísimas, de nacimiento, por decirlo de alguna manera... ¿Pero tú me entiendes, o no...?

—A ver, termina, para ver si te entiendo o no, maldita sea.

—Pues cuando las cosas son carísimas, de nacimiento, se mantienen limpias siempre. Y no es necesario limpiarlas, a ver si logro expresarme correctamente. Si tú compras las cosas limpias y carísimas, se mantienen así para toda la vida. Eso está garantizado, te lo juro.

Como las cosas son así, siempre, Carlitos estaba a punto de preguntarle a Melanie, que era casi una niñita, y que seguía sentada en el sofá de un inmenso salón de dos pisos de altura, pero que bien podían ser tres, porque aquello era altísimo, además, si ella también se mantenía limpia siempre, en vista de que parece que a ti también te compraron así de cara, y, sin embargo..., cuando, gracias a Dios, Molina tocó como loco el claxon ante la reja de «El huerto de mi amada», todo escrito en una tabla a la que el joven Carlitos como que quiso aferrarse, alzando desesperado los brazos en el saloncito posterior del Daimler, o saloncito rodante, como él mismo lo llamaba, haciendo gala de un sentido del humor y realismo que casi nadie le reconocía, porque eran casi las nueve de la noche y hace rato que el señor músico don Erik von Tait debe de estar esperando, seguro que sonriente y ya en el piano, entonando o tarareando bellas melodías, conversador y con su consabida copa de Hennessy, más su sabiduría de trotamundos experto y generoso, para calmarle los nervios y la angustia a este muchacho, que, eso sí, desde niña pensó en todo y en todos, doña Natalia, y a don Erik quién más puede haberle pedido que, por favor, venga a acompañar a Carlitos, va a estar hecho un saco de nervios, Erik, la espera lo puede volver loco, hazme ese gran favor: come con él y convérsale, y dile, dile con tu música que yo también lo quiero muchísimo, que lo adoro, Erik. Lo encontrarás todo listo, querido amigo, todo iluminado con velas, sí, solamente velas, y Marietta y Luigi y Cristóbal y Julia a tu entera disposición, y si el avión se atrasara, no, Dios mío, el avión no puede atrasarse...

«*Your eyes are the eyes of a woman in love...*», le tarareó, muy comprensivamente, Erik von Tait, en el teléfono de larga distancia. Y ahora Carlitos como que había pasado de un hundimiento a otro, del asiento del Daimler al sofá de la sala del piano, en la casona del huerto. Le habían sugerido una copa de vino, pero él había respondido que, mejor, una copa de champán de Coca-Cola con una gotita de vino, je, je, no vaya a ser que me aparezca en estado etílico en el aeropuerto, no vaya a ser, je, je, que... Pero, Erik, me encanta eso del avión de plata que cruza el océano, tócalo de nuevo, por favor, y Erik dale con «*Cross the ocean on a sil-*

154

ver plane, see the pyramids and all... But remember, darling, 'till you' re home, you belong to me...», y Luigi furibundo y celoso porque ni el *Erico* este ni el cojo *di merda* del Carlitos le habían dicho cuán buena estaba su polenta, ni mucho menos se fijaban en que nunca en la vida había estado tan iluminada la piscina del huerto, el avión llegaba por el mar e iba a pasar por allá arriba y la señora Natalia va a saber cuánto la esperamos todos aquí, *e mai, mai, quell' aereo* se va a seguir de largo hasta Chile, oh, no, *signora Natalia, la prego*... Hasta Molina se iba a quedar a dormir en el huerto, esa noche, no vaya a ser que después doña Natalia no entienda muy bien que las cosas siempre pasan así, cuando lo vea a su Carlitos tan nervioso, y quiera consultarme algo, por ejemplo...

Pero como las cosas siempre pasan así, finalmente, y Carlitos también era tan especial, de pronto los sorprendió a todos, ahí en huerto, con una suerte de confesión, o declaración de principios, o con una prueba más de esa capacidad que tenía, de pronto, de captarlo todo incluso mejor que un detective intuitivo y asociador de ideas, de deducciones y conclusiones, y les dijo que, por favor, no se alarmaran, que siguieran disfrutando de la música ahí en la sala del piano, y así, mientras tú tocas un ratito más lo del avión de plata, Erik, mis diecisiete años y yo nos vamos a llorar a mares, allá por el fondo del jardín, porque al aeropuerto quiero llegar ya bien desahogado, por decirlo de alguna manera, para luego no tener que estar temblando y reteniéndome todo cuando me meta entre el cuerpo de Natalia y más parezca un bebe de pecho que el fogoso amante que ella dice que soy, ay, perdón...

Carlitos salió disparado.

Más que a llamarlo, al amante fogoso hubo que ir a recogerlo en pedacitos por los rincones, porque el avión de la señora Natalia estaba en hora, y, si no partían inmediatamente, la pobre podía encontrarse solita su alma en el aeropuerto, de madrugada, y de ahí a imaginar que en el huerto se habían olvidado por completo de ella... No, de eso ni hablar. Molina opinó que en un Daimler de siete asientos podían caber todos, pero Luigi no estuvo de acuerdo, y además le recordó que de estos viajes de negocios la señora solía regresar sumamente cargada, por más que la mayor parte de su equipaje lo trajera como carga aérea o marítima. O sea que Luigi aconsejaba llevar también la camioneta del huerto, pero Marietta le recordó, bajito al oído, la privacidad de los amantes, que sin duda alguna prefieren volver solitos del aeropuerto en el Mini Minor para travesuras de la señora. O sea que finalmente fue toda una comitiva la que abandonó el huerto, aquella noche: Daimler, camioneta y Mini Minor.

Y, como siempre que regresaba de uno de esos viajes, Natalia tuvo que enfrentarse a una verdadera ola de incomprensión, por parte de los empleados de aduanas y migraciones del aeropuerto de Lima, en cuyas mentes estatales sencillamente no cabían ni su sexo femenino, viajando solo por el mundo, ni su belleza, viajando sola por el mundo y regresando de madrugada, además, ni su exceso de equipaje, que más parecía un exceso de confianza y de arrogancia que viaje de negocios, ni mucho menos su pasmosa serenidad, basada en la resignada costumbre de ser vista como alguien que usurpa papeles que en esta vida les están destinados exclusivamente a los varones. Natalia soportaba sabia y serenamente todo tipo de pequeños vejámenes, inherentes a su condición de mujer que trabaja y no debería, o no parecería que tuviese que trabajar y trabaja, y, cuando notaba que las cosas estaban a punto de extralimitarse, mandaba llamar al responsable de la aduana o al jefe de migraciones y, mientras los esperaba, se dejaba caer en un sillón con el aplomo que le daban diez años pateándose las principales ciudades de Europa gastando millones.

Todo se arreglaba siempre, al final, cuando algún alto empleado del aeropuerto la reconocía o le echaba un simple vistazo a un pasaporte que, con esos apellidotes, más su portadora, cómo no, valía su peso en oro, y Natalia abandonaba las secciones migración y aduana entre saludos, venias, reverencias, buenos deseos, y todo tipo de inmundas sobonerías de esas, que, minutos antes, más de algún empleaducho presupuestal hubiese sustituido, feliz y cabrón, por un buen susto, por alguna mala jugada, o por exigencias que nada tenían que ver con las leyes y reglamentos en vigor. Y así ocurrió esta vez, también, en que el señor Buanonova, eficiente y amabilísimo director de aduanas, se estaba deshaciendo en disculpas, explicaciones y cargaditas de maletines, y en recuerdos para amigos comunes, cuando, al desembocar en la sala de llegada de pasajeros, vio a la comitiva que esperaba a Natalia y, tras una rápida miniserie de carrasperitas, optó por retirarse, por fin, qué pesadilla de tipo, caracho, al ver que a Natalia de Larrea, nada menos que a Natalia de Larrea y Olavegoya, la esperaba una comitiva sumamente extraña, por no decir otra cosa, Dios mío, no vaya a ser que a toda una dama como ésta le haya dado ahora por el contrabando, porque mira tú que ésos, ésos, ésos lo menos que son, es, Dios mío, yo me las pico...

Ésos eran un elegante flautista de raza negra, porque ahora Erik había sacado de un bolsillo su preciosa armónica alemana, para celebrar melódicamente que el avión de plata hubiese aterrizado, por fin, para mí que este moreno se trae algo entre manos, un altísimo rubio de ojos azules uniformado de chofer en la playa, o sea algo que, en el Perú, por lo menos, no suele verse muy a menudo que digamos, dos italianos viejos, varón y hembra, con pinta de campesinado siciliano y tufillo a mafia, al rey de las aduanas con cuentos, a estas alturas, dos autóctonos de mediana edad, varón y hembra, asimismo, éstos suelen ser los peores, y un muchachito al que se le ve de buena familia, pero, Dios mío, ni Natalia ni él deberían dejarse ver besándose así, y menos aún de madrugada en el aeropuerto... Dios mío, a mí esto me suena a contrabando, yo de veras me las pico... Y ahora sí que sí, tras llamar a un subordinado y decirle: Oiga usted, ahí le dejo mi despacho, ocúpese, por favor, que me acaban de llamar urgente de mi casa, el amable señor Buonanova realmente se las picó, y que mañana ocurra lo que tenga que ocurrir, cuando se revise a fondo la carga aérea de la hija de don Luciano de Larrea y, a lo mejor... No, ni cojudo, yo me retiré del aeropuerto temprano, anoche, y por la mañana amanecí con un catarro de padre y señor mío...

En todo el huerto no había un alma, aquel domingo, cuando Natalia y Carlitos se despertaron para desayunar a la hora del almuerzo. Porque debían de ser como las dos de la tarde, cuando, sentados ambos en la terraza de aquel inmenso jardín, ella con su albornoz blanco y la toallota de sultana, todo húmedo porque acababa de pegarse su remojón Eva, en la piscina, y él con una piyama de seda a la que aún le colgaba la etiqueta del precio y unas zapatillas ad hoc, también con la etiqueta del precio arrastrándose, Carlitos decidió contarle a Natalia la razón de esta leve cojera y cómo, cuando estabas tú, mi amor, ese reloj jamás molestó a nadie, y entonces, yo, la otra noche, o más bien madrugada, porque el muy canalla y su sádico tictac...

—Ven —le dijo ella, abriendo los brazos adorablemente—. Ven, Carlitos, siéntate aquí sobre mis muslos.

Y él fue y se instaló incomodísimo y tambaleante, por intentar abrazarse a tantas cosas al mismo tiempo.

—¿Te dolió mucho que me fuera?

—Bueno, al principio, no... Bueno, al principio, también, claro... Pero, no sé bien cómo decírtelo, me dolió sobre todo ayer, cuando sin darme cuenta, siquiera, pasamos con Molina por la casa de mis padres y, mira, qué raro, casi ni la vi, la casa, pero, en cambio, por primera vez desde que nos conocimos me di cuenta de verdad de que tenía unos diecisiete años atroces, y justito ahora que estoy a punto de cumplir los dieciocho, mira tú. Yo sabía que iba a ser un día muy largo, con lo del insomnio y el reloj y todo eso, para empezar, ¿sabes?, pero además ocurrieron un montón de cosas muy extrañas y tristes, que te tengo que contar, porque de ellas depende mucho, creo yo, el terrible desasosiego que se apoderó de mí al pasar por la casa de mis padres y de golpe sentir tan duro todo esto de los diciesiete años. Jamás lograré explicármelo bien, estoy seguro, porque te juro que si hubiera tenido quince años, o dieciséis, habría sido completamente distinto. Y ni hablar de dieciocho. Con dieciocho ya no pasa nada, estoy requeteseguro. Pero son estos malditos diecisiete años, Natalia, entiéndeme, por favor, estos terribles y malditos diecisiete años y, aunque tú creas que estoy rematadamente loco, el tictac de tu reloj ese es el responsable de todo, tu reloj se metió en este asunto, tu reloj se burlaba día y noche de este asunto, tu reloj, sobre todo de noche...

—No era *mi* reloj, Carlitos, por favor. O sea que te ruego encarecidamente que no te sigas refiriendo a él como *mi* reloj, porque me estas arruinando el regreso a Lima. Y porque probablemente ya estaba en el mismo lugar el día que yo nací. Entonces, ¿me prometes que vas a llamarle *el* reloj, y punto, desde ahora?

—Claro que sí. *El* reloj. El reloj *ese*. El reloj ese de... Perdón, Natalia, pero al menos deberían haberme avisado de que el reloj *ese* del diablo...

—¿Y por qué no pediste que lo quitaran de ahí, que se lo llevaran al depósito, por ejemplo?

—Yo creo que por lo de mis diecisiete años, mi amor, que ya se me estaba viniendo encima. Sí. Yo creo que *el* reloj y yo como que habíamos entrado en reñida competencia y que yo no tenía armas para aquel tremendo desafío.

—Pues precisamente de eso se trata, Carlitos. ¿O ya te olvidaste de que también yo tenía diecisiete años, cuando aquel carnaval?

—Es cierto. Muy cierto. Tienes toda la razón, mi amor.

—Entonces, anda, cuéntamelo todo. Desde el primer hasta el último detalle. Y ya verás cómo, por más loco que suene, por más irracional e inverosímil, por más duro e íntimo, yo te acompañaré cuidadosamente por cada paso de tu historia.

—Empieza a las nueve en punto de la mañana de ayer, claro, en la calle de la Amargura. Yo toco el timbre, y...

En todo el huerto no había un alma, aquel domingo, pero la mesa del desayuno la encontraron puesta con mantel de hilo de Holanda, con todo listo y precioso y de porcelana inglesa, con cada cosa en su lugar, con cada bebida a su debida temperatura, con la mantequilla como debe estar, y ni una sola mosca sobrevolando la variada y colorida provisión de mermeladas francesas e inglesas, cuando se despertaron para desayunar, siendo ya la hora del almuerzo. Y ahora, mientras Natalia besaba una y otra vez a Carlitos y éste le iba contando una historia mandada hacer para ciertos casos agudos de diciesiete años, a ella de pronto le apeteció una copa de champán, que llegó heladita, volando, calladita e invisible, mientras que él, no, yo prefiero seguir brindando con una copa de champán de Coca-Cola con una gota de vino tinto, por favor. Esta copa también vino en alfombra mágica, y qué delicia era tener todo aquel maravilloso y soleado huerto exclusivamente para ellos y, ¿sabes qué, Carlitos?, me encantaría que me siguieras contando esta historia en la piscina, me provoca horrores otro bañito, pero más largo, ahora, mientras me sigues explicando lo de los gemiditos de Consuelo, no, Consuelo, no, Martirio, Natalia, pero ¿en qué quedamos, Carlitos?, es cierto, mi amor, Consuelo y no Martirio ni Concepción ni Soledad, siempre tan volado, yo, incluso en los momentos cruciales, Natalia, era justo lo que yo estaba pensando, Carlitos, bueno, pero después por la tarde pasaste por casa de Melanie Vélez Sarsfield...

—¿No te da vergüenza bañarte desnuda, mi amor? Podría pasar un helicóptero del ejército, no sé... ¿No queda *West Point* o algo así por ahí, por Chorrillos?

—¿Y a ti no te da vergüenza empapar así la linda piyama de seda que te acabo de traer?

—Ah, sí, fíjate: aquí hay una etiqueta.

—Ven, déjame que te quite todo eso...

—Termino rápido mi historia, te lo prometo...

—De acuerdo, pero sin piyama, y aquí, entre mis brazos...

Claro que así, abrazados, a él le era imposible fijarse en los lagrimones que Natalia iba soltando ahí en la piscina, primero en el episodio Consuelo, y luego en casa de Melanie, tan llenecita de rincones y la pobre chiquilla esa, Natalia, si la vieras, de porcelana de Sèvres o de cristal de Bohemia entre los muros como de castillo y con arcos y flechas como de guerra y aquel techo, mi amor, aquel techo, sobre todo, altísimo, y ya era de noche y la pobrecita tan sola, siempre, en esa inmensidad, y sus hermanas Susy y Mary, que pasan por la alfombrota, justito ahí, delante de ella, pero se van y la dejan en su sofá y tan, tan...

—Tanda de mocosas cojudas —se le escapó, por fin, a Natalia.

Y estaba a punto de deshacerse en disculpas, de explicar que había perdido el control, que eran celos, puros celos sin sentido, mi amor, cuando oyó a Carlitos secundarla, con plena convicción:

—En efecto, mi amor. Toda una tanda de mocosas cojudas, nada más.

Pero, claro, era que el tipo andaba tan metido en su itinerario de diecisiete años que ni cuenta se había dado de las palabras de Natalia, o sea que en absoluto tuvo que disculparse ella, tampoco, por haberlo interrumpido, por sus celos, por sus apreciaciones, por nada, y más bien le alegró la inmensa confianza que Carlitos estaba depositando en ella, a pesar del riesgo que corría de matarla de pena, claro está, el muy bruto. Pero la certeza de que esta historia de unos diecisiete años muy especiales, entrañables para ella, la iba a pescar bastante bien pertrechada, a pesar de los celos y la inquietud, y llena también de amor, de deseos de comprender, de ayudar, y además con esa capacidad tan suya de disfrutar como nadie con las cosas de Carlitos y con la forma en que sólo Carlitos le contaba las cosas...

—Porque fue terrible, te lo juro, mi amor, lo del saloncito rodante posterior del Daimler. El muy inoportuno del saloncito acababa de pasar por casa de mis padres, y yo recién estaba cayendo en la cuenta y decidiéndome también a no mirar por la ventana de atrás, cuando otra vez me metí de cabeza, te lo juro, en casa de Melanie, aunque ya andábamos por Barranco y tú sabes que su casa queda por el bosque de Matamula, miles de kilómetros en la otra dirección, pero ahí aparecí sentado de nuevo, con saloncito posterior y rodante y todo, y manteniendo una conversación sumamente dolorosa con una chica que, que, que...

—¿Que ni te gusta?

—Que ni me gusta, sí, no, sí...

—¿En qué quedamos, por fin, mi amor?

Estaban por el lado para niños de la piscina y, claro, ahí Natalia, de pie, destacaba, estatuaria y empapadita, de las caderas para arriba, y hasta un poquito más, y además lo que andaba por debajo del agua se delineaba y se desdelineaba y Carlitos en su afán de fijar todo aquello en un solo cuerpo encima y debajo del agua empezó a marearse de amor y deseo y, bueno, ahí fue a dar un rato largo, como quien busca un cambio de piel, o de una vez por todas de personalidad y hasta de nombre y apellido, o en cualquier caso quitarse de encima el atroz pellejo de los diecisiete años e instalarse para siempre en un mundo mejor. Natalia lo dejaba aventurarse, perderse, regresar feliz de sus renovadas búsquedas y su constante meter la cabeza en el agua para que las líneas del cuerpazo que se le ondulaban debajo de la superficie correspondieran exactamente con las que estaban en el mundo mejor y, de esta manera, alcanzar lo que él mismo llamó el mejor de los mundos, mientras ella se limitaba a seguir de pie, amándolo, castigándolo, exhibiéndosele, dándole la espalda, volviéndole a dar la espalda, y volviéndole a dar la espalda, que fue cuando el pobre Carlitos, que ya ni veía cuando le daban el frente, intentó piropearla y le habló de sus cabellos vaporosos bajo la luz de la luna, eternamente empapados de ondulación permanente, que deberían permanecer para siempre bajo la luz de la luna...

—¿Y el solazo que hace, mi amor?

Carlitos soltó la carcajada mientras le contaba que había tratado de imitar a los mellizos Céspedes piropeando a alguien con unas expresiones que aún no controlan, y que ahora el par de locos esos andaba estudiando la ropa de montar y desmontar a caballo de las estrellas del firmamento y la meca del cine...

—No me vas a hablar ahora también de los mellizos, Carlitos, por favor —le dijo Natalia, feliz, en el fondo, con el total cambio de giro de la conversación. Por primera vez en la vida le alegraba oír hablar de los mellizos, y es que ya no soportaba ni un minuto más los mil nombres de la tal Consuelito ni nombre alguno de las hermanitas Vélez Sarsfield—. Pero, bueno, ¿cómo piropean los mellizos, Carlitos? Sígueme contando, a ver, porque, la verdad, sonaba divertido...

—Tus cabellos vaporosos deben permanecer siempre bajo la luz de la luna en un día de sol...

—¿Y lo del firmamento en la meca?

—Para otro día, mi amor —le dijo Carlitos, mientras Natalia observaba, realmente encantada, su renovada copa de champán y la extraña mezcolanza de bebidas que tomaba Carlitos en una misma copa de vino. Reposaban ambas y un cubo de hielo sobre el borde de la piscina y habían llegado en la alfombra mágica. Carlitos, por supuesto, no estaba como para enterarse de nada, ya. Era aquel muchacho feliz y sin edad que nunca jamás volvería a temerle al tictac de un reloj.

Estaban celebrando el ingreso de Carlitos a medicina, con notas sobresalientes —los mellizos también ingresaron, pero, como quien dice, entre el montón, y parece que Arturo copió, además, aunque también su mamá celebró y fue feliz con desmayo incorporado, tremenda subida de presión, muchísimos pagos adelantados y con más creces que nunca, unos sanguchitos de pollo, otros de palta, vasitos de Inca Kola y de chichita morada hecha en casa, algún pariente de Chiclayo, dos alegres y bromistas vecinos que reclamaban un pisquito, un copetín, un alguito para que parezca fiesta y no sólo ingreso, doña María, ande, pues, un único brindisito, más que sea, y Consuelo, ni bonita ni feíta ni inteligente ni no— cuando una llamada anónima, que Cristóbal respondió, pidió que le avisaran a Carlitos que su abuela Isabel acababa de fallecer de un repentino derrame cerebral. Natalia se aterró.

—Desgraciadamente, tengo que ir solo —le dijo él, abrazándola, besándola, dejando caer su mano suave y lenta entre los cabellos vaporosos ondulados permanentemente bajo la luz de la luna, adorándola.

—Tengo miedo de que no regreses nunca, mi amor. Para qué te lo voy a ocultar. Mucho miedo.

—Y yo tengo mucho miedo de ir. Tampoco te lo oculto.

—¿Me llamas, si puedes?

—Te llamo, sí. De todas maneras.

—Que te lleve Molina, ¿no?

—Sí, bueno. Pero que no se quede ahí. Ya yo veré, después.

Le resultó tan extraño volver a su casa. Cruzar el jardín delantero. Enfrentarse a la fachada, observar el balcón de la abuela Isabel, allá arriba. El balcón desde el cual era ella quien solía verlo llegar, ausente, tropezándose, cuándo te enterarás tú de algo, bobalicón adorado. Tocar el timbre fue rarísimo. Y entrar así, entre esas voces de duelo, que, por supuesto, eran por la muerte de la abuela Isabel, pero que perfectamente podían ser también por él. Víctor y Miguel, los mayordomos, contuvieron al máximo su saludo, pero aun así, en aquellos abrazos y apretones de mano, forcejeaban todo un inmenso cariño y una alegría que ahora estaba prohibido manifestar. Cristi y Marisol aparecieron, de repente, demasiado rápido como para que él pudiera esbozar siquiera una sonrisa, y le dijeron que lo querían muchísimo, que lo extrañaban muchísimo, que no estaban molestas, para nada, que lo comprendían al máximo, que nosotras no te juzgamos, Carlitos, sólo te queremos, y que la abuela, no te preocupes, siempre te quiso también y se murió dormidita, sin sufrir ni nada, como ella siempre quiso, de golpe y sin molestar a nadie.

—Está arriba. La están velando en su cuarto. Ven, que

ahí están mamá y papá. Nosotras te acompañamos, Carlitos, ven.

Carlitos, la verdad, jamás les había oído decir tal cantidad de cosas bonitas a sus hermanas. No así, en todo caso, todas juntas y tan seguiditas y cariñosas e importantes. Lo cierto es que se puso feliz y que, al entrar al dormitorio en que velaban a la abuela, lucía una sonrisa de oreja a oreja, que, además, al pacífico y católico cadáver, cuya alma seguro que andaba ya en el reino de los cielos, como que le encantó. Porque aunque muertos y cerrados, los párpados de la abuela yacente algo le dijeron y también su boca, con esa sonrisita fallecida, claro, él no lo iba a negar, pero tan contenta de verlo, como contagiada por esa encarnación del amor fraternal que eran Marisol y Cristi acompañándolo a ir a visitarla, llegas un poquito tarde, gran pícaro, porque ya me morí, pero bueno, llegas a tiempo todavía para darme un beso, ven, acércate aquí, pedazo de distraído, hasta cuándo se te escaparán a ti las cosas más elementales de la vida, te van a matar tu mami y tu papi por la cara de felicidad que pones al verme muerta, pero qué otra cosa se podía esperar de ti, mi nieto adorado, y ni creas que yo, desde aquí, desde esta inmejorable posición, te voy a juzgar ni nada, al menos debo reconocer que por una vez en la vida te fijaste bien en algo, o en alguien, mejor dicho, porque yo a esa niña, a esa señora, ahora, la encontré preciosa siempre, pero, ¿cómo se llama?, Natalia, abuelita, ¿no la habrás traído a verme, justo hoy, no, muchacho?, ¿no se te habrá ocurrido tan peregrina idea...?

Era impresionante la cara de felicidad de Carlitos, parado ahí y besa que te besa a la abuela, pero además a pedido de ella, mientras que sus padres realmente no sabían qué actitud tomar, y mucho menos algunos de los familiares o grandes amigos que pasaban un ratito a despedirse de la piadosa señora y lo primero que veían era a Carlitos con una sonrisa de oreja a oreja y se diría que en profundo diálogo con ella, alguna gente podría interpretar esto muy mal, Dios no lo quiera, pero Dios sí lo quiso porque por ahí pasaron nada menos que don Fortunato Quiroga y los doctores Alejandro Palacios y Jacinto Antúnez y encontraron inconcebible, por supuesto que con la mirada, solamente, hipócritas de mierda, cobardes, resentidos, que el mequetrefe ese estuviera como siempre dando el espectáculo y que, cuanto más rato permanecía al lado del lecho mortal, más, carajo, más feliz parece estar el tipo, porque mírenlo, obsérvenlo, carajo, el muy... Y además contagiando a sus hermanas y ni siquiera de luto ninguno de los tres, pero ¿qué les pasa a sus padres?, ¿a Antonella y a Roberto se les pasea el alma, acaso?, ¿de cuándo aquí estos tres mocosos?, él, sobre todo, el mal ejemplo lo tiene que dar él, por supuesto, que para algo es el mayor, oiga usted, pero mírenlo, esto es el colmo, carajo, este huevonazo parece que volviera de la playa, zapatillas blancas y todo, ¿habráse visto cosa igual?, y ¿de dónde vendrá, el muy reverendo cretino...?

Don Fortunato Quiroga casi mata de un miradón al doctor Alejandro Palacios, por bruto, carajo, por animal, ¿porque acaso no sabes, soberano cojudo, de dónde viene el gran cretino éste?, ¿o me estás tomando el pelo y, entonces sí, esto se arregla en la calle, carajo...? Pero Carlitos continuaba ahí, chino de felicidad, tanta paz en el rostro de la abuela, que encima de todo estaba tan bonita y tan relajada, tan pacífica, tan muerta sin haber sufrido un instante, tan ida ya al cielo y tan ajena a todos nuestros trajines, tan en la gloria del Señor, y con esos rayitos de sol que justo ahora se están colando por entre las cortinas un poquito mal cerradas, el mínimo indispensable, mira tú, y espantan la estudiada tristeza del velorio, la macabra puesta en escena de una convención, y ahuyentan por unos instantes la luz sucia de esas velotas humeantes, y se posan sobre el rostro de abuelita muerta, ya tranquilita de este mundo...

—Sería mejor que fueras a tu dormitorio y descansaras un rato —se acercaron a decirle sus padres, al principio seca y fríamente, graves, parcos, muy molestos, pero después, cuando le indicaron que para esta noche y mañana escogiera algo más oscuro, en tu clóset siempre tienes tus cosas, hijo, tanto doña Antonella como el doctor Roberto aceptaron con todo cariño sus besos y saludos y hasta que durmiera en casa, por supuesto, y le dijeron que siempre sería bienvenido y que también tu abuelita, hijo, lo quiso siempre así, ella siempre nos lo decía, a ese muchacho hay que dejarlo vivir, eran demasiados rosarios al día para ser normal, se lo dice esta vieja beata, sí... En fin, que Carlitos Alegre tenía derecho a quedarse al menos por una noche en su dormitorio de toda una vida.

Y diablos, cómo cambia una habitación, aunque nadie haya movido un solo mueble y sólo hayan recogido el rosario que se me quedó tirado por el suelo, seguro... Habituales, tan poco estudiadas como sean la cosas, y Carlitos lo estaba constatando en silencio, siempre se las arreglan para impresionarte, aunque tan sólo las hayas abandonado hace unos meses. Y no porque las hayan movido de su sitio, sino, digamos, más profundamente aún, sobre todo cuando hay algún ser adorado y muerto por los alrededores. Las cosas sencillamente poseen su manera muy especial de penetrarnos más tristemente, más profundamente y más tiernamente que antes, que cuando vivíamos con ellas. Las cosas, caray, como que se funden y confunden con la muerte de la abuela Isabel y la visita que uno les hace, y que tiene ese también de muerte que todos llevamos dentro, y que parece crecer día a día en nosotros, como si cada vez nos defendiéramos con un poquito más de miedo de ellas que la víspera. Estos mismos muebles de mi dormitorio son, mira tú, la vida misma, la vida misma y los mismos muebles a los diecisiete años y la abuelita muerta y uno defendiéndose bastante menos valientemente que hace un tiempo, como si desde que me hubiera ido con Natalia, sido tan feliz, soy tan feliz con ella, la vida entera se arrugara ante mis ojos, por culpa de las mismas cosas que uno abandonó banales, más un rosario tirado en el suelo, claro, impresionantes, sin embargo, incluso temibles en determinados momentos, ahora por ejemplo. Qué horror, Natalia, mi adorada Natalia, el miedo que tuve al irme contigo, al irme de mi casa y Cristi y Marisol, el miedo de haber perdido todo aquello, Natalia de mi corazón, que no te lo digo hace años, por temor a que suene ramplón, ha marcado todo en mi dormitorio con sus arrugas mientras yo galopaba por la vida entre nuestro huerto y nuestro amor... Y bueno, también, claro, los mellizos aspirantes que también se han colado entre las cosas, ridículamente mortales o qué sé yo...

Carlitos corrió a llamar a Natalia, le contó lo linda que estaba la abuela, ahora ya de muerta, le dijo que la noche la pasaría acompañándola, que acababa de estar largo y tendido con ella, poniéndose al día, y que ahora iba a aprovechar un rato para estar también con sus hermanas y después meterse en la repostería como quien va a buscar algo en la refrigeradora, una Coca-Cola, por ejemplo, que era cuando Víctor y Manuel y los demás empleados de la casa se acercaban por ahí, y, desde que él era chico, se armaba la gran conversa y eso. Y mañana al cementerio, sí, el Presbítero Maestro, sí, y de ahí te juro por lo más sagrado, Natalia, que regreso a «El huerto de mi amada». ¿Me oíste bien? ¿Me crees, verdad? ¿Cómo...? Pues sí. Por lo menos la abuela Isabel está totalmente a favor y hasta me preguntó hace un momento nomás si te había traído... «Atroces diecisiete años, pero sabe hacer feliz a una señora de treinta y tres», pensó Natalia, tratando de recordar cómo era aquello de su cabellera vaporosa y ondulada bajo una luna permanente... No, no lo lograba... Eran cosas de Carlitos... Sólo suyas... Sólo... Entonces cruzó los dedos y fue a ocuparse de sus papeleos y demás trámites aduaneros.

En el cementerio todo el mundo andaba con cara de qué horror, qué pena, pero nadie ahí sabía qué hacer cuando se topaba con los deudos de otro entierro, porque hay tristezas y tristezas, oiga usted, respetando, eso sí. Y entre tanto nicho y panteón y las alamedas, que resultaban ya estrechas de tan concurridas, el luto y el húmedo calor veraniego eran la tónica general, incomodísima, por cierto, y los hombres a cada rato se metían íntegro el dedo índice en el cuello de la camisa, como si éste fuera elástico, y le daban toda una vuelta por dentro, retorciendo al mismo tiempo el pescuezo, en busca de ventilación, y odiando la maldita corbata negra, la gente debería morirse sólo en invierno, caray, qué falta de sensatez, qué falta de todo, y ya me dirás tú qué hago yo aquí y no en mi casa de playa en Naplo.

Carlitos permanecía siempre al lado de su padre, porque así se lo indicaron su mamá y sus hermanas, y pensaba en lo mucho que su abuela había detestado los grandes ceremoniales, sus fórmulas y usos, a pesar de ser una persona tan enchapada a la antigua, y en cómo su ferviente catolicismo estuvo siempre acompañado de una actividad desbordante, de una práctica constante y de una energía perfectamente bien canalizada hacia la ayuda al prójimo. La abuela Isabel rezaba poco, porque lo suyo era la acción y no la contemplación ni la pedigüeñería, ni siquiera la divina, tenía su fortaleza y su carácter endiablado, la abuela, y a veces decía las cosas con tal claridad que hasta duras resultaban, o parecían, en todo caso. Por eso, seguro, la abuela Isabel habría querido todo menos este entierro y, no me cabe la menor duda, pensaba Carlitos, se hubiese llevado mil veces mejor con los albañiles que ahora agitan

precisos sus badilejos, desparraman el cemento sin cho-
rrear ni una sola gota, y colocan esa placa con eficacia y
profesionalidad, sí, mil veces mejor se habría llevado la
abuela Isabel con esos hombres que con este cura aobis-
pado y como fuera de temporada, con tanta vestimenta
medio catedralicia, como para la ocasión y eso, y con tanta
oración fúnebre que, apostaría lo que sea, aquí más de uno
de estos señores que tanto se mete el dedo en el cuello y
odia la corbata y a la humanidad con ella, de un patadón
en el culo lo metería al señor cura de cuerpo presente y enterito en el mismo nicho y taparía, pobre abuela Isabel,
pero bueno, ya se acabó todo, por fin, abuelita.

¿Acabarse todo? Ja. Si los había ahí para quienes, en
realidad, la función recién empezaba ahora con los abrazos y las palmadas en el hombro y los saludos con beso y sin
beso, con una formulilla de mierda que apenas se oía, pero
que servía para cumplir y picárselas ya y quitarse saco y corbata, al toque, carajo, al fin, y qué tal cura de mierda, nos
metió a todos al baño turco, compadre, mira cómo estoy
yo, viejo, empapadito todo, o con sentidas frases abrazadas
y pésames absolutos y demás demostraciones de acompa-
ñamiento en el dolor y aquí me quedo con los verdaderos
amigos para compartir al máximo el dolor y que se vea también lo dolido que ando yo, qué gran mujer, la difunta, qué
señora, su señora madre, don Roberto, don doctor, mis res-
petos, y aquí nos tiene usted para lo que pueda serle útil,
que Dios la tenga en su gloria a su señora progenitora, porque en la meca del firmamento no hubo estrella, doctor
Alegre... Carlitos paró la oreja cual perrito rapidísimo de
hocico puntiagudo y ojitos saltones y penetrantes, y casi
suelta su ladridito, también, porque, ¿acabarse todo?,
¿pero, quién dijo semejante disparate, por favor?

Porque todo acababa de empezar, más bien. Y por supuesto que eran ellos y que Carlitos Alegre casi los muerde,

pero ahora lo urgente era que se los sacara a su padre del cogote, que suficiente tenía el pobre ya con la progenitora muerta y el terno negro y hasta la corbata almidonada. Los mellizos Céspedes, definitivamente, daban el pésame igualito a como hablaban por teléfono con Estrella del Firmamento Vélez Sarsfield, por ejemplo. Se colgaban con desesperación social del teléfono negro de pared, que ya más de una vez se había venido abajo, dejando un hueco de yeso y quincha en el corredor de cuarenta vatios, y ahora, claro, nadie los iba a descolgar de su papá mientras él no los presentara, pues para eso habían venido, el tal Arturo y el tal Raúl, lo tenían escrito en su agenda-cálculo-programa de vida, los entierros son un lugar ideal para hacer relaciones públicas, para darse a conocer, y ellos todas las mañanas, ahora que por fin habían ingresado a la universidad y tenían tiempo, no bien se despertaban, se tragaban íntegra la sección «Necrológicas» del diario *El Comercio*, para ver quiénes no desayunan en Lima, esta mañana, y para luego correr a colgarse de un doctor llamado Roberto Alegre, por ejemplo, e irse descolgando como amigos de su hijo, muy amigos, íntimos amigos, don Roberto, hemos ingresado a la universidad por la misma puerta, la dermatológica, nada menos, y tras intensos meses de encierro y estudio y esfuerzo y ahínco y la patria... En fin, cualquier cosa, aunque también es verdad, con estos tipos inefables, que al mismo tiempo hacían notar la distancia crítica y moral que los separaba de Carlitos, ya que por ahí andaba nada menos que don Luciano Quiroga, y tanto que al final no sabían bien en qué parte de la cancha jugar, ni con qué delantero, ni siquiera en cuál equipo, pero bueno, había que correr y combinar y atacar y, aunque recurrieron mucho al juego sucio, los mellizos ya estaban, al menos por un momento, en la cancha debida, aquella mañana.

—Todo es verdad, papá —intervino Carlitos, presentándolos con nombres y apellidos completos, antes de que se trajeran abajo a su papá, también, telefónicamente.

—Ah, los muchachos de la calle de la Amargura...

—Bueno, sí, señor, por esa zona, sí, la Lima histórica y el damero de Pizarro...

Los mellizos, pobres mellizos, tal vez no la cagaran tanto, habida cuenta de los cálculos que habían hecho antes de debutar en su vida de entierros, asistiendo nada menos que al funeral de la abuela del amante de Natalia de Larrea, todo un riesgo, por supuesto, pero bien calculado, muy bien estudiado y conversado entre ellos, el de debutar en este asunto tan efectivo y social de los entierros, creo yo, Arturo, totalmente de acuerdo, Raúl, porque mira tú, sí, te escucho, el dolor de todos ahí será tan grande, porque además son bien católicos y cultivan a los muertos, ¿se dice así?, Arturo, ¿crees?, y a mí qué me preguntas, so cojudo, y doña Isabel fue una dama muy Pío XII, ¿o se dirá muy pía...? Pero, bueno, si a ti te duele el alma, o la muela, que para estos efectos es lo mismo, nadie te va a tomar por un impostor, y ya verás cómo don Roberto Alegre se deja abrazar pésamemente por más amigos que seamos del amante de Natalia de Larrea y por menos vela que tengamos en este entierro, que, no lo olvides, seguro después será un encierro en la casa dolida con gente como don Luciano Quiroga, ¿te imaginas?, claro que me lo imagino, Raúl, pero ¿y Carlitos y nosotros?, pues precisamente de eso se trata, Arturo, de marcar también en el domicilio nuestras distancias con respecto a él, aunque hilando muy fino, claro que sí, porque del inmoral ese qué culpa tenemos nosotros, al fin y al cabo, y además es sólo nuestro *ex* compañero de estudios para el ingreso a la universidad, nada más que nuestro *ex*, ¿o no me entendiste, carajo?

—Circulen, circulen —dijo alguien en la cola negra—, que también nosotros queremos expresar nuestro dolor.

Y es que los mellizos realmente se estaban adueñando de la situación y ya estaban a punto incluso de sacar una tarjeta de visita.

—El dolor no es igual para todos, ni el calor tampoco —dijo el borrachito Elías, que arruinó un gran porvenir de médico, de copa en copa, pobre hombre, porque bueno era, y mucho—. No, señores, no son iguales para todos, el dolor y el calor, o sea que avancen porque también hace sed...

A Carlitos le estaba entrando un ataque de risa, cuando los mellizos, que llevaban anteojos de sol para ocultar las lágrimas, sí, hermanito, decidieron emprenderla con su dolor y su pena y acompañarlo hasta la muerte, bueno, hasta la muerte, hoy, no, claro, pero, digamos que... Porque lo de la señora Isabel Santolaya, viuda de Alegre, tu abuelita paterna, Carlitos, tiene que... tiene que... Lo que tiene que haber sufrido esa gran dama de la caridad y la religión...

—La verdad —les soltó Carlitos, y esto jamás se sabrá si fue distracción o la única manera que encontró de taparles la boca a ese par de animales y salir de ellos—, la verdad es que no saben cuánto me alegra que mi abuela ya llegara muerta, hoy: con lo mucho que detestaba ella los entierros y cementerios...

Carlitos regresó con su padre hasta la casa de la avenida Javier Prado. Volvieron solos, y se dijeron alguna que otra cosa con afecto y respeto subrayados, pero fundamentalmente los acompañó un profundo silencio, que don Roberto sólo interrumpió al llegar a la puerta de ingreso de automóviles. Él había preferido que ni su madre ni sus hermanas fueran al cementerio, entre otras cosas porque en Lima es muy excepcional que las mujeres asistan a los funerales, aunque se trate del de una mujer, como ha sido el caso. Pero bueno, lo que quería decirle su padre es que, si lo deseaba, podía quedarse en la casa y pasarse unas horas con su madre y sus hermanas y unos cuantos parientes y amigos muy íntimos. Y después tú mismo verás lo que haces, Carlitos, pero lo que no voy a ocultarle a un hijo mío es que estoy recurriendo a cuanto abogado y ley existen en este país para ponerle punto final a una relación que considero nefasta para él.

—Y no se hable más, hijo.

—No, claro, papá...

Don Roberto había regresado manejando muy despacio, como para alargar ese triste trayecto con la única finalidad de decir las cosas que Carlitos acababa de escuchar. Y ahora la abuela Isabel, su madre, no estaba en casa, y él se daba cuenta de ello por primera vez, se daba cuenta de ese vacío, y de que había regresado tan despacio también para alejarse lo más lentamente posible de su madre para siempre en un cementerio. Pero bueno, había que entrar por primera vez sin la abuela y todo había acabado y ahora un rápido duchazo, ropa ligera y limpia, y una buena copa, por Dios...

Pero todo no había acabado ni acabaría nunca, parece ser, porque lo primero que vieron el doctor Roberto Alegre y su hijo Carlitos, al entrar en la casa, fue a Cristi y Marisol sentadas con los mellizos Céspedes, que, por supuesto, eran tan, tan amigos de tu hermano, hasta dermatológicamente hablando, Marisolcita, que ni siquiera en la sala se habían quitado los anteojos de sol, por lo de las lágrimas que a uno se le escapan, como es natural...

Los tipos llegaron en su cupé, los mayordomos los reconocieron, los tipos contaron que Carlitos y ellos acababan de ingresar a la universidad, los mayordomos, que aún ignoraban que Carlitos había ingresado, se alegraron mucho, los tipos aprovecharon para entrar y presentarse más y más y más, y luego, por una suerte de selección natural de las especies, fueron a dar al sofá dónde Marisolcita y Cristinita realmente no sabían qué hacerse con la parejita esta tan increíble y melosa, que, gracias a Dios, de pronto se incorporó y corrió para acompañar en su dolor también a Carlitos, no bien éste apareció por la sala, pero erraron en sus cálculos los inefables y tuvieron que sentarse de nuevo, porque, al verlos, el amigo dolido sí que salió disparado, ya no corriendo sino literalmente disparado, a llamar a Natalia para contarle las novedades que había en el frente...

Definitivamente, los mellizos Céspedes Salinas habían ingresado a esa casa porque nadie los largó a patadas, habían entrado aplicando su teoría del dolor de muelas o la pérdida de un ser querido, ¿quién se va a fijar en ti cuando le duele todo, hermano?, pero, además, el éxito obtenido y el estar ya incorporados a ese selecto grupo de parientes y amigos compungidos, Arturo, sí, selecto grupo, sobre todo, Raúl, como que hizo que el par de tipos se crecieran un poquito con anteojos negros, o sea, el colmo, lo que se dice el colmo, caray. Carlitos llegó disparado al teléfono, que no corriendo, porque esto lo menos que es, es increíble, esto es realmente notable, Natalia...

—Y lo menos que te puedo decir, mi amor, es que tenemos un nuevo Waterloo a la vista...

—No te entiendo nada, mi amor...

—¿Molina está ahí?

—Sí, creo que sí. Porque yo no sé qué hiciste tú con ese tipo, mientras estuve en Europa, pero ahora se ha trasladado al huerto con Daimler y todo.

—Pues tú cuéntale a Molina lo que acabo de decirte y, con toda seguridad, no sólo lo harás feliz sino que él te lo aclarará todo de pe a pa. Molina odia a los mellizos, Natalia. Y viceversa. Es divertidísimo el asunto. Porque en este mismo instante los mellizos están sentados en la sala con mis hermanas y unos falsos anteojos Ray-Ban para llorar, por si acaso...

—¿Y tú?

—Me quedo a almorzar con mamá y mis hermanas, pero a más tardar a las cinco estoy allá. *¿Okay?*

—Por supuesto, señor.

Y mientras tanto, en la sala, Cristinita, que nunca había tenido pelos en la lengua, le dijo a Marisolcita, que tampoco los tenía, que ya estaba hasta la coronilla de tanto anteojo negro, y ésta le respondió: ¿Y a mí qué me vas a decir? Un minuto más y vomito.

O sea, que un resorte autoexpulsó a los mellizos del sofá, con bote y todo, porque claro, y cuánto optimismo, caray, había llegado el momento de incorporarse, en calidad de miembros de algo y de todo y de nada, que así es la vida, al menos por ahora, al selecto grupo de gente decente y multimillonaria y bien relacionada que nos trajo aquí, sí, señor, porque para algo vinimos, ¿no? Y bueno, por pasar, no estaban pasando ni café en ese selecto grupo, ni nadie se había puesto a hablar de política ni nada, pero ellos igual se incorporaron cada uno con un whisky gestual en la mano, un interés general por el estado de la nación, y hasta un cierto patriotismo y dígame usted, si no. Y claro, nadie los sacaba a patadas ni nada, o sea que ahí permanecían, confundidos con la elite, lo cual casi los mata de placer, hasta que, de pronto, apareció Carlitos buscando a sus hermanas, y tan campante les soltó que acababa de hablar con Natalia y que uno de estos días vengo con Molina, el chofer de un Daimler con salita posterior rodante, je, je, a buscarlas, para llevarlas a «El huerto de mi amada», que así se llama el lugar donde vivo ahora con Natalia, que sería feliz conociéndolas...

—Nunca habría pensado que fueras tan distraído, Carlitos —le dijo Marisol, al ver que el selecto grupito literalmente se desintegraba, ante tales palabras, y que don Fortunato Quiroga de los Heros se declaraba excedido por los acontecimientos y como que se daba a la fuga o algo así, mientras la señora Antonella y don Roberto, su esposo, daban las gracias al cielo porque, por fin, ya todo esto se acabó, pobre abuela Isabel, ella que odiaba tanto protocolo y ceremonia, por fin ya se fueron todos, que fue cuando los mellizos, que ni siquiera eran considerados o tenidos en cuenta en calidad de *todos*, se entregaron alma, corazón y vida a conversar con los muebles y los cuadros, y hasta con la casa, y, como nadie tampoco los expulsó ni los expulsaba, decidieron hacer mutis por el foro con una inmensa sensación de acierto completo y anteojos negros apropiados y hasta se despidieron de nadie con la convicción plena de haber estado superiores, precisos en nuestro hablar, e inolvidables, creo, Arturo, bueno, yo no diría tanto, yo diría que recordables, al menos, eso sí, pero ojo, que ése es don Antonio Santolaya y no vaya a ver que el cupé del 46 verde somos nosotros, ¿cómo?, quiero decir que el Ford de mierda viejo este es nuestro, espera que se vaya, espera, carajo...

Carlitos regresó a las cinco en punto y Natalia le ocultó, nada menos, que Fortunato Quiroga acababa de estar ahí y de presentarse ante ella convertido ahora en la voz de la razón y en un inmenso y muy generoso perdonavidas. Porque don Fortunato Quiroga de los Heros ya no podía seguir ocultándole su amor, tampoco, y que no tengo nada contra el chico, Natalia, un caballero olvida y, es más, perdona, pero tú, mujer, tienes que entrar en razón, tú tienes que dejarte de babosadas y yo de solterías y juntar nuestros destinos, hermosa, e incluso nuestros dineros, para no parecer presumido y hablarte de nuestras fortunas, aunque lo son, y muy grandes y reales, y juntar también nuestros reales apellidos, ¿me entiendes, *baby*?, porque mira tú que yo voy a ser el próximo presidente de este país y, aunque divorciada, pequeña desventaja, claro, pero nimia para ti y para mí, *baby*, mi nombre, mis legítimas ambiciones y mi destino me destinan...

—Pero si Manuel Prado acaba de ser elegido hace año y pico, Fortunato...

—¿«El teniente seductor»? Ese caballerito no dura un año más en palacio de gobierno, *baby*... ¿Me sirves un whisky, por favor?

—Fortunato, querido, escúchame bien. Yo a ti no te sirvo un whisky, ni te sirvo tampoco para nada.

—¿Y se puede saber por qué?

—Porque en esta ciudad una puta feliz no sirve absolutamente para nada, ¿y no me digas que no lo sabes?

—¡Hija de...!

—Eso mismo, Fortunato. Anda. Atrévete al menos a decirlo, por una vez en tu triste vida...

Pacco di merda, estaba diciendo Luigi, a las cinco en punto de la tarde, mientras el Mercedes de don Fortunato Quiroga abandonaba el huerto a cuatro mil kilómetros por hora, derrapando en la curvita y todo, y, paralelamente, un viejo taxi de estación se ocultaba casi entre los rosedales para que el bólido loco este no me deje sin trabajo ni carcocha, joven, mire usted qué bárbaro, salir de una hacienda a esa velocidad...

—Huerto, señor. Esto es sólo un huerto —le explicaba Carlitos al taxista, mientras buscaba sonriente y confiado unas monedas que jamás había tenido en ningún bolsillo.

Natalia oyó llegar a Carlitos, miró las cinco en punto de la tarde en su reloj, y corrió a recibirlo como al amante pródigo, porque hijo habría sido incesto, claro, aunque se diría que hasta con incesto lo había esperado, tan grande había sido su temor de que todo y todos en su casa lo retuvieran, por más que, encima de puntual, su amante de los diecisiete años atroces hubiera cumplido con llamarla hasta en dos ocasiones, para darle lo que él mismo llamaba *partes de campaña*, probablemente por el enfrentamiento interno, intenso y hasta hiriente que había mantenido con ese entorno familiar unido por un duelo, pero que tan cariñosamente lo había recibido, sin embargo, contra todos sus cálculos y expectativas.

Pero Carlitos estaba de vuelta y no sólo había *comulgado* hasta con los muebles tan impresionantes de mi dormitorio, Natalia, cuando fui a vestirme de luto, después de visitar por primera vez el velorio de la abuelita, tan contenta con su muerte, tan sonriente y ya mirándonos a todos desde la gloria, qué duda cabe, sino que además había mantenido una larga conversación, muy parecida a la que tuve también con Dios, ¿te acuerdas?, cuando aquellos señorones enloquecidos me molieron la cabeza a palos, o algo muy similar, y, previo paso por la clínica Angloamericana, debuté en tu camota y alcoba, con tu perdón, y tuve aquellos como trances eróticos combinados con ensueños celestiales y con calmantes que los propiciaban, también, me imagino, tanto como mi fe en Dios y en nuestro amor y en su confianza y apoyo, o llamémosle solidaridad, cuando menos...

—Pero, mi amor, ¿con quién conversaste en el taxi, parecido a lo de Dios, que sí recuerdo perfectamente bien y me encanta? ¿Con quién, Carlitos?

—Con la abuela Isabel, que, la verdad, ya había empezado a conversarme durante el velorio, y continuó ahora en el taxi en que vine. Y mira tú que, con lo beata que era ella, compartía las opiniones de Dios acerca de nuestra relación y del sexo y de todo. De todo, sí, mi amor, porque yo la interrogué a fondo y sus respuestas eran igualitas a las de Dios, aquella vez. Y tanto, que era como si nuevamente me hubieran molido a golpes la cabeza y saliera llenecito de calmantes de la clínica y pasara contigo a una alcoba...

Algo bien extraño, eso sí, porque la conversación ha durado horas, días y semanas y, sin embargo, lo único que me hacía temer que no iba a ser puntual contigo, que era dificilísimo llegar a las cinco en punto, a más tardar, era el taxi tan viejo en que venía, ¿o no viste la carcocha en que llegué y lo viejo que era también el chofer, tan viejos él y su carcocha que hasta pensó que un Mercedes que salía normalmente del huerto iba de supersónico por el mundo...?

Y mientras Carlitos continuaba con su entrañable discurso, Natalia se decía que ella, ni cojuda, cómo iba a preferir la presidencia de la república con el calzonudo de Quirogón, encima de todo, a un instante más, sólo un instante más, con un loco tan entretenido y entrañable como Carlitos Alegre, que, además, me prometió llegar a las cinco, a más tardar, y a las cinco en punto llegó en el automóvil más viejo de Lima, puntualísimo y feliz porque venía de sacarle lo único bueno que puede tener un entierro: conversar con su adorada muerta.

Los mellizos Raúl y Arturo Céspedes Salinas, hay que reconocerlo, actuaron con verdadero coraje y astucia, y también con entera solidaridad, cuando, de acuerdo a viejas prácticas estudiantiles, al empezar las clases de medicina en la escuela de San Fernando un grupo de alumnos de años superiores apareció, betún y tijeras en mano, para embadurnarlos a gusto y raparlos, a ellos dos y a Carlitos. Y a patearlos también y hasta a mearles encima, muy probablemente, antes de llevárselos un día entero por bares de Lima, obligándolos a servirles y pagarles la borrachera. Aquél iba a ser un día de esclavitud, de órdenes absurdas y matonescas, de empellones, coscorrones, escupitajos, y quién sabe cuántas salvajadas más, a medida que el consumo alcohólico fuera en aumento y el afán de venganza por los maltratos sufridos en carne propia, cuando a ellos les tocó ingresar a la universidad y verse convertidos en cachimbos, los fuera convirtiendo en verdaderas hienas entregadas con grosero deleite e inmundo furor al cumplimiento de aquel rito iniciático universitario.

—Tú ponte detrás de nosotros y ni se te ocurra asomarte —le dijo Arturo a Carlitos.

—Ni siquiera la punta de la nariz, Carlitos —le recalcó Raúl.

—Pero ellos son como diez...

—Son doce, exactamente, Carlitos.

—Entonces ustedes dos necesitan mi ayuda.

—Sólo necesitamos que hagas exactamente lo que te decimos y que no te distraigas ni un solo instante.

—Y que te pongas aquí atrás, de una vez por todas, y no te muevas más, carajo.

—No sé... Yo creo que también debería participar con mi granito de arena, aunque sea...

Carlitos no había terminado de hablar, ni de ponerse detrás de los mellizos, cuando vio cómo dos de los doce contrincantes se iban de bruces al suelo con la cabeza rota. Y bien rota, parece ser, porque los diez que permanecían de pie y que tan presumida y corajudamente se habían dirigido a los mellizos y a él con sorna y amenazas como que de golpe ya no sabían muy bien qué hacer, ni siquiera qué podía estar ocurriendo en ese patio de estudios, repleto de muchachos que iban de un lado a otro o que se disponían a ser testigos carcajeantes del rito.

—¿Otra pedradita más? —les preguntó Arturo.

—¿Otro hondazo más? —les precisó Raúl.

Y como los otros no respondieron ni afirmativa ni negativamente y más bien continuaron ahí, bastante en pie de guerra, todavía, algo mágico pasó porque un tercer miembro del grupo se vino abajo, medio despalancado, y hasta rodó un poquito hacia la derecha con la mano bien pegada a la frente.

Y ahora eran nueve los que quedaban de pie, pero siempre bien compactos y como queriendo pelear todavía. Y los mellizos ni se movían ni nada, sólo los miraban cara a cara, bien machotes, eso sí, y jugándosela, cuando el cuarto miembro del grupo recibió un impacto total en la mocha y, plum, al suelo también y como rodando.

—Yo lo más parecido a esto que he visto es el bowling —dijo Carlitos, asomadísimo, a pesar de los buenos consejos recibidos.

O sea que del grupo de los ocho salió un pedrón que le acertó en pleno pecho y lo escondió de nuevo, ahí atrás, todo asfixiado, pero nada grave, felizmente, aunque sí lo hizo perderse la feroz respuesta de los inmóviles mellizos, bastante dueños de la situación, siempre y cuando al huevas triste este de Carlitos no se le ocurra asomarse de nuevo. Cuatro hondazos que sabe Dios de dónde salían ni quién los disparaba tan certeramente, en aquel patio de estudios, realmente diezmaron al grupo de las tijeras y el betún, reducido a tres, ahora, porque hubo un desertor y todo. Y entonces sí que cachimbos e iniciantes quedaron en tres por bando, la idea de un largo y alcohólico recorrido inmundo y rapado por calles y bares de Lima quedó descartada, de mutuo acuerdo, y ahora lo que iba a armarse era una trompeadera más o menos de igual a igual, aunque no tanto, la verdad, porque Carlitos no había vuelto a asomarse debido a las dificultades respiratorias que lo tenían doblado en dos ahí detrás de los mellizos.

—Una tregua para llevar a nuestro amigo hasta esa banca, para que haga unos ejercicios de inhalación-exhalación —les dijo, entonces, Arturo, a los tres contrincantes.

Pero éstos se miraron entre sí y respondieron que nones, con la cabeza, de puro brutos, la verdad, porque un nuevo hondazo voló desde algún punto secreto y muy bien escogido, en los altos de ese patio, e infaliblemente el grupo contrincante se quedó con un embetunador-peluquero menos, que se retorcía ahora en el suelo, como un palitroque de caucho y no de madera.

Y ya estaba a punto de arrancar el primer asalto del combate de box a ocho manos, que, indudablemente, no tenía árbitro alguno ni iba a tener tampoco reglas ni guantes, ni asaltos sucesivos ni nada, salvo enfermería, claro, por tratarse de una facultad de medicina, cuando un pedrón tan furibundo como inesperado impactó con científica exactitud el sistema respiratorio completito, se diría, probablemente del mismo tipejo que dobló al ya recuperado y reasomado Carlitos, quien ahora les rogaba además a los mellizos que se pusieran detrás de él, porque, la verdad, yo no sé si fue el que acaba de tumbarme el que me lanzó a mí el mismo pedrón, primero, y el único que en realidad que se ha utilizado aquí abajo, esta mañana, o sea que, por si las moscas, me gustaría enfrentarme con el otro también, aunque limpiamente, esta vez, sí, con usted, con quién más va a ser, so cojudo, no se me haga el loco, entonces, y ya métase su betún al culo y cuádrese de una vez por todas, oiga usted. Lo malo es que en el otro grupo, que diezmado y reducido al máximo se retiraba lenta y tambaleantemente en dirección a la enfermería, parece que nadie estaba acostumbrado a hacer absolutamente nada limpio ni muy valiente, tampoco, nunca, y menos aún cuando me quedan tres al frente y yo he pasado de doce a ser yo solito, razón por la cual, mejor... Y el pobre diablo ese restante levantó los brazos, primero, luego les enseñó que en las manos no le quedaban ni fuerzas ni ganas, sólo pánico, y que de betún y tijeras ya ni el recuerdo, y hasta habría sacado pañuelo blanco, seguro, pero qué pañuelo iba a tener, y mucho menos blanco, además, en su inmunda vida, el pobre diablo ese.

Conmiserativos, los mellizos aceptaron el apretón de manos en paz que les propuso su ex rival, y al final el propio Carlitos le dijo que bueno, que él también estaba dispuesto a estrecharle la mano, pero siempre y cuando me jures por tu madre que tú no fuiste el que me tiró ese pedrón cobarde, sino el tumbado ese de ahí.

—Fue él, sí.

—Bien. Mi nombre es Carlos Alegre. Mucho gusto. Y ahora ayuda a tu amigo a inhalar y exhalar lento y profundo, que yo acabo de pasar por lo mismo, casi.

Los mellizos, Carlitos, y cuatro honderos cusqueños de comprobada puntería, que habían estado estratégicamente apostados en los altos del patio, cada uno por su rincón pero sincronizados al máximo, los cuatro, con tan sólo una miradita, un silbidito o un guiño de ojos, y sumamente útiles en ocasiones como ésa, terminaron celebrando su impresionante victoria con varias ruedas de cerveza en el D'Onofrio de la avenida Grau, extraña y muy limeña mezcla de fina heladería, pésima o correcta licorería, según fuese nacional o importado el producto, pastelería con activa mosca justo en los alfajorcitos que yo quería, qué asco, caracho, mira, exquisita chocolatería casi sin uso, salón de té y simpatía para tres señoras despistadas o en pleno venimiento a menos, y cantina de mala muerte, según las horas del día, además. El amplio local abría bien amplio, bonito y limpio, por las mañanas, y luego, a medida que avanzaba el día, como que iba abdicando de su calidad de apto para todos los públicos y empezaba a convertirse en alborotado punto de encuentro de artistas sin arte y bohemios con tos, de algunos peñadictos y criollos guitarristas y cantantes de bufanda y emoliente, y, ya después, por la noche bien entrada y cubierto el piso de aserrín, en lugar de aterrizaje para chicos de familia todoterreno que iban o volvían de los burdeles de la Victoria, algún posible Colofón agonizante desde muy joven, policías y ladrones, en franca confraternidad, más gente que estuvo en cana prontuariada y todo. Era un sitio abierto a infinitas posibilidades, el D'Onofrio de la avenida Grau, y por supuesto que también había tenido su *belle époque*, la semana que lo inauguraron, uf, hace ya la tira de años, qué sé yo...

—¿Y esos tipos, además de ser cusqueños y honderos, qué hacen? —les preguntó Carlitos a los mellizos, en una de las muchas oportunidades en que los cuatro se dirigieron al baño para achicar la bomba, en vista de que ningún peruano mea solo.

—Cobran y festejan cuando ganan, como ahora, o si no, pierden y se joden unos días, me imagino.

—¿Y ustedes de dónde los sacaron?

—Nos pasaron el dato.

—¿Y por qué no me avisaron nada?

—¿Habrías aprobado nuestros métodos?

—Bueno, eran doce contra tres...

—Y pudieron ser veinte, también.

Hacia las nueve de la noche, Carlitos ya ni siquiera sabía si lo que quería era achicar la bomba o no. Los amigos cusqueños, por su parte, cobraron, mearon de una vez pa' todo el año, porque el asunto duró como mil horas, esta vez, se despidieron con abrazos andinos y costeños, se cagaron en la selva, eso sí, muy probablemente porque entre los aborígenes la cosa es con flechas y cervatanas envenenadas y la incomparable puntería selvática se las arregla hasta para reducirle a uno la cabeza, tras haberse devorado el cuerpo, todo a traición, por supuesto, chunchos chuchas de su madre, les dejaron tarjetitas publicitarias del negocio, para que las repartieran e ir así haciendo empresa, tarjetitas con los colores patrios y un mapita del Perú sin Amazonía, por supuesto, y se lanzaron autóctonos a la noche y sus consejos.

Muy distinto fue el rumbo histórico que tomaron los mellizos y Carlitos, o lo que quedaba de él. Iban en el cupé verdecito de los mellizos, rumbo a la calle de la Amargura, donde Molina debía estar esperando a Carlitos, como cada día, cuando regresaba de clases, aunque ésta era la primera vez que el joven novio de doña Natalia no tenía cuándo llegar, qué le habrá pasado, caray, pero yo de aquí no me puedo mover. Molina y el Daimler, ambos por rubios Albión, por carísimos y hasta por uniformados y nunca jamás vistos ni imaginados, siquiera, por aquella avenida Grau en la que quedaba la Escuela de Medicina de San Fernando, muy cerquita ya al límite entre el bien y el mal, o el rojo, pero de burdel, y el negro, pero de raza esclava importada del África, más una clase media ya sin medios y unos prostíbulos de a dos por medio, un proletariado y su lumpen y, en fin, de todo, como en botica, pero *really made in Perú*, Molina y el Daimler, a cuál más caro en lo suyo, jamás deberían ni siquiera acercarse por esa jungla de asfalto y navajas, porque ipso facto serían asaltados, golpeados, desvalijados y revendidos, cada uno a su manera, por supuesto, de la misma forma en que a los mellizos y a Carlitos les habían preparado una comisión de bienvenida, que sí, que sí correspondía a una vieja práctica estudiantil, pero que no, que no era exactamente la práctica habitual, sino, digamos, algo especialmente hecho a la medida, blanquiñosos de mierda. Y, por lo demás, si el noble y fiel Molina hubiese decidido que su deber era llevar y recoger al joven Carlitos de sus clases, lo más probable es que se hubiese quedado sin automóvil, de entrada, porque un señor Daimler jamás hubiese aceptado recorridos de tan baja calidad y hasta hubiese optado por el suicidio, estamos convencidos.

Pero bueno, las cervezas y el peligro a veces pueden tener notables, históricas y hasta patrióticas consecuencias. Porque, mientras Carlitos ya no acertaba ni a achicar la bomba, expresión que, por lo demás, jamás había oído en su vida, hasta ese día, entre copa y copa a los mellizos se les había ido subiendo a la cabeza la gran victoria obtenida esa mañana ante doce tipos, que, a lo mejor, ni estudiantes eran, o son resentidos apristas o rabanitos comunistas, estudiantes profesionales, huelguistas y camorreros, carajo, una gran victoria obtenida nada menos que en el barrio de La Victoria, o en el límite, que da lo mismo porque todo se está yendo a la mierda en la Lima antigua, y ahora, nuevamente por la avenida Grau, pero en el sentido contrario y como quien regresa a la civilización, se toparon nada menos que con el Caballero de los Mares, el Héroe Máximo, el almirante Miguel Grau, esperando ahí de pie, en su estatua, siempre ahí arriba y alerta en la defensa de la patria, caballero, señor, hombre, varón, y macho, mirando al horizonte en busca de aquel barco enemigo y, bueno, también de aquellos barcos peruanos que le fueron a traer de Europa con colecta nacional de joyas, piedras y metales preciosos, o sea, de la gente decente y blanca y bien, y no los cholos de mierda de esta mañana, porque a ésos no les da ni para un diente de oro, a los que nosotros tres, sí, carajo, tres contra todos, espantamos como moscas, esta mañana, y así también el Caballero de los Mares, que al final se quedó sin joyas y sin barcos y sólo a punta de huevos, el pobre héroe... En fin, lo de los mellizos Céspedes era ya toda una proclama en la que se mezclaban la historia con la trompeadera, y la plaza del almirante Miguel Grau la cruzaron realmente inflamados, los tipos, hazaña tras hazaña, mientras Carlitos, todo despatarrado en el asiento posterior del cupé del 46, lograba meter su cuchara, de rato en rato, cada vez más aguafiestas y borracho, eso sí, y cuantas más batallas y broncas y entreveros se jactaban de haber vencido los mellizos, más les recordaba que, bueno, qué valientes estuvimos todos, creo yo, pero jamás tanto como el almirante Caballero y además con la ayuda de cuatro honderos cusqueños.

—¡El almirante dejó familia! —exclamó Arturo, de repente, como quien descubre América y sus consecuencias.

—¡Hay descendientes del Caballero de los Mares! —gritó Raúl.

—¡Seguro que hay nietas o biznietas! —se pasó una luz roja Arturo.

—Ojalá sólo sean dos —gargarizó Carlitos, incomodísimo con tantas piernas propias en el asiento de atrás, pero lo suficientemente lúcido aún para añadir—: Hemos llegado al momento culminante del estrellato del día de hoy. El clímax, que le dicen.

—¿No te das cuenta, Carlitos?

—Ya dije que ojalá sean dos, no más, por amor a Dios.

—¿Pero tú nos ayudarías? ¿Tú las llamarías por teléfono, por ejemplo? Recuerda lo bien que llamaste a las chicas Vélez Sarsfield.

—Las amazonas, sí... Siempre recuerdo a Melanie... Y francamente no creo que ustedes puedan olvidar jamás la equitación, je, je...

—¿Nos ayudas, Carlitos?

—No. Llamen a los honderos cusqueños.

—No jodas, pues, hermanito.

—Piénsenlo bien... El polo y la equitación y todo eso... Recuerden... Porque esta vez, a lo mejor, los llevan a la guerra en altamar y eso también requiere sus disfraces...

—Uniformes de la patria, Carlitos. Te estás cayendo de la borrachera.

—Me estoy cayendo al mar, sí, y no sé cómo voy a flotar con la cantidad de piernas que me han brotado... O es que este carro de... de... de *mier* novecientos cuarenta y seis no está preparado para llevar un ciempiés en el asiento de atrás...

—Ya llegamos, Carlitos. No te duermas. Estamos en esta casa en la que tanto estudiamos...

—¿Y Molina?

—¿No lo ves, parado ahí?

—¿Y Martirio?

—Consuelo, Carlitos.

—Colofón.

—...

—Colofón, carajo...

—...

—Que conste que yo no he preguntado: ¿Y Colofón? Yo sólo he dicho Colofón.

—Bájate de una vez por todas, Carlitos...

—Colofón: Buenas noches, Molina.

—Hola, joven Carlitos... Viene usted...

—Éste es el colofón de un gran día, Molina, aunque sinceramente le digo que, Dios quiera, entre la descendencia de don Miguel Caballero no haya señoritas que navegan, por ejemplo... En fin, usted me entiende...

—¿O sea que hay moros en la costa, joven?

—Y cuatro honderos cusqueños, oiga usted, Molina, pero aquí a los pobres como que, poco a poco, los hemos ido dejando sin gesta ni pasado imperial incaico alguno... Por robarles, creo que hasta les hemos robado sus hondas, ya.

—Me lo contará usted en el camino, joven, pero vamos, que la señora Natalia debe de estar bastante inquieta...

—Recuerdo haberla llamado hasta en dos ocasiones para explicarle que iba al baño a achicar la bomba...

—Eso fue hace ya bastante rato, le señalo.

—Pero mire usted. Para serle muy sincero, he pasado un hermoso día con los mellizos. El primero de mi vida, creo, ahora que ya no pueden oírnos. Y lo único que me preocupa, eso sí, es cómo odian los honderos cusqueños a los cervataneros amazónicos. Y todo esto mientras hablan de un amor inmenso por el Perú.

—No me cuenta usted nada nuevo, joven.

—Pues si quiere que le cuente algo novísimo, Molina, déjeme que le diga que también me preocupa inmensamente la posible descendencia femenina del almirante Miguel Caballero.

—Miguel Grau, Carlitos.

—Ése es el nombre de la plaza, pero no el de la estatua, Molina...

Carlitos dormía profundamente cuando llegaron al huerto.

Pues parece que existían muchas descendientas del Caballero de los Mares, de acuerdo a las exhaustivas averiguaciones que realizaron los mellizos Céspedes, a lo largo de varias semanas. Y todas pertenecían a estupendas familias limeñas, aunque no todas, eso sí, poseyeran una fortuna que mantuviera el lustre que debe acompañar a un nombre que los peruanos de buena y mala pro llevamos grabado con letras de oro y cañonazos en lo más hondo de nuestro corazón.

¿Qué hacer, pues? Bueno, por lo pronto enterarse bien de cómo eran esas descendientas, esperarlas en las salidas de sus casas, de sus colegios, de sus misas y cines dominicales, e ir anotando en la lista de nombres y direcciones que ya poseían los pros y los contras, para luego irlos sopesando poco a poco e ir procediendo finalmente por eliminación. La gran condición, el requisito sine qua non, para no caerse de esa lista, era, por supuesto, ser descendienta directa del Caballero de la Mar Alta y el ensangrentado océano Pacífico. Y había que ver a los mellizos entregados a su labor, estacionados estratégicamente en esta o aquella esquina, en distintas bancas y asientos de muy distintas iglesias y cines, en todo tipo de barrios, o corriendo de la salida de un colegio a la salida de otro, lápiz y papel en mano, preparando el primer borrador de descendientas, tachando, suprimiendo, volviendo a anotar, decidiendo que, claro, la gran ventaja en este caso es que no necesariamente tenían que ser hermanas, las descendientas, como Carlitos imaginaba, aferrado a la esperanza de que ellos no encontraran tres hermanas más de edad conveniente, como las Vélez Sarsfield, ya que en este caso todas tenían que ser primas, cuando menos, y en la selección final podían entrar, por qué no, alguna descendiente muy rica y otra que podía incluso vivir en una calle como la de la Amargura, en vista de que, aunque apenas se conocieran o frecuentaran, el profundo vaso comunicante que era el héroe las movilizaría a todas y las llevaría a comportarse con el debido respeto por la pariente pobre, a la rica, y con total familiaridad y desenvoltura, a la menos afortunada, aunque claro, también es cierto que eran ellos los que estaban dispuestos a taponear cualquier vaso comunicante que llevara desde los Céspedes Salinas de la calle de la Amargura hasta una descendienta heroica cuyo padre no fuera un contribuyente importante de la república, cuando menos.

Ésta era una larga etapa en que los mellizos ni le tocaban el tema de las descendientas a Carlitos, salvo alguna pequeñísima consulta sobre los padres de alguna de ellas, cuando no lograban encontrar los datos necesarios acerca de una mayor o menor solvencia económica, por ejemplo, o cuando alguna información obtenida de segunda mano no parecía cuadrar en aquel verdadero padrón heroico al que Arturo y Raúl se habían entregado con científico rigor y altísima desesperación social. Carlitos, que jamás se había enterado de quién es quién en la ciudad en que vivía, recurría generalmente a Natalia, que sí que estaba perfectamente bien enterada de todo aquello, pero que en cambio habría dado íntegra su fortuna por haberlo ignorado siempre.

—Esos amigos tuyos nunca dejarán de sorprenderme, mi amor.

—A mí tampoco, la verdad. Y es que son realmente increíbles. Ahora, por ejemplo, asisten a clases puntualmente, toman sus notas y estudian, eso sí, pero yo creo que ni duermen pensando en el asunto de las descendientas del almirante. Por ahora, lo sé, me lo están ocultando, y es que no me necesitan para nada, o apenas, pero ya verás tú cuando hayan elegido a sus candidatas...

—Y ya verás tú también cuando hayan elegido a sus candidatas, si te eligen una para ti también... Te mato, Carlitos.

—Pero si alguna vez hablamos de que podía resultar positivo para nosotros que yo fuera visto con otras chicas. Podía calmar un poco tanta tensión con mi familia, y eso...

—Nada va a calmar ya esa tensión, desgraciadamente, Carlitos. Yo conté con que ahora que ya has cumplido los diecicho años y, digamos, has dejado de pertenecer a la categoría bebe raptado por vieja corrompida, algo podía cambiar. Pero no. Sigues siendo un bebe, ahora de dieciocho años, raptado por una vieja corrompidísima, que además mató a sus padres a disgustos, y que continúa feliz en su loca carrera delictiva, esta vez con un menor de edad.

—¿Y si Cristi y Marisol vinieran a vernos? Ellas estaban bastante dispuestas a venir, te lo conté, y yo creo que sería sólo cuestión de animarlas un poquito más.

—Ni se te ocurra, Carlitos. Ni se te ocurra, por favor. Luigi asegura que hay policías de civil y detectives vigilándonos día y noche.

—¿Y si nos fugáramos a tu casa de Chorrillos?

—Tú vas y vienes todos los días de la escuela, mi amor... Eso no duraría ni una semana.

—¿Entonces?

—Yo podría...

—¿Tú podrías, qué?

—Tengo amigos poderosos dentro y fuera de este país y podríamos largarnos a vivir en París o en Londres. Estudiarías toda tu carrera allá.

—Pero si apenas poseo un carné universitario...

—Ésa es la parte que yo *sí* puedo arreglar, Carlitos.

—¿Entonces, cuál es la que no puedes arreglar, Natalia?

—No sé si te va a doler o no, mi amor, lo que te voy a decir...

—Pues dilo, y veremos.

—Si supieras el trabajo que me cuesta, Carlitos. Pero la verdad es que yo, yo, a veces, me pongo en el pellejo de tus padres. Y te miro y eres un niño...

—¿Y tú eres una vieja corrompidísima...?

—No, mi amor. Yo te juro que eso no lo he sido jamás en mi vida.

—Y yo soy un niño que te cree.

—Entonces créeme también que el mejor amante del mundo, o sea, Carlitos Alegre di Lucca, el más fogoso, original, noble y entretenido, es un niño.

Natalia se había puesto de pie y se disponía a correr y encerrarse en su escritorio, para tumbarse a llorar ahí horas y horas. ¿En qué momento se le escapó el control de esa conversación? ¿En qué momento se les desvió la conversación sobre los mellizos y su inefable padrón de descendientas históricas? ¿Por qué, en contra de lo que se había jurado hacer siempre, acababa de soltarle a Carlitos unas verdades y una información que sólo podían desconcertarlo y herirlo, y que sólo podían dejarlo más desarmado que nunca, psicológicamente. Natalia ya se estaba alejando precipitadamente de la sala, ya había dejado escapar sus primeros lagrimones, cuando de golpe el amante niño como que creció, o se creció, o, lo que es más aún, se agigantó y la contuvo con una presencia de ánimo que ya habría querido ella poseer en momentos como aquél. Pero Natalia, que podía ser tremenda, era también una mujer tremendamente herida y el amante niño a veces era capaz de juguetear con tan poderosa e importante dama como una fiera con su cachorrita.

—La mayoría de edad a los dieciocho años ya existe en otros países, Natalia, y además quiero que sepas que estoy dispuesto a canjear mi carné estudiantil por un pasaporte falso. Y cuanto más falso, mejor, para que veas que tampoco pierdo mi sentido del humor y del amor, dicho sea de paso...

Natalia se dejó caer en el sofá, ahí a su lado, y se lo iba a comer a besos, pero él le dijo: Pues bien, mi amor, *como decíamos ayer*, y vete tú a saber en qué momento nos alejamos de los mellizos y su padrón de descendientas heroicas, porque las pobres nietas o bisnietas, o lo que sea, del almirante, realmente van a tener que sacar a relucir todo el valor y la casta, toda la suprema elegancia y hasta el respeto por el enemigo, toda la grandeza, en fin, que caracterizó a don Miguel Grau, para tragarse sin que se note y sin indigestarse, y sin humillarlos, tampoco, todos los lugares comunes y las frases sublimes que este par de locos les van a soltar, una tras otras, sobre su glorioso antepasado, qué horror, qué ensalada de huachaferías, y cuántas mecas y cumbres y firmamentos estrellados, y cuántas veces no habrá de teñir el Pacífico de rojo con su sangre azul el Caballero de los Mares, a mala hora, a pésima hora se nos ocurrió pasar por la plaza Grau con tanta cerveza en el cuerpo. ¿Y a que no sabes la última, Natalia? Pues déjame contarte que el par de locos estos, para inflamarse más con la grandeza de nuestra historia y la gesta del almirante, y, además, como la calle de la Amargura no les queda nada lejos, se instalan en plena plaza y sacan su padrón y lo van corrigiendo y perfeccionando ante la mirada histórica de don Miguel, para que éste los ilumine con su ejemplo, y luego, cuando el trabajo esté terminado, es también el héroe quien les va a aconsejar cuáles son las descendientas que debo yo llamar por teléfono, sí, porque el de las llamadas soy yo, nuevamente, lo cual no deja de ser una prueba de confianza en mí y de desconfianza en sí mismos. Y por último te cuento que el héroe parece que el otro día tuvo una desavenencia con ellos, te lo juro, Natalia, me lo confesaron, en lo poco, muy poco, que hemos hablado del tema, pero resulta que el héroe los dejó turulatos cuando les dijo que, al elegir, no tomaran para nada en cuenta el dinero, que el desinterés por los bienes materiales de este mundo es fundamental cuando se quiere emprender grandes hazañas, que toda una vida de privaciones fortalece el alma y forja el carácter heroico, y que, paralelamente, los bienes espirituales y el ascetismo franciscano suelen resultar fundamentales para el cumplimiento de los más altos ideales...

—Pero es que nosotros tenemos que pagarle con creces miles de cosas a nuestra santa madre, almirante...

—¿Les ha pedido algo, acaso, vuestra santa madre, a cambio de sus desvelos?

—Bueno, la verdad es que, así, muy directamente, señor héroe, no, nunca, pero... —le argumentaba Arturo a la estatua.

—Pero es que uno quisiera, señor héroe... —metía su cuchara, también, Raúl, abundando en las razones tan metalizadas de su hermano.

—Señores, piénsenlo bien y sigamos conversando otra noche. Esta estatua está cansada y aún tiene que vigilar muchos siglos de historia en el horizonte patrio.

—¡Viva Miguel Grau! —exclamó Raúl.

—¡Eternamente! —lo secundó Arturo.

Pero después los mellizos pusieron en marcha el motor del cupé y para nada estuvieron de acuerdo con la austeridad del héroe y cada uno le abrió su alma al otro, que era como un juego de espejos cantando a dúo, además, y no, no podía ser, pues Arturo, que todo un señor héroe se contentara con un cupecito del 46 y no le pagara con creces a mamá, no, ni hablar, claro, pero bueno, tampoco tenemos que contárselo nunca, para qué, y en cambio al que sí tenemos que contárselo todo, ya, creo yo, es a Carlitos, para que, no bien tengamos a las finalistas del Miss Patriotismo, nos preste el Daimler y al Molina ese también y se venga también con nosotros algunas veces...

—¿Y Natalia de Larrea, Arturo?

—Nadie le ha pedido a Carlitos Alegre que le saque la vuelta a tremendo hembrón, Raúl. De lo que se trata es de que nos sirva de director técnico y nada más.

Natalia de Larrea había pedido una copa de champán para brindar por la historia de Carlitos y olvidar sus lágrimas de hace un rato. Luego pidió una copa más, para brindar porque en algunos países la mayoría de edad era a los dieciocho años, y la tercera copa de champán la pidió para brindar por el pasaporte falso que no tardaban en utilizar para llegar a la alcoba de su amor y también por esta ciudad de Lima, cuyo príncipe y amante máximo era, indudablemente, un niño, pero qué niño, santo cielo, yo me lo como vivo...

Pésimas noticias había, en cambio, para los mellizos Arturo y Raúl. Porque, oh, horror, las más pobres de todas las descendientas pobres del pobre héroe, resulta que llevaban un segundo apellido de esos que en la Lima de los cincuenta sonaban a mucho más que a la crema y nata. Y el padrón ya estaba terminado y los mellizos ahí, estacionados frente a la estatua, en plena plaza Grau, y presa de mil contradicciones, porque además los hermanos Henstridge, que éste era el apellido, simple y llanamente no usaban dinero, porque dinero no tenían ni tuvieron ni tendrán, pero vivían con creces y no sólo en Lima, qué va, sino también en costas como la Azul y la Amalfitana, invitadísimos siempre por alguna familia real o realmente multimillonaria, y una de las Henstridge, la única mujer, en realidad, era nada menos que la madre con creces de dos descendientas del almirante, que lo tenían todo, cuando estaban invitadas, y que no tenían absolutamente nada, salvo un genuino refinamiento, cuando no estaban invitadas. Y bueno, así eran los Henstridge: todo estaba siempre bien para ellos, y, cuando nadie los invitaba, se resignaban, y cuando alguien los invitaba, también se resignaban, aunque el anfitrión fuera por ejemplo el barón Rothschild, descendiente directo de Meyer Amschel Rothschild, fundador de la banca que lleva su nombre y administrador de la fortuna del elector de Hesse, Guillermo I. El barón siempre había sentido un afecto muy especial por los Henstridge de Lima, y en especial por Matthias y Olga, la entrañable, linda y finísima esposa del nieto mayor del Caballero de los Mares.

Les dieron las cinco de la madrugada a los mellizos Céspedes, ahí en la plaza Grau, abrumados por semejantes informaciones internacionales y porque ellos ya habían inspeccionado la modestísima vivienda de la Magdalena Vieja en que vivían aquellas dos descendientas de la estatua. Y, sin embargo, aquellas dos hermosas muchachas —también las habían visto a la salida de misa y en un cine— frecuentaban nada menos que a la familia Rothschild y sus padres y sus tíos eran recibidos por príncipes y hasta por reyes.

—¿Cómo, entonces, se puede ser tan pobre?

—¿Tú no crees que entre tanto rey y barón algo les tiene que salpicar? ¿Unos dolarillos? ¿Unas libras esterlinas?

—Yo sólo sé que ya no sé nada, Arturo.

—Y a mí se me han roto todos los esquemas, Raúl. Se me han hecho añicos.

—Uno tras otro, sí. A mí también. Añicos.

—Ésas dos fueron las primeras que tachamos para siempre.

—Pues ahora ponlas en el primer lugar y tacha a todas las demás.

—El héroe se va a poner feliz cuando sepa que hemos terminado por darle la razón.

—Y con creces, Raúl.

—Pero yo insisto en que un barón Rothschild tiene que salpicar, Arturo.

—¿Qué hora es?

—Las cinco y media, casi.

—A las ocho en punto llamamos a Carlitos.

—Se va a aferrar a que son sólo dos hermanas y nos va a mandar al diablo.

—No. Carlitos es buena gente en eso. Nos hará el bajo. Él las llamará y se hará pasar por ti y por mí, en el teléfono. Además, la primera vez que vayamos tiene que acompañarnos.

—¿Pero con qué pretexto?

—Es loco, es buena gente, es nuestro íntimo amigo, su chica lo dejó plantado, estaba tristísimo y nos dio tanta pena que lo dejamos colarse. Y además el Daimler...

—¿Y si nos falla lo del Daimler, como con las cretinas de las Vélez Sarsfield? Recuerda el consejo del propio Carlitos, creo: A unas chicas pobres las impresionas con un Daimler y a unas ricas con un cupecito carcochón.

—Pero estas descendientas no son ni ricas ni pobres sino todo lo contrario. En fin, ni sé lo que son.

—Dicen que son muy genuinas.

—¿Y eso cómo se come, carajo?

—Pregúntale al almirante.

—No, vámonos, mejor.

—Con todo el respeto, con todo el amor patrio, y con

todo el honor, si supiera usted, Caballero de los Mares, el lío en que nos ha metido...

—Pero viva el almirante Miguel Grau, de cualquier forma, Arturo.

—Por los siglos de los siglos, hermano, palabra de honor. Y a pesar de los pesares.

—Aunque ojalá salpique algo, siquiera, el barón de Rothschild, carajo, Arturo.

—Ya habría salpicado, Raúl.

—¿Cómo lo sabes?

—Piensa en la casita de las heroínas... Ahí nació su padre y ahí nacieron ellas. ¿Eso no te dice nada? Son demasiados años sin moverse de Magdalena Vieja.

—¿O sea, que ni una sola salpicadita del barón?

—Carajo, Arturo, si por lo menos las hubiera salpicado hasta Magdalena Nueva.

—Gente muy genuina. ¿Qué querrá decir eso de la *genuinidad?*

—Ni idea, Raúl. ¿Y tú crees que se puede decir *genuinidad?*

—Bueno, al menos mientras no nos oiga nadie.

—En fin, pronto nos enteraremos, Raúl.

Todo era un dechado de *genuinidad* en el mundo de Silvina y Talía Grau Henstridge y en su conmovedora casita de la Magdalena Vieja. Ellas eran bien bien bonitas, genuinamente bonitas y finas y esmeradas y como llevadas ya por el viento, y la casita en sí no era tan chiquita como parecía, medio perdida ahí al fondo del jardín, sino que la familia en general tenía un genuino gusto por las plantas y las flores y éstas habían crecido tanto y eran tan abundantes que prácticamente lograban que la vivienda desapareciera encantadoramente en medio de millones de colores combinados con genuino buen gusto y un real conocimiento del arte de la jardinería, salpicado probablemente por la cantidad de jardines tipo Finzi Contini o Rothschild o Duque de Anjou que el matrimonio Grau Henstridge acostumbraba frecuentar en sus visitas a Europa, África y Oriente. No adinerados como eran, más que pobres, Olga Henstridge y Jaime Grau poseían sin embargo una genuina capacidad para contagiarse de todas las cosas hermosas que iban viendo por el mundo, cada vez que alguien los invitaba a Italia o a Etiopía, por mencionar tan sólo dos de sus últimos viajes, y, aunque jamás regresaban cargados de maletas ni de nada, más bien todo lo contrario, sus retinas, en cambio, parecían almacenar toneladas de belleza que, luego, tanto ella como él, desembarcaban en el primer objeto o rincón en que posaban su mirada, o en aquel punto del jardín, o sobre ese viejo aparador, o sobre el piano heredado de la abuela, o en el dormitorio de Silvina y Talía, que también parecían haber heredado este genuino don de sus padres, aunque sobre esto, en fin, será el tiempo quien nos dé a conocer su veredicto, pero probable es, sí, señor, cómo no. ¿Cuál era la magia, cuál la sabiduría, de Olga y de Jaime? Pues simplemente cambiar una plantita de lugar, o colocar esta sencilla porcelana allá, en vez de aquí, o subir el florerito este al cuarto de la chicas. El resultado, en todo caso, era siempre genuino, y como viajaban tanto y posaban la mirada sobre tantas maravillas de la humanidad, lo suyo era, por un sencillo y nada calculado efecto de acumulación, un real y verdadero dechado de *genuinidad*, para emplear, una vez más, este neologismo Céspedes Salinas.

Y nada menos que ahí fueron a caer los mellizos Arturo y Raúl, con su neologismo y todo, aunque lo menos genuinamente que darse pueda, para que nos vayamos entendiendo de entrada. Por supuesto que fue Carlitos el que llamó a Silvina y a Talía, con los mellizos colgadísimos de su teléfono y hasta atreviéndose a meter su cuchara, de vez en cuando, y nada menos que bajo el nombre de Carlitos Alegre, con lo cual las pobres chicas se confundían una y otra vez, pero es que los tipos no lograban retenerse y simple y llanamente tenían que soltar lo de su admiración total por el Caballero de los Mares e incluso soltaban disparates tales como que ellos dos últimamente habían dialogado mucho con el héroe, creando un desconcierto mayor aún, y hasta alguna confusión, aunque sin faltar a la verdad, es verdad, pero lo que pasa es que a los pobres Raúl y Arturo como que se les había secado un poquito el cerebro con tanta conversación heroica y parece ser además que tantas horas pasadas ahí a solas con la estatua, madrugando noche tras noche, en la plaza Grau, los había trastornado un poquito, y ahora, a todo trapo, lo que querían era que Silvina y Talía se enteraran de que ellos eran dos caballeros a carta cabal, dos auténticos patriotas, dos... dos...

—Soy dos algo más, Talía —dijo Carlitos, bastante harto y confundido, también, y agregándoles ahí a los mellizos colgantes—: Sigan soplando, pues, idiotas, porque yo he perdido completamente el hilo... Son... Son... Son dos dechados de virtudes con creces, Talía, me informan, aquí.

—Y yo ya lo adiviné todo —le dijo ella.

—¿Cómo?

—Ya Silvina lo había sospechado. Y, claro, tenía razón, ella.

—¿Cómo?

—Y yo acabo de adivinarlo.

—¿Cómo?

—Mira, Carlitos Alegre. Nosotras somos bien amigas de Susy y Mary Vélez Sarsfield...

—¿Y de Melanie?

—No, ella es muy chiquilla, todavía. Pero, bueno, Susy y Mary nos invitan todos los años a Europa y...

—¡Dios mío! ¡En qué trampa he caído! Y, perdóname un instante, por favor, Talía, pero es que, de paso, los mellizos también se han caído, aunque de espaldas, en su caso...

—Bien hecho. Eso les pasa por tramposos, a los tres.

—Entonces, chau. Y te juro que yo sólo estaba tratando de ayudar a unos amigos.

—Pues ahora ayúdalos a que se pongan de pie.

—Chau, Talía... Y, por favor, perdóname. No, no intentes comprenderme. Tanto no te pido. Sólo que me perdones cristianamente, y que lo olvides todo, si puedes.

—Carlitos, escúchame un instante.

—Debo parecerte un pobre diablo... Una alca... Perdón...

—Te he pedido que me escuches, Carlitos, por favor. Y créeme que no me pareces ningún alcahuete, y que tanto Silvina como yo queremos conocerlos a los tres. Y mi mami y papi, que acaban de regresar de Italia, me ruegan que los invite a los cuatro a tomar té mañana.

—¿Los cuatro?

—Sí, con la señora Natalia de Larrea, también.

—¡Natalia y nosotros tres somos cuatro, claro!

—Exacto. Y mis papis me encargan decirte que ellos quieren mucho a Natalia, que a menudo se encuentran en París o en Londres cuando ella viaja a Europa, y que, *por favor*, no les vaya a fallar mañana. Y, además, Carlitos, por cuestiones de buena educación, y punto, ten la absoluta seguridad de que mis papis ya llamaron a la señora De Larrea, y que, a lo mejor, ella todavía no te ha dicho nada o es que prefiere hacerles alguna bromita a ti y a los mellizos esos, tan poco genuinos, por lo que voy viendo y oyendo...

Hacía rato que Carlitos hablaba desde un teléfono desprendido de una pared, que había dejado un hueco de quincha y adobe, en su lugar, ante dos mellizos sentados en el suelo con unas impresionantes caras de cojudos, pero, en fin, los cables parece que continuaban funcionando correctamente y que mañana, en efecto, los cuatro tenían té en casa de los Grau Henstridge y que vaya coincidencias y sorpresas y tecitos...

—Me despido, Talía. Y debo confesarte, humildemente, que yo soy Carlitos Alegre, sí, pero que al menos no me estoy arrastrando por los suelos como el dechado de virtudes este, que me pidió que te metiera letra.

—Lo haces bastante bien, Carlitos. Lo que pasa es que ya las Vélez Sarsfield le habían contado a Silvina, y ella a mí...

—¡Yo me pego un tiro, Talía! ¡Y es que parece que además de todo nos estamos volviendo famosos! ¡Y qué tal famita, caray, para qué te cuento!

—Ya mañana veremos, Carlitos...

—¿Cómo?

—Pues, por lo pronto, tú tienes una famota, campeón...

O sea que fue Natalia la que puso orden en la expedición bipartita que partió al día siguiente rumbo a la Magdalena Vieja. Para empezar, ella optó por su Mini Minor para travesuras, el rojito, y por viajar sólo con Carlitos, desde Surco. Olga y Jaime Grau eran como dos hermanos para Natalia, y jamás la habían juzgado ni nada, sólo querido, o sea, que ni protocolo ni formalismos ni nada, con ellos. O se optaba por la sencillez o no se asomaba siquiera la nariz donde esa gente tan natural. Y por eso, también, a los mellizos los optó, sí, los optó por salir nada menos que de la calle de la Amargura, y así, con todito su nombre completo, calle de la Amargura venida a menos, los optó también por el cupé del 46 y la verdad de la mermelada, y al pobre Molina y su Daimler los dejó sin más opción que la de permanecer en el huerto, a la espera de noticias del nuevo Waterloo de los amigos del señor Carlitos, doña Natalia, me hubiera gustado tanto asistir, francamente, señora...

—Está usted irreconocible desde que regresé de Europa, Molina —le dijo Natalia, haciendo grandes esfuerzos para no soltar la carcajada, ahí no más.

—A Molina le da por reírse de mis amigos. ¿O no, Molina...?

—¿Sólo a él? —se le escapó a Natalia, que realmente ya no aguantaba más.

Pues no sólo a él, por supuesto, aunque la verdad es que, en casa de los Grau Henstridge, los pobres mellizos se lucieron bastante poco el día de su debut, aunque todos los ahí presentes realmente no supieron cómo tomarse una suerte de declaración de principios, o algo similar —pero que, eso sí, debía pintarlos de cuerpo entero, y de alma entera, también, claro—, que los pobres soltaron simultáneamente mientras admiraban un retrato del almirante, que, además, calificaron de anónimo, porque jamás lo habían visto antes y sin duda también por lo acostumbrados que estaban al retrato del héroe de los manuales escolares o —y ellos más que nadie, podría decirse— a la estatua de la plaza Grau. En fin, lo cierto es que nadie estaba hablando del héroe ni de heroísmo ni de nada, cuando los mellizos se dirigieron al retrato *anónimo* del almirante, lo miraron, se inflamaron, y voltearon donde unos descendientes sin duda alguna finísimos, pero que, la verdad, el barón Rothschild no parecía haber salpicado ni tener la intención de salpicar jamás. Pero bueno, la inflamación continuaba y los mellizos se decharon como nunca de virtudes, al comentar:

—Nosotros hablamos a menudo con don Miguel, don Jaime, doña Olga...

—Yo creo que se refieren al don Miguel de la plaza y la estatua —metió las cuatro, Carlitos, en un desesperado y totalmente fracasado afán de arreglarla, motivo por el cual doña Olga Henstridge de Grau optó por servir el té antes de tiempo y continuar contándole a Natalia su último viaje por los Abruzos, tan abruptos siempre, sobre todo en las provincias de Chieti, Aquila, Pescara y Teramo, aunque no te puedes imaginar lo lindo que se pone todo cuando llegas al borde del mar y te encuentras con unos pescadores que, o son encantadores y te prestan sus sombrillas, por ejemplo, o son unas fieras que ni caso te hacen cuando quieres comprarles unas simples sardinitas.

—Y me contabas de una comida...

—En San Silvano, sí, con el duque de Anjou, Louis de Bourbon, que no te imaginas cuánto se parece a Tyrone Power, pero en más bello y refinado, por supuesto. Pero tú también lo conociste, ¿no?

—Y lo recuerdo muy bien, sí, con ese parecido a Tyrone Power. ¿Cómo está, el buen Louis?

—Iba camino de Notre Dame de Lorette, pero siempre encontró tiempo para invitarnos y contarnos la increíble odisea del corazón de Louis XVII, antes de encontrar paz y reposo finalmente en Saint Denis...

—¿Un infar...? —empezaba a preguntar Arturo Céspedes.

—Un hecho infausto, más bien, y ocurrido a finales del siglo dieciocho —lo interrumpió don Jaime Grau, rogándole a sus hijas que aceleraran un poquito lo del té, porque... Bueno, porque muero de ganas de tomarme una taza de té...

Carlitos llevaba con los dedos ocultos la contabilidad de las carcajadas que se estaba perdiendo el pobre Molina, cuando por fin llegó el juego de té más y menos lindo del mundo, al mismo tiempo, algo que, por lo demás, empezaban ya a notarlo los mellizos, ocurría también con el jardín de la casa y con la casa misma y con esa tetera que no era ni siquiera de plata, pero que, con sólo mirarla, o tocarla, parece, los Grau Henstridge convertían en oro, o el aro de alpaca de esa servilleta que, con tan sólo bañarlo en el contenido de su retina viajera, convertían en platino, qué maravilla de *genuinidad*, caramba, ahora sí que ya sabemos qué es ser genuino, y qué no, y callémonos el resto de nuestra vida y sigamos frecuentando a Silvinita y Taliíta para que nos retinicen a nosotros también, y, a lo mejor, algún día, como en los cuentos de hadas, nosotros las bañamos a ellas en oro y en plata y, como las teteras y esa loza tan linda que ya se me convirtió en porcelana y así todo en nuestra vida con la varita mágica de esta gente...

—¿Qué tal el té, muchachos? —les preguntó don Jaime.

—Me ha agradado —respondió Raúl Céspedes, que toda su vida había dicho que las cosas le gustaban, o no.

—Ha sido de mi entero agrado, sí, don Jaime —completó Arturo, al que también toda su vida las cosas le habían gustado, o no.

—¿Y la mantequilla? —les preguntó Carlitos, jamás nunca se supo si en uno de sus famosos despistes, o si contabilizando ocultamente para el repertorio de Molina.

—Muy agradable también, sí.

—De mi entero agrado, también, sí.

—Y la mermelada.

—Sumamente agradable, Carlitos.

—Me sumo al agrado, Carlitos.

—¿Y todo lo demás?

—De lo más agradable.

—¡Carlitos! —le pegó un pellizcón, por fin, Natalia, para hacerlo volver a la realidad, pero desgraciadamente la realidad se convirtió en una carcajada.

—¡Carlitos!

—¡Presente!

Por supuesto que nadie, ahí, creyó en ese pellizcón, aunque la verdad es que también los hermanos Céspedes Salinas eran sencillamente increíbles. Pero, aun así, anocheció de lo más bonito en aquella sala, a medida que las retinas de aquella finísima familia iban posando sus caudales y raudales de buen gusto sobre las cosas de este mundo y los pobres mellizos se debatían entre el tener y el no tener, entre los austeros consejos del almirante heroico y las salpicaduras Rothschild, y a todo, eso sí, le aplicaban una tras otra las mil variantes del uso y abuso de la palabra agradable, ante la siempre divertida mirada de Silvina y Talía, que al final le confesaron a Carlitos que para ellas había sido muy entretenido conocer a los mellizos Céspedes Salinas, a los genuinos, claro está, porque tú los imitas pésimo en el teléfono.

Y, aunque parezca mentira, los mellizos se convirtieron en amigos de verdad de Silvina y Talía Grau Henstridge, y parece ser que también don Jaime y doña Olga les tomaron cariño. Doña Olga, en todo caso, le había comentado a Natalia la pena que le causó lo traumatizados que quedaron, la tarde de aquella primera visita, con el largo recuento que ella hizo de su viaje por los Abruzos y la comida aquella en San Silvano con el duque de Anjou, más la historia increíble aquella del corazón de Louis XVII, por supuesto.

—Los pobres chicos esos como que no estaban preparados, Natalia —le comentó Olga Henstridge, una mujer sensible, exquisita y bondadosa como pocas, agregando—: Tal vez debería haber dejado aquella historia para otra oportunidad.

—No te preocupes, Olga —le dijo Natalia, que andaba furiosa con los mellizos, porque acababan de terminar un nuevo padrón, pero de los primeros contribuyentes de la república, esta vez, para no verse envueltos en más líos de refinamientos genuinos, y más bien elegir a sus parejas en dinero contante y sonante. Y a Carlitos lo tenían loco con lo de las llamadas telefónicas.

—Son cosas de chicos, Natalia.

—De acuerdo, pero, sin querer queriendo, a mi Carlitos me lo van a convertir en un alcahuete profesional.

—Qué cosas dices, por favor, Natalia...

—No sé. A veces me pongo muy nerviosa con esos tipos. Y es que Carlitos no tiene más amigos que ellos.

—Y a mí, ellos, en cambio, me dieron pena desde el primer día.

Se notó, sí, y a gritos, que a Olga le habían dado mucha pena los mellizos Céspedes y su desesperado arribismo. Natalia lo recordaba. A Olga le dio tanta pena lo del té tan agradable y la mantequilla tan de mi agrado y la mermelada me sumo al agrado, que aquella tarde posó larga e intensamente sus retinas sobre los mellizos, pero el asunto no surtió efecto alguno, y los tipos, ay, siguieron siempre exactos a sí mismos y sumamente agradados.

Todo lo contrario sucedía en cambio con Silvina y Talía, que eran dos chicas muy bonitas, sí, pero que cada vez que su papá las miraba devenían en realmente preciosas, ante la atónita mirada de los mellizos, que tontos no eran, la verdad, porque esa misma noche de la primera cita en casa de don Jaime Grau, mientras regresaban a la calle de la Amargura, e, incluso, a escondidas uno del otro, le posaron una intensa mirada a todo lo largo y ancho, y, muy en especial, al sector en que quedaba su casa, con la vana y vaga ilusión de un rápido y genuino contagio, de alguna partícula de belleza contraída en la casa de la Magdalena Vieja, a fuerza de observar esas retinas posadas sobre el mundo, llegando a la metalizada conclusión, totalmente equivocada, por supuesto, de que algo, una ñizca, aunque sea, de salpicadura Rothschild, tenía que haber en aquel asunto de los ojos Grau Henstridge, sus retinas, y sus miradas.

—Es que esos cojudos miran con ojos que han visto al barón Rothschild, Arturo.

—No me cabe la menor duda, Raúl.

Pues Dios y el almirante Grau, sin duda alguna, castigaron a los mellizos, por andar pensando en tanto bien terrenal y ninguno espiritual, ya que el tiempo hizo que Silvina y

Talía heredaran lo Grau de don Jaime y lo Henstridge de doña Olga, pero, aunque Arturo y Raúl llegaron a ser amigos genuinos de aquellas muchachas, jamás una mirada de nadie los retinizó de manera alguna, salvo, claro está, la de las chicas Vélez Sarsfield, tan amigas de ellas, que, año tras año, las invitaron siempre a Europa, y que, bueno, sí, y a regañadientes, aceptaron que en el fondo los mellizos eran excelentes estudiantes y que podían llegar a convertirse en grandes médicos, con lo cual dejaron de mirarlos y tratarlos como a un par de cretinos, mas no por efecto de retina alguna, sino porque eran amigas de Silvina y Talía y nosotras somos sumamente respetuosas del parecer de cada cual, y allá nuestras amigas y esos cretinos, finalmente, aunque de mis labios jamás saldrá la palabra cre, Mary, ni de los míos tampoco, Susy...

—Pero si el único cretino en ese trío es Carlitos Alegre —soltó Melanie, sentadita ahí en su sofá gigantesco y de pésimo humor por el asunto aquel de su menstruación ignorada.

IV

Con los diecinueve años cumplidos, a Carlitos Alegre le había salido, o se le había puesto, o le había quedado, y esperemos que no para siempre, una impresionante cara de quince, que realmente torturaba a Natalia, a la vez que le encantaba, porque además el tipo estaba cada día más niño de mirada y de actitud ante el mundo y de despistes y de todo, cada día más entrañable y ocurrente en las escenas de sala, terraza, baño y comedor, cada noche más fogoso, y también ocurrente y entrañable, en las escenas de alcoba y piscina apenas iluminada, cuando todo y todos dormían en el huerto, o se hacían los dormidos hasta los perros, y la señora y su amante parecían un solo fantasmón corriendo por el jardín, rumbo al agua, metido él calatito entre el albornoz blanco de su gran amor, hasta que llegaban al borde de la piscina y ella se levantaba el faldón de toalla blanca y lo dejaba escapar de ahí adentro, de esa total oscuridad, y él exclamaba, ante el borde tentador de la piscina iluminadita, que literalmente lo acababan de dar a luz, y con estas felices palabras se arrojaba muerto de risa a la pileta bautismal erótica.

—¿Quién soy, amor? ¿Cuál es el nombre de pila y pipí que has escogido para mí? —le preguntaba, luego, chapoteando feliz, ahí en el agua.

—Eternamente Carlitos, Carlitos. Jamás te podría llamar de otra manera, mi amor, mi gran amor niño.

—Imagínate tú todo lo que se imaginarían los discípulos de Freud, si se enteraran de esto. ¡Qué cogitaciones!

—Gigantescos complejos recíprocos de Edipo.

—Y el parto de los montes.

—Eco. El parto de los montes, tú lo has dicho.

—E imagínate si me apellidase Montes...

—Pues todo un caso de predestinación fálico-clitórico-vaginal, o algo por el estilo, qué sé yo.

—Lo de Alegre tampoco debe de parecerles nada mal, a esos tipos.

Todas estas escenas terminaban siempre en la alcoba, a la cual accedían también siempre con un pasaporte falso que Natalia le había conseguido a Carlitos. En fin, cuestión de irse habituando al asunto, de irse acostumbrando, sí, porque Natalia andaba en eso y también en aquello. Y aquello era el arreglo muy importante que estaba efectuando con poderosos hombres de París, para que Carlitos obtuviera además una documentación francesa, francesa y completita, revalidara su primer año de estudios y hasta lo que llevaba del segundo, y continuara su carrera en la Facultad de Medicina de París. Y, en cuanto al Perú, ni una sola falsificación, ni nada, o, bueno, sólo esos veintiún añitos de mentira, y la mayoría de edad también, claro, en un pasaporte extendido con todas las de ley por el propio Ministerio de Relaciones Exteriores del Perú.

Natalia, sin embargo, se aterraba a veces al mirar a Carlitos y ver la cara de quince años cada día más quince con que regresaba de su misa de seis. Y le daba rabia, a la vez, porque el tipo, cuando abandonaba la camota y la alcoba, era todo un hombre, un hombre hecho y derecho, con sus diecinueve años bien cumplidos, sus orgasmos, de llamar a los bomberos, bien acumulados en la mirada aún ardiente y deseosa, a pesar del sueño y el despertador, con todo su amor a cuestas y el peso de su fogosa virilidad, que incluso lo hacían caminar rumbo al baño como se camina rumbo a los veinte años de edad, y de ahí, de un saltito más, ya ni siquiera doce meses más, a la súper mayoría de edad, hombre hecho y derecho, macho y varón y mi amor. Y se duchaba con esa misma actitud mayor, cantando pésimo, eso sí, destrozando día a día su ya muy alterada versión de *Siboney* —todo parecido con la realidad era pura coincidencia, la verdad—, aunque cantando con la misma voz ronca y sin gallitos con que luego destrozaba cualquier otra canción mientras se secaba y se vestía. Si, incluso, a veces, cuando del baño regresaba a la cama, bien hombrecito, tarareando el nombre de Natalia para despedirse de su amor, ella hasta sospechaba que había pronunciado el nombre de una china, por qué no, y se ponía como loca de celos, mas sólo hasta que él le daba el beso de despedida de Carlitos Alegre, cuya característica fundamental era la de no tener cuando acabar, por lo distraído y fogoso que era el tipo, incluso a esas horas en que ni las gallinas daban aún señales de vida, pero él ya partía a su misa diaria y lo hacía bien varón y muy dueño de tu dueña, amor mío.

No, si aquello a veces hasta parecía Charlton Heston en la película *Marabunta,* despidiéndose de su mundo y Eleanor Parker, en la casona aquella en tecnicolor y como demasiado Beverly Hills para tan feroz selva virgen, porque Charlton, resulta, se había construido todo un mundo a la medida de sus hombros inconmensurables y sus espaldas y puños ídem, y sus bíceps y tríceps y pectoralazos sin medida ni clemencia, pero mala pata, porque la plantación iba de lo más bien, y justo entonces le ruge la marabunta al de Hollywood, la maldita plaga de hormigas, de todas las hormigas del mundo unidas, de varios continentes, rurales y urbanas, hormiguitas viajeras y hormigones, batallones romanos de hormigas, hormigas Napoleones y hormigas Julio César, hormigas prehistóricas y hormigas atómicas, todas, todas las hormigas del mundo le querían arrebatar hasta la dentadura postiza, al inmenso Charlton, y también sus botas, esas que brillaban perfectamente bien *shoe shine*, como lustradas por los limeños Magos del Trapo, otra marabunta, y hasta peor, incluso, que la hormiguera, como la de los que te cuidan el auto en Lima, también, trapo inmundo en mano marabunta, y no bien te descuidas te lo dejan perdido, ni qué decir del parabrisas, perfectamente le brillaban sus botazas de cuero Gucci, incluso mientras don Charlton iba dando trancazos bien Heston, bien amo y señor, por el barro y los pantanos de una selva inmisericorde, para enfrentarse, llanero solitario y pelo en pecho, con su maldita suerte color hormiga. Pues así, también, partía Carlitos Alegre a su misa de seis, o así lo veía su Natalia, colmada de amores y feliz, por una vez en la vida, retozando leonamente bajo esas cálidas sábanas llenas de secretos, mudos testigos de hilo de Holanda, en fin, tan feliz y colmada y cálida y leona y sábanas y amores, que, sólo ella, eso sí, era capaz de ver a Charlton Heston en Carlitos Alegre, con el único atenuante de que, por supuesto, con tan sólo un candil de gas encendido, y además con la mechita al mínimo, en aquella alcoba cerrada sólo los enamorados locos y los albinos lograban ver algo.

Pero lo atroz venía después. Y era que Carlitos, en vez de regresar como se fue, al borde de los veintiún años, bien varón, y con siquiera un toquecillo Charlton Heston, regresaba de misa chino de felicidad, lo cual está muy bien y nadie, y Natalia menos que nadie, le iba a criticar, como tampoco le criticó jamás que regresara habitado por Dios y que a veces tardara un poquito en irse vaciando de contenido y se tropezara con todo y se refiriera a la mesa del desayuno como el altar, o que dijera que él ya había desayunado, confundiendo sin duda las tostadas con la transubstanciación, aunque ya luego con la mantequilla, y, sobre todo, con la mermelada, que le encantaba, y de cualquiera de los sabores, «Made in El huerto de mi amada, Surco, Lima, Perú, Trade Mark», por Marietta y las chicas operarias, sí, con la mantequilla, y, sobre todo, con la mermelada, por fin se deshabitaba Carlitos, se mundanizaba y se sensualizaba, nuevamente, y a Natalia le pegaba unos besos tan brujos e interminables, entre sorbo y sorbo de café con leche, que había que volver a calentar el café y la leche, a cada rato, pero qué rico, caramba, y con aroma de café de Colombia, además. Pero, bueno, hasta ahí llegaba el encanto, porque el problema más grave que planteaba la misa diaria de Carlitos, problema atroz, para Natalia, era la carita de chico de quince años con que regresaba de la iglesia. ¿Le había agarrado ella celos a Dios o al curita anciano y sordo que decía la misa? ¿Se estaba volviendo loca? ¿Estaba empezando a observar a Carlitos desde una óptica maternal y psicoanalítica? Bah... Babosadas, hombre, ya quisieran tú, Freud, tú y tus charlatanes de secuaces y discípulos, tirarse a su mamá con el fuego y la felicidad, con la desenvoltura total con que lo hace Carlitos. Tanda de acomplejados... Pero, bueno, ¿qué tenía entonces de tan atroz ese rostro quinceañero que Carlitos se había echado al diario, justo ahora que había cumplido los diecinueve? Natalia se desesperaba pensando que Carlitos estaba haciendo una regresión, que día a día se le reflejaba más en su rostro el deseo de volver a casa de sus padres y hermanas, de ser un hijo educado y bueno y dócil, de recibir y disfrutar los últimos años de amor casero adolescente, paternal, maternal, filial, fraternal... Carajo, pobre Natalia, era tremendo hembrón, por supuesto, pero su amor, por inmenso que fuera, y por humano y leonino y divino, era un sólo amor contra cuatro amores distintos y encarnados nada menos que por cuatro personas diferentes, padre, madre, y dos hermanas que Carlitos adoraba. Se desesperaba, Natalia de Larrea, con esa idea, se obsesionaba, se mesaba los cabellos, se pedía su copaza, y dos, y tres, de champán, se ponía su bata de seda, la de la noche, pero a las ocho de la mañana, justo cuando Carlitos se aprestaba a embarcarse con Molina rumbo a casa de los mellizos y de ahí con ellos seguir hasta la Escuela de Medicina, se desnudaba íntegra y se bañaba en Chanel n.º 5 y se volvía a poner su bata de seda de noche, y, cuando Carlitos terminaba de ordenar sus libros y apuntes para el día de clases, ella se aferraba a su beso distraído e interminable de despedida y terminaba el pobre faltando a clases, aunque cumpliendo, eso sí, con su deber de amante de diecinueve años, que Natalia le había exigido a título de prueba, casi, como toda una demostración, oye tú, ven aquí, y veamos si es verdad tanta belleza...

Pero el muy cabrón volvía a salir de la cama y a ducharse Charlton Heston, y con ese rostro varonil y mayor partía a clases de marabunta, incluso, pero de noche nuevamente regresaba con la estupidez esa de los quince años marcada en el rostro, maldita sea. Natalia se hartaba y todo, y especialmente cuando él se reía de semejante babosada, mi amor, y ella por dentro se picaba tanto que hasta le hería la sensación atroz de que el tiempo para ella corría hacia adelante, hacia los treinta y cinco años de edad, ya, mientras que para él corría hacia atrás, bebé de mierda, yo a éste me lo meto en la cartera y me lo llevo a Europa antes incluso de tener los papeles listos, y después que el cretino de su papi me mande al poder judicial y al ejército enteros, si quiere.

Y fue precisamente una de esas noches en que Carlitos regresó excesivamente quinceañero, cuando ella, picadísima y herida, se inventó casi un viaje a Europa, para dentro de tres días. Era cierto que se trataba de un importantísimo y determinante viaje de negocios que Natalia venía preparando desde hace mucho tiempo, a escondidas de medio mundo, y que pronto iba a tener que hacer, de todos modos, pero aquella inesperada y hasta precipitada decisión de partir con tanta urgencia la tomó sólo porque Carlitos regresó más regresivo que nunca, esa noche, no puede ser, no, si el bebecito mío cualquiera de estos días se me aparece meado y en pañales.

—El viaje es urgente, mi amor, sí. Y se ha precipitado, es cierto. Pero bueno, es sumamente importante para los dos y tengo que hacerlo. No me queda más remedio.

Carlitos le puso una cara de cuarenta y cinco años de tristeza, y le preguntó:

—¿Y cuánto dura el viaje, esta vez?

—Tres semanas, mi amor —le respondió ella, fascinada por la edad perfecta de su amante, y muy triste, a la vez, porque, seguro, si le decía que no viajaba, se le ponía de quince años nuevamente.

—Tres semanas es bien largo, caray...

—Sí, mi amor. Y una cosita, ahora, ¿ya? No te me muevas. Quédate bien paradito ahí, y ni respires, por favor, que voy a traer mi máquina de fotos.

—¿Máquina de fotos? ¿A santo de qué?

—Me voy a gastar rollos enteros en ti, esta noche, amor mío. Y es que, te lo juro, te acaba de salir una perfecta cara de cuarenta y cinco años.

—Te vas, y tan feliz, mira tú. Mientras que yo, la verdad, no entiendo nada, Natalia. ¿Y a qué santo tanta foto en un momento como éste, se puede saber?

—Cada loco con su tema, mi amor. Y como te muevas, te mato.

Natalia partió aterrada, partió arrepentidísima, y partió sumamente preocupada. Pero qué podía hacer ya. Había adelantado sus citas en Londres, París, y Roma, había forzado las agendas de muchísimas personas, había cambiado los días y horas de tantas citas de trabajo, de consultas con abogados, notarios y cónsules del Perú, de almuerzos y comidas de negocios y de amistad. Ya no podía alterarlo todo nuevamente, sin que creyeran que se estaba volviendo loca. Y la pobre sí que se estaba volviendo loca con lo de la misa por el año de la muerte de doña Isabel, la abuela de Carlitos, porque la verdad es que el tipo regresó con una impresionante cara de trece años, rayana ya en la insolencia, el desafío, en la tomadura de pelo, maldito imberbe, míralo tú hasta con el bozo ese incipiente, se diría, me provoca decirle a Julia que, en vez de hojas de afeitar nuevas, le ponga en el baño un lápiz con borrador, o es que estoy perdiendo el control de la situación y me está faltando la cordura necesaria para enfrentarme a todo lo que me espera en el corto y mediano plazo. Natalia se descubrió tomándose un tranquilizante tras otro y hasta descolgó el teléfono para marcar el número de Olga Henstridge y desahogarse hablando un buen rato con ella, preguntándole por ejemplo si lo suyo no sería como lo de Juana la Loca y lo de Carlitos como lo de Felipe el Hermoso, tremendo desgraciado, cochino infiel, que no supo atesorar a esa mujer superior, condenada a amar y a no reinar... Pero justo en ese momento entró Carlitos y, al ver las maletas de Natalia a medio hacer sobre la camota, le salió de muy adentro aquella tristeza de cuarenta y cinco años de edad que ya ella había inmortalizado con su Kodak. Y a Natalia le salió paralelamente la mujer que amaba a Carlitos, cualquiera que fuera la edad motivada por las circunstancias, la mujer segura de su amor, confiada en su belleza y en la transparencia total que guiaba cada pensamiento, cada sentimiento y hasta el más mínimo acto de su maravilloso amante.

—Qué mala pata, Carlitos, esta coincidencia de mi partida y la misa por tu abuela.

—Ya pasará, Natalia. Tú haz tu viaje tranquila, que yo, ya sabes, voy a estar ocupadísimo entre mis clases y los nuevos planes sociales de los mellizos. El padrón de contribuyentes importantes lo tienen ya completito y...

—Pobres diablos. Si supieran que en este país nadie paga sus impuestos.

—La lista, según ellos, es una *sabia*, sí, ésa es la palabra que emplean, una *sabia* mezcla de contante y sonante y apellidos *lustrosos*. Tal cual.

—Ya me lo contarás todo al regreso, soberbio alcahuete.

—Me distraigo, Natalia, la verdad. Y, aunque ya te lo he contado, ese desayuno después de la misa con mis padres y hermanas...

—Ven aquí, mi amor...

—Marisol y Cristi son una joya de hermanas, que sólo enfurecen cuando les tocas el tema de los mellizos y sus anteojos negros para penas obligatorias en entierros significativos. Le han tomado verdadera tirria a los mellizos, ellas, que sin embargo tienen tanto sentido del humor.

—Igual que tu mami a mí, claro que por otras razones. Parece que también a mí me agarró tirria ya para siempre, Antonella.

—Tiene algo muy fuerte contra ti, sí...

—Pero lo realmente extraño es la aparente pasividad de tu padre.

—Le tiene pavor al escándalo, eso es todo. Al menos eso deduzco yo, por las cosas que me dice y la manera en que se comporta conmigo. Como que me presenta breves informes del estado de cosas y punto. Pero después me trata bien, aunque al mismo tiempo me suelta frases que parecen dirigidas a otra persona. Dirigidas a cualquiera, menos a mí. Aunque de pronto te dice que es deber de un padre mantener a su hijo informado acerca de determinados asuntos. Y añade que él sigue muy atentamente la evolución legal del caso, por supuesto. Pero, después, le mete incluso su requintada al mayordomo por no haber pensado en la mermelada preferida del niño, sí, del niño Carlitos, que cómo no iba a estar con sus padres un día como éste, oiga usted, cómo no va a estar en la misa de aniversario por mi madre, Víctor, y, a ver, dígale usted a Miguel que se dé un saltito al chino de la esquina y vea si encuentra esa mermelada. ¿O no la compramos siempre en esa bodega? En fin, Natalia, que papá, como siempre, está en todo, pero al mismo tiempo crea esa especie de territorio de nadie, entre él y yo.

—Y te parte el alma, por supuesto.

—No puedo negarlo, Natalia. Me parte el alma, sí. ¿Y contigo, cómo van las cosas?

—Atascadas, y con una gran desconfianza mutua, pero entre abogados sumamente discretos, por ambas partes, porque es verdad que tu papá le tiene verdadero pavor a un escándalo. Y no sólo por el escándalo en sí, y toda la chismografía que desataría, sino porque está convencido de que puede resultarle muy perjudicial para su clínica, y para toda la gente que depende de él, en un momento, además, en que se está planteando ampliarla e incluso abrir algunas nuevas filiales en determinadas zonas de Argentina, Bolivia y Ecuador, para estimular la investigación del Mal de Chagas, entre otras enfermedades. Esto me lo han asegurado mis propios abogados, y los suyos no lo niegan, aunque prefieren hacernos creer que tu padre es un hombre muy moderno, abierto y tolerante, que logra ponerse en tu pellejo y prefiere esperar que las cosas finalmente se arreglen solas, con el transcurso del tiempo. O sea que tú, Carlitos Alegre, regreses a casita con el rabo entre las piernas y convertido en la última y más actualizada versión de la parábola del hijo pródigo. Así están las cosas, mi amor, aunque ello no impide que a la policía la tengan vigilándonos día y noche, lo cual prueba que tu papá también teme que su hijito sea todo menos el hijo pródigo, y que le salga respondón si él se lanza a un ataque frontal contra ti y contra mí. Hoy, por ejemplo, nuestros vigilantes deben de andar particularmente saltones pensando que te voy a meter en mi equipaje. Y, hablando de equipajes, tengo que acabar con todo esto, mi amor. ¿Me ayudas a hacerlo todo pésimamente mal?

—Encantado, je, je...

—Y no se te vaya a pasar lo de tu clase de francés, mi amor, ¿eh? Molina sabe perfectamente dónde es.

En efecto, esa misma tarde, de regreso del aeropuerto, Carlitos tenía que empezar sus clases de francés para irse a Francia menor de edad con Natalia y con aquellos documentos que sí, que sí progresan, Carlitos, tanto en Lima como en Francia progresan y justo ahora en París tengo una cita clave, por lo de tus documentos, precisamente, sí, aunque tú, por favor, ni una sola palabra a nadie, ¿me oyes, mi amor? O sea que un poco dramático el asunto aquel de la lengua de Molière, Corneille y Racine, para el pobre Carlitos, pero a Natalia le habían recomendado a la señorita solterona y muy bonita y sumamente culta y fina, Herminia Melon, sin acento en la «o», porque su apellido era de origen francés y este idioma lo hablaba como si ella misma lo hubiera inventado. La señorita Melon, cuyos padres eran peruanos y fueron muy ricos, aunque antes que nada fueron siempre muy huraños, se había graduado en montones de cosas en la Sorbona, antes de que la fortuna familiar menguara y terminaran viviendo, ellos y ella, en un chalecito ya bien al final de la avenida Pedro de Osma, prácticamente en el límite entre Barranco y Chorrillos, o sea, que no tan lejos del huerto, para que Carlitos pudiera asistir cómodamente a sus clases vespertinas, tres veces por semana, de regreso de la Escuela de San Fernando. Además, Molina lo llevaba, Molina lo traía, y Molina lo esperaba, feliz nuevamente, porque los mellizos Céspedes Salinas no tardaban en entrar en acción y, con doña Natalia ausente, también él no tardaba en entrar en contemplación, siempre en calidad de testigo cruelmente satisfecho de todos los errores tácticos y estratégicos que iban llevando a los ases de la calle de la Amargura de amarga en amarga derrota.

Atardeció brutalmente en Lima, no bien despegó el avión en que viajaba Natalia, y sabe Dios cuántos años de tristeza tendría Carlitos en el rostro cuando llegó al chalecito desgarrador de la señorita solterona Herminia Melon, sin un mísero acento en la «o», siquiera. Porque así de negativo había quedado Carlitos tras la partida de Natalia y, por más esfuerzos que hizo el pobre Molina por sacarle siquiera una palabra, el joven Carlitos simple y llanamente no estaba por la labor de vivir, aquella tarde. Demasiado repentina, la partida de Natalia, y demasiado corto el beso de despedida en el aeropuerto, cuando él en realidad se había lanzado sobre ella con la intención de quedarse de alguna manera con el calor de su deslumbrante belleza, y con el olor, el gusto y el tacto, de habitarse de ella, de robarle su fuego divino, sólo por estas tres semanas, mi amor, salpicándome con el brillo de tus ojos y esa cosita que también te brilla siempre en la húmeda carnosidad de los labios, de quedarme con algo ondulado en las manos, introduciéndolas ambas con tan intensa ternura entre tus cabellos crespos que hasta se me moldeen las palmas, al menos, aunque de ser posible también los dedos, Natalia, mujer de mi corazón, que fue cuando ella le dio casi un empellón, le dijo que no soportaba un instante más la mirada de esos tipos que nos han venido siguiendo todo el camino, y se metió casi corriendo a la sala de embarque. Desde ahí le mandó un inmenso beso volado y le dibujó con los labios que lo adoraba, bien lentamente, tres veces, pero, aunque él le respondió con un adiós medio tonto y algo risueño, todo su impulso vital continuaba fluyendo hacia el momento anterior, hacia el cuerpo de Natalia, hacia sus labios, sus ojos, sus muslos, sus cabellos, hacia su nombre completo y así otra y otra vez, vertiginosa, profundamente, incontenible, brutal.

Después regresó tristísimo, Carlitos, y proyectando su pena sobre todo el camino del aeropuerto a Barranco, mientras el pobre Molina luchaba por comunicarse con él. Inútil. Y hasta se asustó el chofer, en una de ésas, porque él nunca le había visto esa mirada al joven Carlitos, y jamás le he visto ese temblor en las piernas y manos, pero si son convulsiones, casi, maldita sea... Casi... Y ahora que habían llegado al chalecito de la profesora de francés, ¿qué hacer? A lo mejor el joven no está para clases de nada, hoy, pasado mañana, tal vez, yo creo que lo podríamos dejar para pasado mañana...

—¿Quiere que sigamos hasta el huerto, señor Carlitos? —le preguntó Molina, serio, preocupado, asustado.

—Muchas gracias, Molina, pero aquí me quedo. ¿Y quiere que le diga una cosa?

—Dígame, joven...

—Dentro de tres semanas, cuando doña Natalia esté de vuelta, yo ya sabré hablar francés a la perfección.

—¿No le parece muy poco tiempo?

—¿Quiere que apostemos?

—No, señor, nada de apuestas. De muchacho, mi mamá siempre me dijo que discutiera, y mucho, pero que nunca apostara.

Lo que Molina vio, instantes después, fue algo realmente increíble, aunque tratándose del joven Carlitos... Tratándose de él... Bien. Carlitos tocaba un timbre. Transcurría un breve momento y se iluminaba un farolito del pequeño chalet barranquino, a la derecha de la puerta de entrada, humildilla pero correcta y limpia y con su jazmín en flor intentando cubrirla. Al otro farolito, sin duda, se le había quemado el foco, o a lo mejor era cuestión de ahorro. Carlitos ni cuenta se daba y seguía apretando el timbre con toda su alma, apoyadísimo en él, y de cuerpo entero, como si en eso se le estuviera yendo la vida. Se abría la puerta y le sonreía una señorita bien bonita y bien fina, para qué, y eso que tirando ya a los cincuenta. Carlitos continuaba tocando el timbre y la señorita se lo hacía notar, con cierta dificultad.

—Dígamelo usted en francés, señorita Herminia —le sonrió, por fin, Carlitos, sí, porque Molina lo oyó todo clarito.

—*La sonnette...*

—*La sonnette* suena precioso —opinó Carlitos, y su brazo derecho pasó del timbre al cuello de la señorita profesora, mientras el izquierdo la tomaba por el talle.

No le ofrecieron resistencia y fue un beso interminable, que, parece ser, sólo parece ser, además, porque Carlitos jamás hizo mención alguna de aquel asunto tan extraño, era tan sólo una prolongación de algo que había empezado ya en el aeropuerto, inconteniblemente, impostergablemente, y que, aunque él mismo lo ignorara, tenía que continuar aquí en Barranco, salvo que hubiera continuado con Molina, claro, en el trayecto desde el aeropuerto, y entonces por supuesto que ya habría sido cosa de locos y a lo mejor hasta se estrellan y se matan. Ahora, sin embargo, el chofer ni siquiera sospechaba todo lo que estaba ocurriendo, ante su muy atenta mirada y sus oídos de cazador al acecho. La señorita Herminia Melon, en cambio, era un dechado de ternura e inteligencia y poseía además aquella exquisita sensibilidad. Estaba enterada de que el nuevo alumno regresaba del aeropuerto, de despedirse de un ser querido, pero de nada más, porque ella era tan huraña como sus padres y, de Lima, sólo sabía que quedaba muy lejos de París. En fin, que por más que le contaran muchas cosas y le chismeara más de una alumna, lo suyo era enseñar el idioma francés y punto, aunque de este chico que la estaba asfixiando, aparte de tener anotado el nombre y apellidos, sus horarios de clases, los honorarios, etcétera, algo más le parecía recordar, ahora... Pero no, puesto que era de ella misma de quien se estaba acordando, de golpe, la señorita Herminia Melon, al cabo de tantos y tantos años años, y por ello sin duda alzó de pronto sus brazos y, aunque tarde y bastante mal, pero delicioso, a su antigua manera, empezó también a besar a Carlitos, o a devolverle su beso, al menos, primero, aunque ya después se empinó un poquito para devolverle su beso un poquito mejor, y al final terminó volcándose totalmente en los brazos del gran amor de su vida, cuando éste partió a la guerra, en un tren, nunca jamás volvió, y ella optó por ser lo que era hasta el día de hoy, en que este chico tan simpático se me ha aparecido con el tiempo perdido casi completo, porque hasta el aroma es el mismo, mira tú, qué delicia, y son las siete, y aquel tren también partió oscuro y a las siete, anocheciendo ya... Un buen rato de aroma después, la señorita Herminia Melon, que jamás se arrepentiría de nada, estaba sentada en un sofá de terciopelo azul bastante gastado, hasta el cual se había llevado a Carlitos Alegre, poquito a poco, para terminar aquel beso tan prolongado, ahí, cada uno con su propia pena y con su propia emoción a cuestas, cada uno en lo suyo y cada uno por su lado, en fin, aunque se diría que, también, en cierta medida, bastante satisfechos, en medio de tanto silencio y oscuridad, y ella, además, con aroma incluido.

—Perdóneme —le dijo Carlitos—. Por favor, señorita, perdóneme. Soy la persona más distraída del mundo, y me parece que...

—Creo recordar que ya me habían contado algo de lo distraído que es usted —le dijo ella, encendiendo una lámpara para ver cómo era, en realidad, una persona tan poderosamente distraída.

Y cuando lo miró como quien intenta reconocerlo entre la niebla del tiempo, y finalmente le sonrió, era todavía más bonita y más fina, la señorita solterona Herminia Melon. Y además ya había encendido todas las luces, porque, bueno, también tenemos que pensar en el idioma francés, ¿no le parece, señor Alegre?

—Sí, claro.

—Pues entonces, manos a la obra.

—¿Podré aprenderlo en tres semanas? No sé cómo explicárselo, señorita Melon, pero digamos que me resulta imprescindible aprender este idioma en tres semanas. Me urge, señorita.

—Bueno, la verdad es que no lo veo muy fácil. Pero, en fin, si no se distrae usted más, tal vez...

La señorita Herminia Melon daba sus clases en el comedor del chalecito, y las sillas sí que eran una vaina. Una mezcla de hule y cuero y caucho, o lo que fuera, pero el pantalón de Carlitos, el fundillo del diablo, sobre todo, y un buen trozo de ambas piernas, también, se le pegaban al asiento, casi desde el comienzo, por lo cual él arrancaba una temprana y secreta lucha contra esa tremenda vergüenza con su sonidito sospechoso y todo, y la clase entera se la pasaba levantando muy lentamente un muslo y una nalga, posándolos de nuevo tras darles tiempo para que se deshumedecieran, arrancando luego la misma maniobra con la otra nalga y el otro muslo, y aquello era como un lento y permanente sube y baja incomodísimo y para morirse de vergüenza, sobre todo porque Carlitos vivía con la convicción plena de que la señorita Herminia, ese dechado de todo lo fino y sensible que hay en este mundo, le daba a su conducta dos interpretaciones, a cuál más bochornosa para él. La primera: como Carlitos quiere aprender francés en sólo tres semanas, se hace el que se queda pegado al asiento para que las clases no se acaben nunca. La segunda: está tomando impulso y pasión, el muy perverso, para despertar en mí el mismo impulso y pasión que me volcó en aquel beso que me llegó de sabe Dios dónde y por qué, aunque del cual no reniego, no, y mucho menos de su aroma. Y, encima de todo, por despegarse y despegarse y seguirse despegando lo menos vergonzosamente posible, Carlitos se olvidaba de pagarle a la señorita Melon, que ni siquiera un acento en la «o» tenía, la pobrecita, y seguro que de sus clases viven ella y sus ancianos padres. Y, más encima de todo, todavía, como la señorita Melon era finísima, se moría de vergüenza de cobrarle y, sin duda llevada por la necesidad y sólo así, se atrevía a hacerlo, pero para ello cerraba antes todas las cortinas y apagaba las luces, de tal manera que ambos pudieran morirse de vergüenza por su lado, uno por no pagar y la otra por cobrar, pero en una habitación tan oscura que el asunto dinero imposible verlo ya, y así ambos evitaban presenciar el descalabro moral del otro y ella no lo veía ponerse rojo como un tomate y él se perdía ver lo bonita y finísima que se ponía ella cuando se ruborizaba y sus mejillas sonrojadas se convertían en una verdadera delicia tipo melocotón bien madurito y colorido.

Pero al cabo de tres lecciones, el francés de Carlitos seguía igual o hasta peor que el primer día, si se puede, o sea, espantoso, dificilísimo de aprender, y pegajosísimo. El francés era el idioma pegajoso, por excelencia, según Carlitos, que, sin embargo, logró su prometida proeza de recibir a Natalia en francés, a su regreso de Europa —el viaje, felizmente, a este nivel, se alargó una buena semana más—, y de mantener una conversación bastante correcta, aunque con algunas ayuditas de parte de ella, claro, durante el camino feliz de regreso del aeropuerto al huerto.

Lo que no supo Natalia, hasta un prudencial tiempo después, es que el verdadero mérito didáctico no había sido de la señorita Herminia Melon, aunque ciento por ciento por culpa de las sillas, por supuesto, sino de Melanie Vélez Sarsfield. Desesperado por el problema de esos asientos pegadizos que le impedían concentrarse y progresar con su francés, Carlitos pensó en ella. Melanie, recordaba él, le había contado alguna vez que su francés era tan bueno como su inglés y que ambos los sabía ella casi mejor que su castellano. Y, como la pobre Melanie vivía pegada en aquel sofá gigantesco, solita con lo de su menstruación ignorada, Carlitos optó por correr donde ella en busca de ayuda, no bien lograba despegarse de las sillas de la señorita Melon.

—Me imaginé que era una visita interesada, malvado —le dijo, el primer día, Melanie —, pero bueno, cómo te voy a negar yo nada a ti, si vivo esperando que la veterana de tu amante se vuelva vieja y bruja, para yo, a mi vez, haber crecido algo, y hasta que la muerte nos separe, después, Carlitos, porque uno aprende a quererte mucho, sentada siempre aquí y sin hacer nada. Y, en lo que a esperar se refiere, pues digamos que estoy esperando ya el día en que me lleves al altar con un anillo y con mi papi sobrio, por una vez en la vida.

—Melanie, si me dijeras todo eso en francés, al menos serviría de algo...

—Venga ese francés, Carlitos Alegre. Ponte aquí, ven, vamos.

—Pero sin tocarme, por favor, Melanie.

—¿Y si te toco en francés? Te tengo en mis manos, ¿eh, Carlitos?

—Te lo ruego, Melanie.

Noches enteras se quedaron estudiando francés Carlitos y Melanie. Se amanecían, ahí en la sala gigantesca aquella, y Carlitos progresaba, y mucho, sí. Tanto que, al final, iba donde la señorita Herminia Melon y se pegaba crujientemente en las sillas detestables, pero ni cuenta se daba hasta el final de la clase, mientras que la señorita no salía del asombro de ver lo mucho que progresa este muchacho, claro, se ha abstraído del mundo, con lo del francés, su mente entera sólo retiene el mundo si éste está en francés, es un distraído total para todo lo que no sea ese idioma, y así, cómo no, el escándalo de despegada con que se levanta de la silla, aunque ahora sí muy puntualmente y sin olvidarse de pagar y sin que le importe nada más que el francés, en este mundo. Y cada clase sabe como doce clases más y pronuncia mejor, *ce grand distrait...*

Aunque había sido testigo mudo —pero vaya sonrisas comentariosas, las del hombre— de varios papelones y de más de una amarga derrota de los mellizos Céspedes, en sus incursiones en el mundo de los contribuyentes *lustrosos* [sic] de la república, Molina odió a Carlitos por contárselo todo en francés a Natalia, en el camino del aeropuerto al huerto. Pero bueno, en francés, en castellano, o en chino, lo primero que les sucedió a los pobres Arturo y Raúl fue algo bastante similar a lo de las descendientas del Almirante Miguel Grau, que más finas y descendientas no podían ser, pero que no sólo no tenían fortuna sino que además no usaban dinero. Y ellos, que tan acostumbrados estaban a que, año tras año, don Luciano Quiroga volviera a ocupar el primer lugar entre los más importantes contribuyentes de la república, esta vez se encontraron con que había surgido uno que lo superaba con creces, que lo humillaba, casi, pero que, en cambio, como que había surgido de la nada, de la noche a la mañana, con el espantoso apellido de Quispe Zapata, el inefable nombre de Rudecindo, y con el atroz lugar de nacimiento de Chimbote. En fin, que Rudecindo Quispe Zapata era casi un caso clínico-social para los mellizos, una verdadera anomalía, una de esas excepciones que, lejos de confirmarlas, arruinan todas las reglas y cómo lo joden a uno, además, Raúl, ¿a mí me lo vas a decir, Arturo?, tremendo padrón y tanto empeño y un millón de averiguaciones para que, al final, el número premiado salga en Chimbote.

—Bueno, nuestro padre era de Chiclayo, que tampoco anda tan lejos y...

—Nuestro padre *fue* de Chiclayo, murió, y, antes, hizo todo lo posible por casarse con una limeña y, después, para que sus hijos nacieran en esta ciudad.

—Y lo logró.

—No así el tal Rudecindo ese, cuya esposa e hijas también son chimbotanas y, lo que es peor, lo parecen, según me cuentan.

La verdad, el contribuyente número uno de la república nadie sabía muy bien de dónde había salido, allá en Chimbote, ni si al mundo llegó ya con su pan bajo el brazo, si terminó su secundaria, si realizó algún estudio superior. Pero, en cambio, de golpe y porrazo había resultado ser poseedor de toda una colección de haciendas, fundos y chacras, en el norte del país, construía carreteras en el sur del país, poseía una fábrica de gas y otra de ladrillos en la capital del país, y hasta había amanecido un día siendo accionista importante del Banco Internacional del Perú, pero, por ejemplo, aún no era miembro del Club Nacional, ni lo había intentado siquiera, tampoco había viajado a Europa en el *Reina del Pacífico*, ni lo había intentado siquiera, y sus hijas, medio impresentables, según dicen, habían llegado de un colegio de Chimbote al británico San Silvestre, de la capital. Y, aunque hacía cuatro o cinco años que el tal Rudecindo Quispe Zapata venía metiéndose por los palos, en la carrera de los contribuyentes importantes, jamás nadie sospechó que un año la iba a ganar por varias cabezas, ni mucho menos que la avenida Javier Prado amanecería un día con el primer caserón en la ciudad de tres pisos y ascensor principal, ascensor de servicio, y ascensor de servicio culinario (uno chiquito en que se suben las comidas rápido, para que no se enfríen, o los tragos con su hielo bien compacto, entre otras cosas, o también para que nadie tenga que traerte nada hasta tu cuarto, si estás calato en la cama, por ejemplo, habían averiguado los mellizos), y que el arquitecto era un inglés de fama mundial, aunque en Lima los caprichos de la familia Quispe Zapata le arruinaron bastante su proyecto y, de paso, su fama, y que la esposa del tal Rudecindo se llamaba Greta Zetterling, que era de origen austrohúngaro, un lomazo, y qué ojos azules, y que adoraba a su marido y lo respetaba y hasta le llevaba las cuentas sin ayuda de nadie, como cuando recién empezaron su vertiginosa ascensión económica.

Y ahora, llegado ya el momento de lo social, el matrimonio Quispe Zapata Zetterling y sus hijas Lucha y Carmencita, que, desgraciadamente, muchísimo tenían del papá y casi nada de doña Greta, habían aterrizado en Lima y a lo grande. Por lo pronto, se comentaba ya que en la gigantesca casona de Javier Prado, en la que lo aerodinámico se daba la mano con lo neocolonial y con algún toque bávaro-selva negra, los tres ascensores no paraban de subir y bajar, día y noche y semana tras semana, y que el fiestón con que las dos muchachas habían sido presentadas en sociedad, antes de tiempo, es cierto, pero, de ser necesario, la fiesta la podemos repetir, a su debido tiempo, habrían afirmado doña Greta y don Rudecindo, aunque lo cierto es que hasta ahora nadie había encontrado un solo invitado a aquel fiestón al que no le faltaran palabras para contarte lo que fue aquello, hija. Y, pocos meses después, las chicas terminaron el colegio y, bueno, para qué te cuento, realmente todavía no se ha escrito lo que fue aquello, de fábula, de cuentos de hadas, de otros tiempos, hija mía.

O sea que los mellizos ya no pudieron más de curiosidad, de ansiedad, de inquietud, en fin, de todo lo que eran ellos, quintaesencialmente, cuando de la sociedad limeña se trataba. Y Carlitos Alegre andaba suelto en plaza, porque Natalia de Larrea acababa de partir en uno de sus modernísimos viajes a Europa, o sea, en avión y por negocios, y no en el *Reina del Pacífico* y por placer, ni tampoco con el maletón especial para pamelas, y además fotografías en las páginas de sociedad de los diarios limeños. Sí, Carlitos andaba suelto en plaza, justo ahora que los mellizos volvían a necesitarlo para que se descolgara telefónicamente en la casa de unas desconocidas, gracias a su simpatía y espontaneidad innatas, haciéndose pasar por Raúl, primero, luego, por Arturo, y presentándose así, nomás, de puro simpático o de puro loco, tremendo aventado, en todo caso, el tal Carlitos, y arrancando una cita y otra más, sin incurrir jamás, por supuesto, en el uso y hasta el abuso de un vocabulario que escapaba a su control, o inconscientemente sublime hasta lo ridículo o lo mediopelero. Era un genio para descolgarse, el gran Carlitos, sin duda de lo puro distraído y como ausente de los códigos de comportamiento y de las normas sociales que vivía, y en cambio los mellizos cada día parecían más acróbatas de circo pobre, por la habilidad que habían adquirido para colgarse de aquel viejísimo teléfono, siempre pendiente de la misma húmeda y titubeante pared de adobe y quincha, a pesar de que ya más de una vez el aparatote negro ese se había venido abajo, dejando un buen agujero y hasta alguna tubería o cable de electricidad colgando horrorosos y muy peligrosos, y a ellos dos patas arriba en el piso del corredor de los cuarenta vatios y su tristeza correspondiente.

Pero, por más que lo intentó y por más divertido que estuvo, en su improvisada metida de letra, Carlitos fracasó ciento por ciento con las hermanas Lucha y Carmencita Quispe Zetterling, que sencillamente no lograban captarle la gracia al loquito este del teléfono, y más bien consideraron que ya se estaba poniendo pesado con tanta cháchara y tanta broma totalmente incoherente. La verdad, ahí el primero en darse cuenta de que el asunto no funcionaba, ni iba a funcionar nunca, fue el propio Carlitos, que hasta empezó a perder la paciencia y a hartarse de lo brutas que eran las pobres hermanas, qué bárbaras, no pescan ni una, no aciertan con ninguna, y a mí no me entienden ni me entenderán jamás.

—¿No será que son excesivamente chimbotanas? —les dijo, por fin, a los mellizos, poniendo precavidamente una mano sobre el inmenso auricular, para no ofender a nadie, allá en el caserón de los múltiples ascensores y estilos. Y, como los mellizos continuaban intensamente colgados y mirándolo sin saber muy bien qué hacer, añadió—: ¿Y por qué no lo intentan ustedes, que tienen algo de chiclayanos? Todo eso es por allá, por el norte, y, a lo mejor, ustedes cuatro nacieron para entenderse a las mil maravillas. De cualquier manera, yo hace ya como una hora que lo intento todo con esas dos chicas y, la verdad, como si les hablara en chino. Y miren que les he contado la historia de las sillas que te atrapan para siempre, en Barranco, de cómo el francés es el idioma más pegajoso del mundo, y de cómo Melanie, que es casi una niña, es quien me está enseñando francés a mí, en tiempo récord sudamericano, cuando menos, y no la señorita solterona Herminia Melon, sin acento en la «o», que es una profesora genial y de fama mundial, y que es la que me da clases tres veces por semana, oficialmente, pero siempre pegado a una silla atroz, por decir lo menos. En fin, ustedes son testigos. Lo he probado todo, creo, ya, pero las hermanas Lucha y Carmencita Quispe Zetterling, como quien oye llover.

—A ver —dijo, por fin, Arturo, descolgándose, y haciéndole una seña a Carlitos, para que le entregara el auricular.

—¿Aló? —dijo éste—. No, no se ha colgado. Fui un instante en busca de un traductor, al ver que... Bueno, al comprobar lo mismo que tú y tu hermana estaban comprobando, también...

—¿Cómo...?

—Nada, nada. Y mira, aquí te paso nuevamente a Raúl Céspedes, pero en versión norteña, ahora.

Acertó, Carlitos, y el mundo se llenó de cumbres del estrellato y mecas del firmamento, pero hasta tal punto que ahora era Carlitos el que colgaba peligrosamente del teléfono de la calle de la Amargura, mientras que las dos hermanas Quispe Zetterling colgaban, una de un teléfono rosado, y la otra de un teléfono verde, para felicidad de los mellizos. Y también para su gran desesperación, porque, a ver, tú, Raúl, y tú, Arturo, ¿adivinen de cuál de estos dos teléfonos estoy hablando yo? ¿Del rosado, del azulito? ¿Y de cuál está hablando mi hermana? ¿Del rojo, del verde?

—Pregúntenles que si están colgando del amarillo —les soplaba Carlitos, cual apuntador teatral, y los muy brutos no le entendían ni papa.

—¿Cómo? ¿Cómo? ¿Y por qué? —le preguntaban, una y otra vez, los mellizos, con unas gargantas operadísimas de algo atroz en las cuerdas vocales, para que ellas no se fueran a enterar, no vaya a ser... ¿Y para qué, Carlit...?

—Par de animales —se desesperaba éste—. Pues para irse enterando de toda la inmensa gama de teléfonos que hay en ese caserón, del gigantesco arcoiris de teléfonos que poseen ese par de chicocas.

—¿El verde y el azul y el rojo y el celestito? —les gritaban, casi, entonces, los mellizos a las hermanas.

—Así no vale —les coqueteaban ellas, multicolormente felices, con su arsenal de teléfonos—. No, así no vale. Tienen que responder, por ejemplo: Tú, Carmencita, estás en un teléfono de tal color, mientras que tú, Luchita, estás...

—¿En el firmamento y en el arcoiris...?

—Ah, no. Así tampoco vale...

La conversación telefónica más larga, intensa y feliz que hubo en Lima, en la década de los cincuenta, duró hasta que Carlitos Alegre se vino abajo con un buen trozo de pared a cuestas y entre los desafortunados gemiditos y gemidillos de la pobre Consuelo, a la que sus hermanos casi matan a insultos por el solo hecho de tener que pasar por ahí en ese momento, justo cuando ellos acababan de llegar a un casi histórico acuerdo con las hijas del primer contribuyente de la república, qué muchachas tan encantadoras, qué sencillez, cuánto firmamento en su horizonte y cuánta meca en su cumbre, y ni hablar del gigantesco y multicolor arcoiris de teléfonos que poseen en la casa de los ascensores para todo y para todos, sí, señores, hay que ver, y que viva el lujo y quien lo trujo, y antigüedad es clase, aunque la verdad, Arturo, mejor lo de antigüedad lo dejamos, por ahora, ¿no te parece?, no vayamos a embarrarla, sí, Raúl, aunque dime, tú, ese gigantesco arcoiris multicolor de teléfonos...

—No se puede decir que el arcoiris es multicolor —los corrigió Carlitos, feliz de poder humillarlos, ahí delante de su pobre hermana, feliz de poder defenderla así de la mirada de poquita cosa y tú no vales nada y como te atrevas a pasar de nuevo, que le acababan de pegar ese par de cretinos—. Es una redundancia, pedazo de ignorantes... Están en segundo año de universidad y aún no saben que un arcoiris sólo puede ser multicolor. Par de redundantes. Es como si yo dijera que los hermanos mellizos son dos. ¿O todavía no me han entendido...?

Sí. Ya le habían entendido, claro que sí, Carlitos. Es que estaban tan emocionados con lo de Carmencita y Luchita.

—¿Sólo porque han logrado hablar por teléfono con dos chimbotanas, par de chiclayanos?

Carlitos estaba realmente furioso con lo del maltrato a Consuelo. Y como que había salido en defensa de su dama y todo, ante ese par de cretinos. Pero los pobres también... Tenían sus motivos para haberse sobreexcitado de esa manera, los Céspedes Salinas. Lo que pasa es que Carlitos ni se había enterado, primero por concentrarse en el paso desangelado de Consuelo, justo en ese momento, justo por ese lugar, justo en aquella maravillosa circunstancia. Y justo, también, cuando él, cataplum, se les vino abajo con tremendo trozo de pared y otra vez habría que arreglarle con creces a su mamá lo de ese agujerote y lo de la tubería del agua y el cable eléctrico colgantes y cada vez más peligrosos de incendio o inundación, no, qué horror, qué espanto, Dios no lo quiera, y apiádate, Señor, de nuestra pobre madre. En fin, que, con todas estas cosas y él desbarrancándose, además, Carlitos ni se había enterado de que las hermanas Quispe Zetterling, maldito primer apellido, acababan de decidir que el próximo sábado organizaban tremendo fiestón, en honor a sus teléfonos multicolores, en fin, esto es una broma, en honor a ustedes, Raúl y Arturo, y para tener el gusto de conocerlos personalmente, y que ellos estaban dándoles todas las gracias del mundo, para que les llegaran por el gigantesco arcoiris multicolor de teléfonos, perdón, arcoiris no redundante, Carlitos, y estaban colocando ya el auricular en su lugar, estaban poniéndole punto final a esa conversación tan colorida y feliz, cuando al mismo tiempo te viniste tú abajo y apareció Consuelo, como fuera de temporada o algo así, la tipa, Carlitos, pero ya pasó, tú bien sabes que Consuelito es nuestra hermana y que, en nuestra familia, unidad y amor son palabras sinónimas...

—Pues que sea la última vez —les dijo Carlitos, aceptando sus disculpas, finalmente, despidiéndose, luego, y corriendo encantado de la vida, esta vez sí que sí, a contarle a Molina todo lo ocurrido aquella tarde. A contárselo con lujo de detalles y sin importarle que el hombre, feliz al volante del Daimler, poco a poco, y como quien no quiere la cosa, empezara a soltar los comentarios más ácidos y pertinentes acerca de los mellizos Céspedes Salinas. Era un hecho que el veterano chofer odiaba cada día más a los hermanitos esos, aunque sin que este atroz sentimiento lo llevara a perder jamás la compostura perfecta que debe guardar siempre un chofer uniformado y de lujo, servidor sin patrones, ya, y proveniente de un mundo casi desaparecido, pero, eso sí, hombre sin par a la hora de decirlo todo acerca de los mellizos, con tan sólo una sonrisa o una filuda mirada, y, de un tiempo a esta parte, verdadero especialista en la materia Céspedes Salinas y hasta en la calle de la Amargura y su resonancia magnética, si se quiere.

Pero esa noche, al desvestirse para acostarse, Carlitos descubrió en un bolsillo de su saco el papelito aquel. Lo leyó muy atentamente y fue muy grande su pena, al terminarlo. Lo firmaba Consuelo y la letra era de mujer. Sí, era su letra, sin duda alguna, pero él estaba seguro, segurísimo, de que Consuelo no le había escrito esas líneas por iniciativa propia, y mucho menos se las había metido en el bolsillo sin que él se diera cuenta. Aquello era obra y gracia de Arturo y Raúl, qué duda cabe, y lo que sí comprendía ahora Carlitos era el porqué de la breve serie de gemiditos y gemidillos que le había oído a Consuelo esa tarde, cuando él se cayó con su trozo de pared y todo, y los mellizos le ponían punto final a su norteña conversación con Lucha y Carmencita Quispe Zetterling. «Este par de desgraciados», pensó Carlitos, mientras se metía en la cama e imaginaba fácilmente a Raúl y Arturo forzando a su hermana a invitarlo a una fiesta del Rosa de América, su colegio de siempre, en el que este año se graduaba ya. Carlitos había apagado todas las luces, pero ahí, en medio de esa oscuridad, aunque ya sin el relojazo aquel del tictac y su tremenda crisis, cuando el anterior viaje de Natalia a Europa, ahí, en esa oscuridad, veía claramente cómo los mellizos le dictaban esas ridículas palabras de invitación a la pobre Consuelo, obligándola en seguida a firmarla con esa caligrafía como debilucha y arrastrada, tremendamente tímida e incluso asustada. Carlitos encendió una lámpara, con el impulso de llamar inmediatamente a Consuelo y decirle que sí, que claro, que feliz, que por supuesto que él la acompañaría a su fiesta, que era un honor para él, Consuelo, jamás Martirio ni Soledad ni Concepción ni nada, esta vez, es una gran alegría para mí, querida amiga... Pero era ya demasiado tarde ya, para llamar a nadie, y Carlitos esperó al día siguiente para marcar el número de la calle de la Amargura y decirle a Consuelo que la acompañaría ese sábado a su fiesta, encantado de la vida.

—Yo le juro que yo no lo invité —le dijo Consuelo, avergonzadísima, llorando casi.

—¿Entonces, no podré ir? —le preguntaba Carlitos—. ¿No tendré la gran suerte y el gusto de poder acompañarla?

—Yo le juro que sí tendrá la suerte, Carlitos.

—Así me gusta, Consuelito, pero yo creo que mejor nos tuteamos, ¿no?

—Sí, Carlitos, yo le juro que sí.

—El sábado a las ocho, en punto, paso a recogerla, Consuelito. Ah, y de paso, dígales a sus hermanos, y ríase, o ríete, mejor dicho, bastante, de mi parte, cuando se lo digas, que este sábado sí que ni sueñen con mi chofer y mi

Daimler. Diles que ambos están súper reservados para ti y para mí.

—Súper reservados, sí, Carlitos —repitió, casi, Consuelo, pero sonriéndose y tuteándolo, esta vez, por fin.

Carlitos colgó, sonrió, pidió el desayuno, sonrió mucho más al imaginar a Consuelo dándoles la noticia del Daimler no disponible, a sus hermanos, y luego se aterró cuando se dio cuenta de que también él tendría que darle la noticia del Daimler a Molina. ¿Molina llevándolo a una fiesta con una chica que, encima de todo, era hermana de los mellizos? ¿El eterno chofer de la familia de Larrea y Olavegoya manejando el Daimler con Consuelo y él, sentados ahí atrás, en el saloncito posterior rodante, sin tener la absoluta certeza de que lo que estaba haciendo no le molestaba a la señora Natalia? ¿A su venerada doña Natalia?

Carlitos no soportó más tanta tensión, y, mientras desayunaba, como siempre en compañía de Luigi y Marietta, y atendido por Julia, pidió que llamaran a Molina y también a Cristóbal, el mayordomo, les soltó el largo cuento de sus temores y angustias sabatinos, y, para su gran sorpresa, fue nada menos que Molina el que les explicó a todos que el joven Carlitos estaba cumpliendo con un deber de generosidad y sensibilidad al acompañar ese sábado a una señorita que se merecía eso, y mucho más, y que, seguramente, también, ni había soñado siquiera con invitarlo a fiesta alguna, porque la señorita Consuelo era tímida de solemnidad, y, con toda seguridad, habían sido sus hermanos, ese par de..., ese par de..., los autores de esa carta. En fin, él ya les contaría, más tarde, acerca de ese par de, porque ahora acababa de desayunar y no quería amargarse una agradable digestión, pensando en la calaña de gente trepadora que puede existir en esta ciudad, en estos tiempos de... En fin, me callo. Y ya irán saliendo las cosas, poco a poco, y a su debido tiempo, pero, eso sí, de algo estoy muy seguro, y es que, al igual que sus padres, y, antes que éstos, los padres de sus padres, la señora Natalia se sentirá muy contenta cuando regrese a Lima y se entere de la buena acción cumplida por aquí el joven Carlitos. Y, de más está decirlo, yo me enorgullezco, desde ahora, de estar al volante del Daimler, este sábado, rumbo a esa fiesta del colegio Rosa de América...

Molina obtuvo unanimidad y Carlitos se lo agradeció muchísimo, no bien estuvieron solos en el Daimler, rumbo a la calle de la Amargura, precisamente, aunque hoy, como todos los días de clases universitarias, sólo para dejar ahí a Carlitos y que siguiera rumbo a la Escuela de San Fernando y su peligrosidad medioambiental, ya en el robable y desvalijable cupé verde de los mellizos ésos.

Hechos puré andaban los mellizos con la noticia que les había dado su hermana Consuelo, acerca del Daimler y el sábado. Ni bonita ni feíta, ni inteligente ni no, lo cierto es que a la muchacha triste hasta se le había escapado su sonrisita de maligna felicidad, mientras les soltaba lo del carrazo y su chofer Molina, exclusivamente para ella, su amigo Carlitos, y la fiesta del colegio Rosa de América, este sábado por la noche. Pues sí, eso mismo le había dicho Carlitos a ella, que el Daimler y su uniformado con gorra y todo serían íntegros para ella y para él y que ni ruegos ni nada, ellos tendrían que aceptar que, para la fiesta de sus amigas telefónicas, no les quedaba más remedio que hacer uso de su viejo cupé, sí, señores, del carromato ese, y ya verán ahora que llegue Carlitos, él mismo se lo dirá, nones, este sábado sí que ni sueñen con llegar al caserón ese de la avenida Javier Prado con chofer y Daimler albiones.

—¿O no es así, Molina? —le preguntó Carlitos al uniformado de gorra y bigote anglos, mientras bajaba del Daimler en la calle de la Amargura y se disponía a realizar el transbordo al Ford cupé de tercera mano que los internaría, a él y a los mellizos, en las movedizas y turbias aguas de la avenida Grau y el barrio de La Victoria, allá donde queda la Escuela de Medicina de San Fernando y el otrora bien botánico Jardín Botánico de Lima.

—Pero, señor Molina —dijeron, a dúo, Arturo y Raúl.

—Yo sólo obedezco órdenes de doña Natalia de Larrea, jovencitos.

—Pero, Carlitos —imploraron, casi, también a dúo, los mellizos.

—Y yo sólo obedezco las razones por las que obedece el señor Molina, muchachos.

Hechos puré, pues, quedaron los pobres Arturo y Raúl, y eso que no vieron a su hermana Consuelo asomadita, sí, asomadita por una vez en su vida a la ventana, allá en los altos de la casona demolible, y por una vez sonriente, también, y, a lo mejor, hasta feliz, un poquito malignamente feliz, quien sabe, podría ser, y qué bueno fuera, mellizos de mierda, para que aprendan a tratar a su hermana, y para que sepan lo que vale un peine, carajo, también.

O sea que, para que nadie los viera llegando en ese carromato de tercera mano, los mellizos optaron por estacionarse lejísimos del caserón inverosímil de la familia Quispe Zetterling, aquel sábado del fiestón y la presentación, que ahí todo el mundo tomó por presentación en sociedad de alguien, aunque, la verdad, nadie sabía muy bien de quién, porque a Lucha y Carmencita acababan de organizarles tremenda fiesta de debutantes, hacía apenas algunas semanas, y a los mellizos Céspedes Salinas esos, a santo de qué organizarles nada, si nadie sabía ni de dónde habían salido siquiera, pero lo cierto es que aquel sábado todos llegaban contando que bueno, que sí, que a mí me han llamado para presenciar una presentación y, de paso, eso sí, divertirnos como nunca y bailar hasta la madrugada, y, tú, Gonzalo, por ejemplo, cuéntanos con qué motivo te invitaron a ti.

—La verdad, ni me acuerdo, viejo. Pero, bueno, digamos que, por si acaso, yo ya vine presentado.

Y la gente se mataba de risa, y todos ahí se decían El gusto es entero, enterito mío, o eso te pasa por impresentable, Ramón, pero lo cierto es que el whisky corría en cantidades industriales y que dos españolones recién desembarcados en busca de América y un trabajito o un braguetazo, optaron aquella noche por clavar su pica definitiva en Lima, ¡coño!, porque aquí hasta los músicos beben whisky, ¡verdad!, ¡coño!, ¡y tan verdad como que yo aquí me quedo, joder!, ¡y a esto sí que le llamo yo descubrir América, coño!, pero dime, tú, Joaquín, ¿y qué serán esas jarras de líquido azul?

—Pues agua, compatriota, que otra cosa no es. Que yo ya la he probado y es agua. Y el hielo es de color rojo, rojo como la sangre, sí, señor. Y así parece que, en Lima, a la gente le da por beber las cosas de muchos colores. Y mira tú lo que es viajar e ir viendo mundo.

—¿Y al agua le tocó el azul?

—Como que yo soy de La Mancha, sí, señor.

—¡Coño! ¡A mí que me den una pica para clavarla aquí mismo, esta misma noche.

—¡Salud!

—¿De qué color?

Todo aquello de los colores era invento de doña Greta Zetterling de Quispe Zapata, malditos apellidos los del pobre primer contribuyente, una mujer hermosa hasta decir basta, de unos ojos azules muy grandes y duros como dos inmensas aguamarinas, de piel blanquísima, de pelo tirando a rojo y sin un toque de tinte, de buenas joyas, aunque demasiadas para una sola noche y como que muy grandazas, todas, también, aunque deben de valer su peso en oro porque falsas no son, definitivamente, ya que en el vocabulario de don Rudecindo Quispe Zapata, y también en su vida, la palabra «falso» sencillamente no existía, ni había sido ni iba a ser inventada jamás, pues lo suyo fue siempre el trabajo de sol a sol y la honestidad a toda prueba. Y Lima entera lo supo así, en muy poco tiempo.

Y, también, así como doña Greta era extrovertida, bailarina, botarate, multicolor y hasta multiascensor (lo de los mil teléfonos arcoiris y los tres ascensores multiusos era todo, absolutamente todo, cosa de ella; era idea, capricho, antojo, o lo que sea, de doña Greta y su exuberancia), don Rudecindo era todo gomina y cabello sumamente planchado, día y noche, para que no se le encabritara, el maldito pelo tipo cerda, cuando uno menos lo piensa, y todo un caballero ejemplar, eso sí, y hombre de muy pocas palabras, ningún baile, ni una sola querida, tampoco visita alguna a burdel ninguno, y puro trabajo y amor por su esposa e hijas, que, aunque con ríos de aguas azules y flores de plástico, de preferencia, y Danubios azules y verdes o rojos, al bailar, lo adoraban también, y le eran, las tres, de una fidelidad que, pronto, muy pronto, también Lima entera admitió y respetó, aunque, claro, eso del agua azul, el hielo color sangre y los postres teñidos andinamente, como que está de más, ¿no te parece?, bueno, sí, tal vez, aunque a mí me parece más bien que está muy a tono con la casa...

—Es que la casa, hija...

—Es que la cosa, mamá...

Era, el de los Quispe Zapata Zetterling, un mundo hecho a la medida de los mellizos Arturo y Raúl Céspedes Salinas, que, en efecto, aquel sábado no pararon de presentarse una y otra vez a las hermanas Lucha y Carmencita, y de representarse como los futuros muy próximos primeros médicos del Perú, y hasta como el Duque y el Oso, entre aguas de colores y patos rojos de hielo y gansos verdes de hielo y flores multicolores de plástico, multicolores mas no multiarcoiris, claro, porque eso ya sería una redundancia y...

—¿Una qué, Duquecito? —le preguntó, algo inquieta, su Luchita a su Duque y señor, esa misma colorida noche.

—Mi papá no se llama Redundancia sino Rudecindo, Osito mío —le decía, paralelamente, a su Osazo, su Carmencita, esa misma colorida y florida y bailadísima noche. Y la pobrecita ya quería enfermarse, también, para que tú me cures, sólo tú, cuando me duela aquí, Osito mío...

—La cumbre en el estrellato —repetía Arturo, girando un vals.

—Y la meca en el firmamento —repetía Raúl, quebrando un tango.

Y en aquel jardín florido y musical, tan colorido, las hermanas Zetterling Quispe, que este gran par de pícaros de los mellizos ya habían empezado a alterarles los apellidos, porque el orden de los factores no altera el producto, mi amorcito, las hermanas Zetterling Q., sumamente conmovidas, lo encontraban todo ahí, tan... tan...

—Tan de plástico, sí, mi Duquecito.

En total había veintinueve teléfonos en la casa y ni uno solo del mismo color. Y, el paso del telefonote aquel viejo y negro de pared de la casona de quincha y adobe, en la calle de la calle Amargura, a este mundo en el que incluso había un teléfono a cuadritos, era, por consiguiente, para los mellizos Raúl y Arturo Céspedes Salinas, un paso obligado, y un gran paso al frente, sí, señor, cómo no.

Mientras tanto, la fiesta del colegio Rosa de América, en casa de una alumna que vivía en una transversal de la avenida Brasil, tal vez en el distrito de Breña, tal vez en el de Pueblo Libre —en fin, por ahí, como dijo Molina— y que tenía un solo teléfono, y negro y cualquiera, era una mezcla de carnaval sin disfraces y clase media que mira al porvenir con relativo optimismo, y se apoyaba sobre todo en los ritmos muy alegres y los boleros sublimes que habían llevado entre varias muchachas y en la calidad bastante dudosa de un tocadiscos que, por momentos, daba alarmantes signos de fatiga. Distraidísimo como siempre, Carlitos Alegre no cesaba de preguntar de qué playa lejana o de qué veraneo tropical llegaba tanta gente tan bronceada, tan uniformemente quemadita y morena, en esta época tan gris del año, y la pobre Consuelo tuvo que vencer su inmensa timidez y explicarle, muy subrayadamente y muy al oído, que en el Perú «no todo el mundo es siempre rubio, Carlitos», segundos antes de que un fornido mestizo piurano, apodado Piano 'e cola, le partiera el hocico de un bofetadón, por andarse burlando de la concurrencia, blanquiñoso de mierda, y oñoñoy, y ni que fuera albino, el muy valiente puta este. En fin, que casi arde Troya, por lo bruto que había estado Carlitos, pero ya varias amigas de Consuelo se habían dado cuenta, felizmente, de que el pobre más bueno y noble y simpático no podía ser, y más despistado, también, sí, pero malintencionado jamás, y con un buen par de merengues la fiesta recobró su sana alegría y el bailongo se fue animando cada vez más, a pesar de los desmayos de un tocadiscos que varias veces estuvo a punto de entregar el alma, pero que finalmente aguantó hasta la madrugada con verdadero pundonor.

Para Consuelo y Carlitos, sin embargo, el problema se fue agravando con el paso de las horas, o, más bien, de los discos que intentaron bailar. En primer lugar, porque ella no tenía la menor idea de lo que era bailar, y porque él, ni en sueños, lograría aprender tampoco a bailar, jamás de los jamases, por lo cual, tras una etapa inicial de sinceros y hasta calculados y contados esfuerzos, uno, dos, tres, cuatro, uno, dos, tres, cuatro, y muy medidos y esmerados intentos de hacerlo bien, atravesaron otra etapa de forcejeos y pisotones mil, y entonces sí que pasaron a una tercera etapa de franca desmoralización y papelón general, ahí en medio de tanto bailarín genial; y, en segundo lugar, por la maldita aparición de la serpentina verde aquella, que una compañera le lanzó a Consuelo, de lo más sonriente, para que ésta, de lo más sonriente, también, se la enrollara en el cuello a Carlitos, a manera de collar hawaiano, o algo así, aunque también con su componente de paloma mensajera, porque cada serpentina traía su mensajito impreso en letras bien negritas, y ahora era a Carlitos al que le tocaba leer en voz alta qué frase divertida o traviesa o qué piropo tan gracioso o picarón le había traído por los aires su serpentina verde. Y el pobre leyó, de lo más entusiasta, al principio, pero sólo al principio, lo siguiente: «Hágase tu voluntad.» Y, sí: «Hágase tu voluntad» era la frase que, voluntaria y sonrientemente, e inefablemente, también, y como demasiado humilde e implorantemente, también, y, bueno, como desastrosamente, por fin, le había hecho llegar un destino llamado Consuelo. Y a Consuelo, sentadita ahí a su lado y llorosita, ya, se la había tragado para siempre la tierra.

O sea que nada, absolutamente nada, ganó Carlitos con tener ideas geniales aquella noche, porque, la verdad, cada idea genial resultaba, al fin y al cabo, más patética que la otra. Y, así, la primera, notable, iniciativa, fue, nada más y nada menos, la de invitar a Consuelo a bailar, a sabiendas de que en aquel asunto ya habían fracasado estrepitosamente. Hay que reconocer, eso sí, que, al pobrecito, con aquello de la serpentina verde y su mensaje pavoroso, la memoria como que se le había evaporado. Un abrir y cerrar de ojos, pero eterno para ellos dos, duró esta feliz iniciativa. La segunda, por lo menos, duró hasta que el Daimler llegó a la avenida Javier Prado, con Molina sospechosamente desgarrado, ahí al volante, porque el buen hombre lo estaba sospechando todo y además escuchaba clarito cuando Carlitos le proponía a su pareja, sorda y muda, parece ser, un paseo por la casa de los Quispe Zapata Zetterling, a ver si aparecen tus hermanos y se mueren de rabia y de envidia al vernos paseando felices en este lindo automóvil. El fracaso de esta iniciativa fue rotundo, por el simple hecho de que ya ni el pobre Molina era feliz en ese maldito Daimler, más bien todo lo contrario, y porque de la fiesta en el caserón de los mil estilos, los coloridos líquidos y hielos, los ascensores para todos y para todo, salió hasta la última hormiga que se paseó aquella noche por la avenida Javier Prado, pero los mellizos se demoraron aún más en abandonar la casa que esa hormiga, aquella misma noche, extasiados como estaban en la contemplación, una y otra vez, y una última vez más, por favor, Luchita, por favor, Carmencita, de todo aquel arsenal telefónico, de todito aquel arcoiris multicolor y redundante de teléfonos, y éste, a cuadritos, éste, sí, éste, ¿por éste le vas a hablar a tu Duque, mi amor?

—Toda una vida, mi vida.

La última iniciativa de Carlitos fue recorrer Lima por sus zonas más bonitas, pero también estaba fatalmente condenada a un fracaso final, pues debía terminar obligatoriamente ante la fealdad de la casona demolible, en la oscura calle de la Amargura en que aquel calvario llegaría a su fin para la pobre Consuelo. Y así fue, claro, pero con un toque de añadida crueldad que sólo al destino se le ocurre admitir en un momento semejante. Aunque fueron palabras pronunciadas por Carlitos, simples palabras de esas que a veces uno suelta con la mejor intención del mundo, y que, mil años después, cuando uno menos lo piensa, reaparecen en tu memoria, se abalanzan sobre ti, como un feroz asaltante de caminos, y te hacen pegar tremendo respingo y nadie a tu alrededor comprende qué diablos te puede estar pasando, qué te pasa, ¿qué le sucede a este tipo, oye?

Y es que, al bajar del Daimler, ahí en la casona demolible de la calle de la Amargura, a la pobre Consuelo no se le ocurrió nada mejor que despedirse de Carlitos con las siguientes palabras de sumisión, y más gemiditas que pronunciadas:

—«Hágase tu voluntad.»

Y al pobre Carlitos no se le ocurrió nada peor, con la mejor intención del mundo, que:

—«Aquí sólo se hace la voluntad de Dios. Y así en el cielo como en la tierra.»

El pobre quiso desviar el tema ese tan triste de la serpentina verde, y todo eso, pero, bueno, esto fue lo que le salió, y aquella noche en el huerto sí que hubo serenata de lágrimas y amaneceres tan tristes, que Luigi hasta empezó a iluminar la piscina con cierta antelación, a ver si de alguna manera mágica al avión en que regresaba la señora Natalia se le ocurría anticipar su aterrizaje en Lima, con la señora adentro, por supuesto, para ponerles fin a tanta tristeza y melancolía, y sobre todo para levantarle el ánimo al *poveretto giovane* Carlitos, que anda como alma en pena, desde el sábado pasado.

Y así, en este deplorable estado llegaba Carlitos, tres veces por semana, a su clase de francés con la señorita Herminia Melon. Deplorablemente, también, tomaba asiento, y más deplorablemente aún se quedaba pegado horas y horas en su silla, aunque los progresos realizados desde la clase pasada la dejaban cada vez más turulata a la sabia, entrañable y finísima señorita solterona, porque este muchacho debe de pasarse las noches en vela, concentradísimo en la lengua de Racine, Corneille y Molière, porque, en efecto, ya vamos terminando nuestra tercera semana y cada día se expresa mejor y no hay palabra u oración que no entienda, ni complicadísimo subjuntivo que no domine. Asombrosos, realmente asombrosos los progresos de mi alumno Carlitos Alegre, comentaba la sabia maestra, ignorando por completo, claro está, que, no bien lograba despegarse de una de esas sillas atroces, Carlitos salía disparado en dirección a la avenida San Felipe, donde casi todas las noches lo esperaba Melanie Vélez Sarsfield, sentadita siempre en aquel gigantesco sofá del caserón tudor, llena de cuadernos y lápices de varios colores y con una excelente colección de libros para el estudio del francés.

Melanie lo primero que hacía era toquetear y volver loco a Carlitos, en francés, y bromearle y fastidiarlo, aunque en realidad lo que pretendía era enterarse de la razón por la cual, estas últimas noches, el pobre me llega con esa cara de pena infinita, con esa cara de...

—¿Me puedes explicar, amorcito —le dijo una de esas noches, bastante en broma y bastante en serio, Melanie—, a qué se debe esa carita de desconsuelo que últimamente me has sacado al diario?

Casi lo mata al pobre Carlitos con la palabra *desconsuelo*, o, en todo caso, el hombre ya no pudo más con su triste secreto a cuestas y se lo soltó todo. Mejor dicho, se lo estaba empezando a soltar todo, cuando ella le dijo que nones, porque aquí vienes tú, Carlitos, para hablar en francés, o sea, que ahorita mismo me sueltas toda tu historia esa, porque yo también me muero de ganas de oírla, pero en francés. Y a Carlitos no le quedó más remedio que trasladarse nuevamente a aquella transversal de la avenida Brasil, tal vez en el distrito de Breña, tal vez en el de Pueblo Libre, en fin, por ahí, como había dicho Molina, y empezar a bailar con la pobre Desconsuelo, de la forma más torpe del mundo, primero, y a pisotones y forcejeos y papelón general, luego, para llegar en seguida al viacrucis de la serpentina y su patético mensaje, y así, a borbotones de pena, lanzarse a un recorrido tan triste y tan fracasado de antemano, y desembocar finalmente en todo aquello de «Hágase tu voluntad» y sus respuestas y variantes atroces, que, lejos de arreglar algo, sólo sirvieron para dejarme en el estado en que me ves, Melanie, y contando las horas y los minutos para que, por fin, regrese Natalia y se acabe tanto pesar.

Por supuesto que Carlitos, en su afán de contar muy bien su historia, en el más correcto francés posible para él, en aquel momento, ni cuenta se había dado de que Melanie lo estaba abrazando a mares. Pobrecita, lloraba como una Magdalena la entrañable Melanie con la historia tan bien contada por Carlitos y, claro está, también con el asunto aquel del pronto regreso de Natalia para solucionarlo todo.

—Ah, la veterana esa del diablo, mi Carlitos tan querido. Hoy le toca ganar a ella, lo asumo, pero espérate tú nomás a que pasen unos añitos y empiece a convertirse en una vieja bruja...

—Melanie, por favor.

—Tú haz lo que quieras, Carlitos, pero yo esperaré. Yo siempre te esperaré, vas a ver.

—¿Y para qué? ¿Se puede saber?

—Para que no me llegues a cada rato en este estado tan deplorable y para que me lleves al altar con mi papi completamente sobrio, por una vez en la vida. Porque todos tenemos nuestro derecho a esperar y soñar, mi tan querido Carlitos Alegre.

—Al francés. Volvamos al francés, Melanie, por favor —le rogó Carlitos.

Todos fueron a recibir a la señora. Y ahí, en el aeropuerto, doña Natalia se entregó primero al beso interminable de Carlitos y luego los fue abrazando uno por uno, empezando como siempre por Marietta y siguiendo por estricto orden de antigüedad laboral en la familia. Molina habría dado la vida por ser el más antiguo, ahí, pero debía inclinarse ante la pareja italiana, que llevaba siglos en el huerto, y que también había sido contratada por los padres de doña Natalia, aunque, eso sí, ni Marietta ni Luigi habían servido jamás a los señores de Larrea directamente, es decir, en su propia casa, como él, lo cual no dejaba de producirle cierto desdeñoso malestar, del tipo una cosa es con guitarra y otra cosa es con cajón, y tentado estuvo más de una vez, el uniformado, de señalar este hecho y exigir un cambio en el orden de los abrazos, mas su afecto y respeto por la vieja pareja italiana, por el lado positivo de su carácter, y la certeza de que sería él quien finalmente conduciría a la señora y al joven Carlitos hasta el huerto, por el lado negativo y hasta vengativo, le permitían sobrellevar con la frente en alto el interminable asunto aquel de los abrazos y saludos y las primeras palabras, resignándose a su agraviante tercer lugar en la lista de antigüedades, porque, eso sí, luego vendría la puesta en práctica de su tremenda venganza, ya que doña Natalia emprendería el regreso al huerto en el Daimler, pero sólo con él y el señor Carlitos, y que se jodan los italianos, par de bachiches de eme. Aunque, claro, también, maldita sea, luego vendría la venganza del destino, que en esta oportunidad consistió en que el ahora muy afrancesado niñato este y su señora amante no sólo se pusieron al día, en francés, de la vida y milagros de los mellizos Céspedes Salinas, entre varios asuntos más, sino que hasta se besuquearon en este idioma durante todo el trayecto entre el aeropuerto y el huerto, como si uno fuera hijo de cura, oiga usted, habráse visto, cuando en realidad si uno no fuera todo un caballero y un profesional, ya habría encontrado la manera de hacerle saber a doña Natalia quién fue la verdadera profesora de francés de su adorado Carlitos y, muy a menudo, en unas condiciones tan especiales que hasta aparecían toditos llorosos cuando terminaban unas clases en las que también el toqueteo parece que fue en el idioma del Racine ese y el del Cornelio o qué sé yo, aquel, más un tercero que nunca me entró, un tal Molino sé cuántos...

Había cena en la terraza del huerto, con el inmenso jardín iluminado, y la piscina luciéndose con todo su poder de nocturna incitación. Luigi había terminado de cambiar el agua esa misma noche y Natalia no pudo ocultar la profunda emoción que le produjo darse cuenta, de golpe, que pronto, muy pronto, todo aquel mundo heredado de épocas coloniales, aquella casona, aquellas arboledas y viñas, aquellos frutales y aquellos campos y potreros, tantos animales y senderos y jardines, dejarían de pertenecerle para siempre. Sin embargo, el huerto era la única parte de su inmenso patrimonio en bienes inmuebles que Natalia no había vendido secretamente. Ni siquiera su casa de Chorrillos le pertenecía ya. El huerto había sido el gigantesco jardín animado de su infancia feliz y el lugar en el que, de alguna manera, se ocultó con Carlitos, el muchacho que le había devuelto la felicidad perdida en la adolescencia. Y fue también la chochera de su padre y el lugar preferido de su madre. El huerto, por lo tanto, era el único trozo de su ciudad y de su vida que Natalia siempre recordaría con amor. No estuvo, pues, nunca en venta. Ni lo estaba ni lo estaría, para ella. Y, aunque aquella noche nadie ahí lo sabía aún, el huerto acababa de pasar a manos de los cinco empleados que acababan de recibirla en el aeropuerto, en la que era también su última llegada a Lima. Natalia pidió champán y siete copas para brindar, pero para brindar como siempre que regresaba de Europa, eso sí. Por el momento, deseaba descansar unos días y disfrutar de su huerto, mientras, al mismo tiempo, se iban dando los toques finales a mil asuntos, pequeños y grandes. El más importante de todos, eso sí, ya estaba arreglado. Carlitos era mayor de edad, en el Perú y en Francia. Se lo iba a decir esta misma noche. Y después le iba a decir que era absolutamente libre para elegir.

Partirían juntos a París, para siempre, dentro de dos semanas, o partiría ella sola, para siempre, también, aunque por supuesto que no a París, sino al mismísimo infierno, si todo le fallaba, al final... Pero, bueno, para qué ponerse en el peor de los casos, si bastaba con ver y sentir la felicidad de Carlitos, ahí a su lado, rogándole que se apresurara con lo de sus papeles, haciéndole mil y una preguntas al respecto, firme como nunca en su convicción, tan firme como se había sentido ella en París, Londres y Roma, cada minuto, mientras arreglaba millones de asuntos sumamente difíciles con la más asombrosa facilidad y celeridad, sin pensarlo nunca dos veces, sin el más mínimo titubeo, y con la misma sonrisa de firmeza y satisfacción que tanto impresionaba a sus interlocutores más diversos.

Carlitos alzó su copa de champán antes que nadie, pero sabe Dios qué diablos hizo que ésta salió disparada de su mano y se hizo añicos sobre las lajas de la terraza, después de haber volado unos segundos por el aire. Y nadie ahí supo decir si eso traía suerte o, a lo mejor, todo lo contrario.

—Yo no sé qué diablos trae esto —dijo el pobre, rogando que lo disculparan, y mirándolos a todos, francamente aterrado.

—Pues yo sí que lo sé, mi amor —lo tranquilizó Natalia, inmediatamente—. A mí, por lo pronto, me trae diversión asegurada para el resto de la vida.

—*Si, certo* —comentó Luigi, terminando de arreglarlo todo con su ronco risotón, y comentando—: *Perchè il signor Carlitos diventerà un grand' oumo, ma no cambierà mai...*

Y, en efecto, Carlitos pidió que le trajeran su Coca-Cola, con una gotita de champán, en lugar de vino, esta vez, por favor, y ya no volvió a pulverizar copa alguna, aquella noche, felizmente.

Un par de horas más tarde, Natalia sometió a Carlitos a la prueba definitiva del amor incondicional, del amor sin reparo alguno, del amor a cualquier costo. Agotada por el trajín incesante y sumamente tenso de su estadía en París, Londres y Roma, donde en esta ocasión no adquirió ni vendió antigüedad alguna, y sólo visitó abogados, banqueros, poderosos políticos, notarios, cónsules, consejeros de negocios, y alguno que otro amigo realmente fiel, a Natalia le bastó con sentarse en el avión que la llevaba de regreso a Lima para quedarse profundamente dormida, incluso durante las tres escalas que hubo en el largo trayecto desde París. Pero le ocultó este hecho a Carlitos, y, al acostarse, lo dejó al pobre con todas sus ganas de comérsela a besos y caricias, de dormirla de amor y sexo, y fingió que le hablaba desde el más profundo de los sueños y un total agotamiento, aunque la muy viva dejó un candil bastante bien encendido y ubicado, de manera tal que le permitiera observar de tanto en tanto las reacciones de su amante ante los hechos consumados que se disponía a contarle. Tumbado junto a ella, Carlitos la escuchaba extasiado, sin enterarse para nada de la perfecta puesta en escena preparada por Natalia, y sin que candil alguno lo estorbara en absoluto, por supuesto.

—Me habría gustado tanto contarte todo mi viaje con lujo de detalles, lo que he hecho día tras día, y lo que he logrado para nosotros, contártelo todo, de principio a fin, esta misma noche, mi amor... mi... mi...

Éstas fueron las últimas palabras que pronunció Natalia, antes de ser devorada por la teatralidad de su sueño, aunque la verdad es que estuvo a un pelo de contradecirse, de pegar un salto leonino, o divino, que para el caso daba lo mismo, y de saltarse íntegro el texto que traía preparado, cuando no sólo sintió que las manos de Carlitos la acariciaban con renovada sabiduría, sino que éste, a su vez, le decía, desconsolado, y, sin duda alguna, gravemente herido en su amor propio:

—Maldigo al inventor del sueño. Lo recontramaldigo. Pero bueno, para otra vez será, mi amor. Y tú te lo pierdes.

Controlándose al máximo, Natalia se limitó a observar a Carlitos por el rabillo de un ojo profundamente dormido. Perfecto. Ni cuenta se había dado del truco del candil. Y ahí estaba el pobrecito, iluminadísimo, furioso, y tan despierto que no se le iba a escapar ni una sola de las palabras que se disponía a decirle desde el fondo de un sueño profundo, y desde el fondo de su corazón. La gran prueba del amor acababa de comenzar, y, poco a poco, sin omitir detalle alguno, Natalia empezó a contarle que ya era oficial y documentariamente mayor de edad, que partían a Francia dentro de dos semanas, que viajarían por tierra hasta Guayaquil, por precaución, que había vendido hasta el último de sus bienes en el Perú, con excepción del huerto, que pasaría a manos de sus cinco empleados predilectos, que él y ella ya disponían de un precioso departamento en París, que ahora las cartas las tenía él todas entre sus manos, que era libre de acompañarla o de retornar a casa de sus padres, que, eso sí, el viaje que emprenderían no tenía retorno, y que tienes exactamente una semana para darme una respuesta afirmativa o mandarte cambiar, mi amor...

Se había ido quedando dormido tan profundamente feliz, Carlitos, a medida que avanzaba el relato de Natalia, que ella incluso se fue incorporando poco a poco e iluminándole cada vez más la cara, para gozar hasta el último detalle de su aceptación incondicional, sin reparos ni preguntas, y sólo con ese entrañable comentario, sonriente y despreocupado, cuando ella le explicó por qué era mejor partir por tierra hasta Guayaquil, una medida de precaución, mi amor, y de ahí tomar un avión a...

—Así hubiera sido por tierra hasta Groenlandia, Natalia. Y también por aire y por mar y por precaución...

Después siguió durmiendo tan tranquilo y con esa cara

de alegre y total aceptación que Natalia decidió ir besuqueando, de menos a más, para irlo trayendo nuevamente hasta sus brazos, hasta sus labios, hasta sus senos y sus muslos. Pero nada. Porque era Carlitos el que ahora dormía el más profundo y complaciente de los sueños, y sólo muy de rato en rato, cuando ella, desesperada en su ardor, le aplicaba uno que otro pellizco bastante canalla, la verdad, por toda respuesta obtenía palabras como Guayaquil o París, más una sonrisa proveniente de aquellos lejanos lugares, sin duda alguna, porque ni hablar de despertar, Carlitos, de puro feliz y dormido y convencido que andaba, y porque, seguramente, la gran prueba del amor había dado un resultado tan sobresaliente que ni la pobre Natalia, que ya había encendido todas las luces de la alcoba, a ver si Carlitos regresaba aunque sea un momentito de Groenlandia, captaba lo que realmente estaba ocurriendo ante su vista y ardor. No. No captaba nada, aquella leona anhelante, y es que a quién se le iba a ocurrir que, sin recurrir a truco alguno, Carlitos se había quedado dormido por una semana, para despertarse sólo entonces y soltarle por fin la respuesta que ella le había pedido. ¿O acaso ella no le había dicho que tenía una semana para darle su plena aceptación o mandarse cambiar? Y ahí seguía durmiendo Carlitos, obedientísimo y con la cara esa de nota sobresaliente y primero de la clase, mientras a su lado Natalia le repetía, desconsolada, y, sin duda alguna, muy herida, ahora ella, en su amor propio:

—Pues yo también maldigo al que inventó el sueño. Lo recontramaldigo. Pero, bueno, tú te lo pierdes, mi amor. Para otra vez será.

Y la otra vez fue exactamente dentro de una semana, para desesperación de Natalia, que realmente no entendía por qué andaba Carlitos hecho un sonámbulo satisfecho por el huerto, un solo de bostezos sonrientes y de siestas interminables, hasta que por fin al séptimo día despertó, le dio su plena aceptación, le dijo: «Vámonos», y se puso a esperarla doblemente. Mentalmente, la esperaba en el automóvil que debía conducirlos hasta Guayaquil, y, sobresalientemente, en la camota de la alcoba. Natalia era una mujer feliz, ahora que al fin había logrado entender hasta qué punto le había salido perfecta su arriesgada prueba de amor.

Y ahora, ¿qué les quedaba por hacer en Lima en los siete próximos días, los últimos que pasarían en esta ciudad? A Natalia, algunos arreglos más, la liquidación final de cinco asuntos de interés comercial, su firma estampada en mil y un documentos que la esperaban todos listos, la despedida de sus fieles empleados, y la entrega de las llaves del huerto. Y, a Carlitos, sabe Dios qué. ¿Ver a sus padres y hermanas, por última vez, sin que sospecharan nada? ¿Ver a los mellizos, por última vez, sin que se enteraran de nada? ¿Visitar a Melanie, con cualquier pretexto, menos el verdadero? Mañana, tal vez mañana. O tal vez pasado mañana. O, tal vez... ¿Tal vez ya nunca?

Finalmente, Carlitos optó por llamar un taxi y pedirle que lo llevara hasta la avenida Javier Prado, en San Isidro. Ahí se bajó, y por su casa pasó mil veces, aunque sin animarse a tocar el timbre y caminando siempre muy rápido, casi corriendo para que no lo fueran a ver. Y sólo se detuvo cuando vio a sus padres y hermanas saliendo juntos en el automóvil, su último miércoles, a eso de las seis de la tarde. Se acercó, como quien llega de visita, muy informalmente, y les preguntó adónde iban. Al cine. Iban al cine. Entonces les preguntó si podía ir él también. Le respondieron que sí, que subiera al carro y se sentara junto a Cristi y Marisol, en el asiento de atrás. La película resultó ser bastante mala y, en voz muy baja, todos estuvieron de acuerdo en salirse del cine antes de que terminara y en ir a comer a la calle. El doctor Roberto Alegre sugirió dar una vuelta antes, por el centro de Lima, porque aún era bastante temprano, y finalmente terminaron comiendo en el restaurante Donatello, del jirón Quilca, y luego tomando una copa en el hotel Crillón. Erik von Tait estaba sentado ante el órgano, pero no se acercó a saludar a Carlitos. Ni siquiera le hizo un adiós en la distancia, aunque no tardó en ponerse a cantar: «*Cross the ocean on a silver plane...*», mirando indiferente, mirando a cualquier parte menos a la mesa en que estaban él y su familia.

Erik era uno de los mejores amigos de Natalia. ¿Estaba al corriente de todo? Era probable, sí, aunque lo único cierto es que nunca nadie ha observado tanto de reojo a cuatro personas, casi al mismo tiempo, como Carlitos a sus padres y hermanas. No estaban al tanto de nada, ni tenían la más mínima sospecha. Y qué mejor prueba que el momento en que Carlitos sugirió bailar. Su madre se negó, Cristi y Marisol se negaron, y todos ahí le recordaron una vez más lo pésimamente mal que bailaba él.

—Siempre se me olvida —les dijo Carlitos.

En el órgano, Erik von Tait lo despidió de sus padres y hermanas, aquella noche en que él habría dado la vida por abrazarlos a todos, incluso a su padre, con el pretexto de un baile, de unos cuantos pisotones más, los últimos pisotones de mi vida, eso sí, se lo juro. Momentos después, Carlitos volvió con ellos hasta la casa de Javier Prado, conversó un momento con los mayordomos, se despidió como si nada, llamó un taxi, y regresó al huerto tranquilamente.

A la calle de la Amargura llegó en otro taxi, la mañana siguiente, su último jueves, y le hizo muchísima gracia que, precisamente ahora que disponían de veintiún teléfonos, los mellizos no lo hubieran llamado hace varios días ni hubieran mostrado la más mínima inquietud al no verlo aparecer últimamente por la Escuela de Medicina. Los mellizos, sin lugar a dudas, estaban colmados. Y la casona seguía tan fea y mal pintada, pero no tanto, la verdad, y seguía tan demolible y de quincha y vejestorio, pero no tanto, la verdad. ¿O era que él había terminado por acostumbrarse a todo aquello, por encariñarse con todo aquello? Y en la casona de la calle de la Amargura se quedaban para siempre la señora María Salinas, viuda de Céspedes, y la pobre Consuelo de las más tristes palabras y gemidillos... Y también Colofón, por supuesto. Pero seguro que no para siempre, la verdad. Indudablemente, los mellizos se iban a encargar de arreglar todo aquello con creces, pero tampoco tanto, la verdad. ¿O, a lo mejor, sí? En fin, por ahora Arturo y Raúl vivían en un arcoiris y ya se vería con el tiempo. Aunque él, claro, de qué se iba a enterar ya... Conservaba la dirección, eso sí, pero, cuando Carlitos le pidió al taxista que lo llevara nuevamente a Surco y sacó el brazo para hacerle un ligero adiós a la casona de sus disparatados amigos, se dio cuenta de que también se estaba despidiendo para siempre de esa calle, de ese segundo piso, de ese número, en fin, de esa dirección y de todo. Y regresó al huerto tranquilamente.

Al día siguiente, viernes, su último viernes, Carlitos salió nuevamente en un taxi. Se recorrió íntegra la ciudad de Lima, desde los lugares que había frecuentado hasta aquellos en los que jamás había puesto un pie. Llevaba un plano de Lima, incluso, para pedirle al chofer que lo llevara de un lado a otro, aunque siguiendo determinados itinerarios. Pero la ciudad conocida y la desconocida le resultaban igualmente extrañas. Jamás había vivido en la avenida Javier Prado, jamás había estudiado en el colegio Markham, jamás había ingresado a la Escuela de San Fernando. ¿Un mecanismo de defensa totalmente inesperado, totalmente independiente de su voluntad? Para qué, si se sentía profundamente tranquilo y dueño de cada uno de sus actos. Aunque sí tenía que reconocer que algo muy extraño le estaba ocurriendo con los planos de las ciudades, por lo menos. El plano de la ciudad de París, que nunca antes había consultado y mirado atentamente, le resultaba cercano y familiar, mientras que el de Lima empezaba a resultarle tan ajeno como las calles y avenidas que en ese mismo instante recorría en ese taxi azul, aburrido ya, y con ganas de regresar al huerto tranquilamente. Se lo dijo al chofer, pero indicándole que emprendiera el camino de regreso pasando primero por la plaza Dos de Mayo, la avenida Alfonso Ugarte, la plaza Bolognesi, la Colmena, Wilson, el Campo de Marte, y enrumbando luego hacia San Isidro, para atravesar después los distritos de Miraflores, Barranco, y Chorrillos, cuando divisó a Melanie, a caballo, en la avenida Salaverry. Ella no lo vio, a pesar de que Carlitos le pidió al taxista que disminuyera mucho la velocidad para observarla detenidamente. Iba sola, como siempre, pero nada desgarbada, esta vez, y más bien todo lo contrario. Gorra negra, entallado saco negro de jinete —los mellizos dirían *de amazona*, por supuesto—, pantalón impecablemente blanco, botas relucientes, sus divertidas pecas de siempre, y la cola de cabello pelirroja que le colgaba sobre la espalda muy erguida y se agitaba con el trote de un precioso caballo blanco. Melanie iba serísima, totalmente ensimismada, y al mismo tiempo muy consciente de su dominio total sobre el caballo y, en general, sobre el arte todo de la equitación. A Carlitos le hizo tanta gracia verla así, que a punto estuvo de pedirle al taxista que se detuviera y de darle la voz. Pero sabe Dios qué cosa lo retuvo, qué lo hizo desistir, y regresó al huerto tranquilamente.

—¿Y tú de dónde vienes? —le preguntó, sonriente, Natalia, que en ese momento acompañaba hasta la puerta de la casa a dos generales de la policía, y lo vio llegar.

—De haberlo visto todo —le respondió Carlitos.

—¿Y qué tal, mi amor?

—Pues ya sólo me falta hacer mis maletas, creo.

—Tienes tiempo para eso hasta el lunes, Carlitos. O sea que cuéntame un poco qué has visto. Y perdona que te tenga tan olvidado, pero si supieras todo lo que me queda por hacer, en sólo tres días.

—He visto una ciudad abandonada y a Melanie Vélez Sarsfield a caballo, yo diría que también abandonada.

—Conque tu verdadera profe de francés, ¿eh? Felizmente que la pobrecita es tan feucona.

Pero a Carlitos, que últimamente andaba con su mejor expresión de quinceañero, estas palabras parece que le sentaron como un tiro, porque su rostro adquirió de golpe ese aire de cuarenta y cinco años que a Natalia le gustaba tanto, pero que al mismo tiempo era señal de disgusto y tristeza. Ella comprendió que realmente había metido la pata, al referirse de esa manera a la pobre Melanie, y le rogó que la perdonara.

—Estoy muy cansada con tanto trajín, mi amor, y a veces ya no sé ni lo que digo. ¿Y, además, no es lógico que una señora de mi edad le tenga celos a una chiquilla que te quiere tanto?

—No. No es lógico, Natalia —le dijo Carlitos, abrazándola y besándola hasta recuperar la expresión de quinceañero de los últimos días, y agregando—: Es lo más irracional que te he oído decir en mi vida, y punto final.

—Gracias, caballero. Un millón de gracias, y perdone si tengo que dejarlo solo un momento más, pero aún me queda tanto que hacer...

Carlitos decidió perderse un buen rato por el huerto, antes de ver nuevamente los patéticos rostros de Luigi y Marietta, de Molina, de Julia y de Cristóbal, los nuevos, infelices propietarios de esa florida joya. Y al pensar en ellos se dio cuenta de que había una persona más en Lima a la que su partida con Natalia también había afectado profundamente, ya. Sabe Dios cómo, pero Melanie seguro que se lo imaginaba todo, desde hace días. De puro intuitiva, sin lugar a dudas. O de puro miedo a perderlo a él del todo. Porque, ¿no era también patética la figura de Melanie, cabalgando tan ensimismada y erguida por la avenida Salaverry? Melanie... Era cierto: había sido su verdadera profesora de francés, pero de pura casualidad, y la única amiga que tuvo en Lima, pero también de pura casualidad... Carlitos pensó en ir a buscarla, realmente sintió ganas de ir a buscarla o, cuando menos, de llamarla por teléfono, aunque finalmente optó por seguir caminando tranquilamente por el huerto. Ya había sido un verdadero atrevimiento, una temeridad, y además un desastre, pensándolo bien, la despedida de sus padres y hermanas. Para qué ir a buscarle tres pies al gato, nuevamente.

Todo estuvo listo el día lunes al atardecer, incluyendo las despedidas, que fueron muy personales, eso sí. Luego se sirvió una apetitosa comida, como siempre ahí en el huerto, un buen rato antes de acostarse, y como si nadie se hubiera despedido de nadie, nunca. Y partieron en un automóvil de la policía, manejado por un capitán uniformado que se iba a turnar en el volante con un copiloto también uniformado. En la puerta del huerto no había un alma y la reja estaba abierta de par en par. Ésas eran las instrucciones. Al salir, Carlitos miró el letrero que decía «El huerto de mi amada» y Natalia le apretó fuertemente la mano. Era la madrugada del martes 24 de octubre de 1959.

El escándalo empezó una semana más tarde, a pesar de los esfuerzos por impedirlo del doctor Roberto Alegre. Empezó mientras Natalia y Carlitos almorzaban serenamente en un restaurancito cualquiera, completamente ajenos a todo. Ajenos, simple y llanamente ajenos a todo.

Claro que dicen que el cardiólogo argentino Dante Salieri visitó Lima, con este motivo, y se ofreció a lo que fuera, con tal de. Y cuentan que don Fortunato Quiroga juró, pistola en mano, que. Y aseguran que a los mellizos Céspedes Salinas les quedaron cortos miles de teléfonos colorinches para llamar a la familia Alegre di Lucca y ofrecerse a. Y afirman que a la entrada del huerto hay un letrero que. Se dicen tantas cosas, en fin, que se dice, también, que ya no saben qué decir. Pero a Natalia de Larrea y Carlitos Alegre la palabra que mejor los define es precisamente la palabra *ajenos*.

EPÍLOGO

—

Carlitos Alegre no cambió nunca, aunque tantas cosas cambiaran a su alrededor. A Natalia, en todo caso, le resultó siempre asombrosa la absoluta facilidad con que pasó de un mundo a otro sin que se notara nunca hasta qué punto, por ejemplo, extrañaba a sus padres y hermanas. Cuando hablaba de ellos lo hacía con total naturalidad, como si nunca se hubiera producido ruptura alguna ni existiera un antes y un después, y como si cualquiera de ellos pudiera reaparecer de un momento a otro y continuar el diálogo de toda una vida, en París o en cualquier otra ciudad del mundo. Los cambios políticos, económicos y sociales que se produjeron en el Perú, a finales de los sesenta y durante buena parte de los setenta, y las imprevisibles consecuencias que tuvieron para sus familiares y para tantas personas conocidas, los tomó siempre como datos objetivos y los comentó como un frío y distante analista, sin apasionamiento alguno y sin tomar nunca una posición a favor o en contra de determinados hechos. Ni siquiera el traslado de su familia a California, cuando su padre optó por cerrar la clínica de Lima e instalarse en la ciudad de San Francisco, aceptando al mismo tiempo una cátedra en la Universidad de Berkeley, alteraron su manera de ver y comentar los acontecimientos, con una distancia y una objetividad en las que jamás se filtró emoción alguna, a pesar de sus buenos deseos y de su disposición para colaborar abiertamente, en caso de ser requerido, aunque esto nunca ocurrió. Fue muy feliz, eso sí, realmente feliz, cada vez que sus hermanas Cristi y Marisol lo visitaron en París, y Natalia recordaría siempre con profunda alegría la encantadora semana que pasaron con ellas, en Nueva York, en 1964, y la sincera familiaridad y el cariño con que las dos hermosas muchachas la trataron en aquella oportunidad y en todos sus demás encuentros. En Nueva York, sobre todo, donde tanto Natalia y Carlitos como Cristi y Marisol estaban de vacaciones y con ánimo de divertirse, día y noche, hablaron con la mayor franqueza y naturalidad, pero jamás se dijo una sola palabra acerca de los señores Alegre, de Lima, o de algún amigo común.

Los mellizos Arturo y Raúl Céspedes, por su parte, como que desaparecieron para siempre de la vida de Carlitos, aunque a veces pensaba en ellos involuntariamente, siempre con la misma sonrisa en los labios y siempre con el mismo comentario desprovisto de toda emoción, y que más bien parecía querer dejar registrado, con meridiana claridad, un hecho puramente objetivo:

—Arturo y Raúl Céspedes Salinas... Qué par de tipos tan disparatados, mi amor. ¿Te acuerdas? Y qué absurdos se los ve desde aquí, con un océano de por medio. Los pobres como que pierden toda consistencia, toda razón de ser, hasta convertirse en dos seres totalmente inexplicables y al mismo tiempo sin dimensión ni profundidad alguna, completamente chatos y sin aquel componente dramático que allá en Lima los libraba de ser tan sólo un par de tipos grotescos.

—Pero eran prácticamente tus únicos amigos, Carlitos...

—Los conocí casi al mismo tiempo que a ti, mi amor; apenas unos días o semanas antes, si mal no recuerdo, y

como que nunca tuve tiempo para fijarme en ellos detenidamente, en esas circunstancias. El centro del mundo
fuiste tú, a partir de aquel momento, y los mellizos quedaron convertidos en un par de satélites que giraban incesan-
temente alrededor de todo aquello, pero a una gran distancia; sí, a una enorme distancia, pensándolo bien.

—Me encanta oírte decir cosas como ésa, Carlitos. Pero
yo creo sinceramente que, casi sin darte cuenta, aunque con
una sorprendente habilidad, al mismo tiempo, tú te has ido
construyendo una coraza para protegerte de montones de
cosas y recuerdos, de todo tipo, y que, digamos, se quedaron *allá*, para siempre. Eso nos facilita mucho las cosas, mi
amor, pero yo te ruego que por mí no lo hagas. Por mí te
apartaste de muchas cosas, es cierto, pero cómo decirte...

—¿Cómo decirme qué?

—No quiero verte renegar de nada, mi amor. No quiero
verte amputado de vivencias y recuerdos que son parte de
tu vida. Todos evolucionamos, es verdad, y cambiamos mucho muchas veces, pero creo que si no olvidamos nunca
quiénes fuimos y cómo fuimos en cada momento de la
vida, y con quién y por qué, nos enriquecemos también
mucho. Lo contrario es lo que yo llamo amputarse de sí
mismo, y eso sólo puede empobrecernos.

—Yo soy feliz, Natalia. Absolutamente feliz. Y jamás me
he arrepentido de las decisiones que tomamos juntos. Jamás me arrepentiré, tampoco.

—Humm...

—¡Cómo que humm...!

Llevaban siete años en París y eran, en efecto, objetiva-
mente muy felices. Natalia jamás podría negar que la facilidad con que Carlitos, gracias a su carácter tremendamente
positivo, además de divertido y entrañable, se había adap-
tado inmediatamente a su nueva vida había contribuido en
gran medida a segregar en torno a ellos esa impresión de

permanente armonía y de íntima estabilidad, que, acompañadas por una sensación de permanente satisfacción y completa alegría de vivir, los había convertido en una pareja realmente envidiable, a pesar de aquella importante diferencia de edad que todos, menos Natalia, habían dejado por completo de lado.

Y Carlitos Alegre se había graduado de médico con las más altas notas y con todos los honores, y su fama de investigador, a la vez riguroso y tremendamente intuitivo e imaginativo, empezaba a extenderse con gran velocidad por Europa y los Estados Unidos. También su fama de loco, o más bien de extravagante y absolutamente volado, empezaba a ser conocida, sobre todo a raíz de un incidente ocurrido durante un congreso médico organizado por el Johns Hopkins Hospital, de Baltimore. El joven doctor Carlos Alegre, que se tropezaba con cuanto objeto y mueble había en la pequeña residencia en que se alojaban los médicos invitados al congreso, y parecía hacerlo siempre a propósito, se había ganado la franca y total antipatía de la arrugadísima y horrible vieja encargada de aquel hermoso pero recargado local, un perfecto gallo hervido, la vieja del diablo esa, y las cosas realmente se pusieron feas cuando una mañana el doctor Alegre fue descubierto por su circunstancial y pérfida enemiga en el momento en que abandonaba la residencia con una pequeña radio de baterías que pertenecía a la residencia, oculto bajo el abrigo y a todo volumen. O, mejor dicho, *misses* Farley, que así se llamaba la vieja bruja, descubrió al médico llegado de París con las manos en la masa, aunque sin que éste se enterara de nada, por supuesto, llamó a la policía mientras Carlitos se apresuraba feliz con su *Septeto de cuerdas*, de Beethoven, en dirección al salón de congresos en que se iba a llevar a cabo la sesión de aquella mañana, y finalmente el joven dermatólogo fue detenido y llevado a la comisaría. En un perfecto inglés, Carlitos explicó que de robarse la radio, él, nada, que no fueran tan brutos, por favor —frase que les sentó como un tiro a los policías de EE. UU.—, y que lo que realmente había ocurrido es que él había estado escuchando esa joya de la música de cámara, mientras se vestía, que de pronto se había percatado de que ya era hora de ir a su sesión matinal del congreso, y que luego, de puro abstraído que andaba con tanta belleza musical, había cogido la radio para continuar con su concierto por el camino, de la forma más natural del mundo, pero sin darme cuenta de ello, y esto es lo principal, señores, creo yo. En fin, que de robo nada, y que nevaba, además, les explicó Carlitos al comisario y a sus dos auxiliares, agregando que por ello había metido el pequeño aparato bajo su abrigo, para protegerlo, como es lógico, y que sin duda alguna lo habría vuelto a dejar en su lugar no bien se hubiese dado cuenta de su distracción, o, en todo caso, no bien hubiese terminado ese concierto sublime, y finalmente les preguntó si ellos habían tenido la suerte de escuchar el *Septeto de cuerdas* de Ludwig Van Beethoven, alguna vez, ah, se lo recomiendo, señores, ¿o ya lo conocen? No, ni el comisario ni sus auxiliares habían escuchado jamás, ni tenían intención alguna de escuchar, tampoco, el maldito concierto de marras, pero, en cambio, el pago de la fianza era de ley, sí, señor, y además vamos a llamar inmediatamente al director del Johns Hopkins Hospital, para que venga ahora mismo a avalar con su firma y su presencia la honestidad de su invitado. En fin, que la abominable vieja encargada de la residencia obtuvo todas las satisfacciones del caso, que el director del hospital lamentó inmensamente el incidente, que desgraciadamente éste se parecía mucho a otro que el doctor Alegre había protagonizado en Munich, pocos meses atrás, y que, a su vez, se parecía como dos gotas de agua a un primer incidente también protagonizado por el mismo doctor Alegre, en Zurich, el año pasado, por cierto, pero bueno... Total que, al final, los policías de EE. UU. fueron los únicos que, no bien abandonó Carlitos la comisaría, manifestaron estar realmente convencidos de que, de robo, nada, y que se trataba tan sólo de un caso más de científico loco pero nada peligroso.

Natalia, por su parte, era la muy laboriosa y feliz propietaria de tres grandes y muy importantes tiendas de antigüedades, en París, Londres y Roma, y no cesaba de ir y venir de una ciudad a otra, lo cual también le permitía encontrarse a menudo con algunos amigos peruanos de toda la vida, y en especial con Jaime y Olga Grau Henstridge. Solían pasar dos o tres semanas juntos, todos los veranos, en la hermosa villa que ella había adquirido en Théoule-sur-Mer, entre Saint-Raphaël y Cannes. Jaime y Olga continuaban siendo los mismos adorables amigos de toda la vida. No tenían un centavo, pero tampoco lo necesitaban, porque siempre había alguien por ahí, inmensamente rico, que no podía vivir sin verlos de tiempo en tiempo, y dispuesto a arrancarle los ojos a todas las demás personas que habían escogido las mismas fechas para invitar al matrimonio peruano. Pero Jaime y Olga, con todo lo encantadores y buenos amigos que eran, le planteaban a Natalia dos inconvenientes, que, de un momento a otro, podían convertirse en verdaderos problemas para ella. Natalia, al menos, lo pensaba así, aunque nada dijera al respecto. El primero de esos dos inconvenientes era la felicidad de sus amigos como pareja casada, algo que realmente conmovía a Carlitos, y que hacía que, todos los veranos, no bien el matrimonio Grau Henstridge abandonaba la villa de Théoule-sur-Mer, él empezara a hablarle de la posibilidad de casarse. Natalia se defendía siempre diciendo que su primer matrimonio le había dejado un recuerdo tan atroz, que hacía muchos años que se había jurado que nunca más se volvería a casar, que aquello era como un trauma, Carlitos, algo que sólo contigo, y ciento por ciento gracias a ti, lo reconozco, he logrado superar, pero que considero totalmente innecesario repetir, sobre todo en nuestro caso.

—Somos una pareja libre, mi amor, y el matrimonio está de sobra entre gente como nosotros.

—Si tú lo dices, Natalia...

—Pues sí, mi amor... Y lo digo porque lo pienso y lo siento así realmente, créeme, por favor.

—Si tú ves las cosas de esa manera...

—Las prefiero así, también, para serte muy sincera. Y las prefiero así porque además me parece mucho más lindo que sólo el cariño nos una. Un inmenso cariño mutuo y absolutamente nada más. ¿No te parece mucho más lindo, así?

—Bueno, tal como lo pones, por supuesto que suena mucho más lindo.

—¿Entonces?

—No, nada. Entonces, nada, Natalia.

El verano terminaba y también su mes de vacaciones en la costa, y Carlitos volvía a sumergirse en sus investigaciones en el hospital Pasteur, donde llevaba ya dos años trabajando con un equipo de médicos de reputación mundial. Y olvidaba por completo su idea del matrimonio con Natalia, hasta el próximo verano, en que volvía a ver a Jaime y Olga Grau y la idea volvía a rondarle la mente y a parecerle sumamente atractiva y hermosa. Éste era, pues, el primer inconveniente que tenía para Natalia la presencia de esos seres tan queridos. Porque no era el recuerdo de su primer matrimonio el que la hacía rechazar de lleno toda posibilidad de casarse con Carlitos. Era la diferencia de edad, que día a día pesaba más sobre su ánimo, a pesar de la maravilla que había resultado, a todo nivel, su vida con él. Pero la idea de envejecer a su lado empezaba a resultarle cada día más odiosa, y, aunque lo disimulaba a la perfección y se sentía aún muy joven y bella, dieciséis años de diferencia eran muchos y Natalia se preguntaba constantemente, en sus momentos de soledad, si tendría la lucidez para ponerle punto final al sueño cumplido que era su vida, un segundo antes de que empezara a convertirse en una pesadilla, al menos para ella. Y ésta era la verdadera razón por la cual rechazaba cualquier posibilidad de casarse con el hombre que tanto amaba, y también el primer inconveniente —totalmente involuntario, por cierto— que significaba la visita de sus amigos Olga y Jaime.

El segundo inconveniente no dejaba de estar ligado al primero, por una suerte de vaso comunicante, de cuya existencia Natalia parecía ser la única persona enterada y temerosa. Las hermanas Vélez Sarsfield, gracias a Dios sólo Mary y Susy, las dos mayores, por ahora, invitaban a Talía y Silvina Grau a Europa, todos los veranos, desde hace algún tiempo. Y las cuatro muchachas podían aparecer en cualquier momento, aunque sea fugazmente, en su villa de Théoule-sur-Mer, con el pretexto de saludar las chicas Grau a sus padres. ¿Acaso ello no le iba a traer recuerdos de Melanie, a Carlitos? Natalia se preguntaba si no se estaba convirtiendo ya en una vieja celosa. Pero le bastaba con ver a Carlitos para descartar por completo esta posibilidad. Además, como con todas las personas de las que se alejó, prácticamente para siempre, al dejar el Perú, también con Melanie él parecía haber creado una infranqueable muralla de silencio y olvido, a la que se añadía, además, esa capacidad casi científica para disecar a las personas que quedaron *allá,* y para referirse a ellas con una objetividad y un rigor en los que realmente no se filtraba ni una sola gota de emoción o de sentimiento, ni alegría ni pena ni nada. Pero bueno, ¿y si la tal Melanie esa se aparecía algún día con su trencita pelirroja por *acá...?* En este caso, a Nata-

lia no le bastaba con ver a su Carlitos feliz, para descartar...
¿Para descartar qué, por Dios...?

Y una mañana nublada y triste en que todo esto se le vino junto a la mente, hubo un rato demasiado largo y atroz en que Natalia se vio convertida en una vieja celosa. Pero justo cuando la cosa se estaba poniendo realmente fea, Carlitos Alegre, que nunca jamás se fijaba en nada, le metió un delicioso empellón a su amor, y juntos para siempre, como siempre, como a cada rato, fueron a dar a la piscina de la villa, los dos bastante ligeros de equipaje, y el muy fogoso literalmente la hundió de amor y se la llevó por el fondo del agua y del tiempo hasta la piscina del huerto y ahí la detuvo para siempre, loco por sus muslos y sus tetas y la carnosidad húmeda de sus labios y sus ojos y su pelo rizado y sus nalgas y... Natalia salió de aquel empellón más fuerte y más débil que nunca, pero con la muy gozosa y plena sensación, toda una convicción, más bien, de que aún le quedaba mucho Carlitos por delante, sí, mi amor, y un millón de gracias, y te querré eternamente, para ejercitarle precisamente su lado de leona divina y colmada y feliz. Y él, que andaba ahora doblemente en las nubes, sólo atinó a decir que lo suyo también era eterno, pero que bueno, que eso era archisabido, aunque es siempre muy lindo oírlo decir, pero que a santo de qué tantos millones de gracias, cuando ellos dos sólo estaban cumpliendo con los designios del Señor, que era, en todo caso, a quien había que agradecerle diariamente en la misa de seis de Santa Clotilde, la iglesia de nuestro barrio, allá en París, aunque claro, yo siempre he respetado el hecho de que tú seas más bien medio agnosticona y por ello tengo que quedarme a veces tanto rato en mi banca, dándole gracias a Dios en tu nombre y en el mío, mi amor, o sea que, por favor, entiéndeme cuando me atraso al volver de misa, ya que es debido a esto y no a que me haya quedado en algún bistró tomando café y croissants con alguna discípula, ¿ya ves, bobalicona?

—No veo absolutamente nada —le tapó la boca, ahora, Natalia—. ¿O has olvidado que estamos hundidos de amor y detenidos para siempre en el fondo de la piscina del huerto?

Y fue Carlitos, un buen rato más tarde, quien anduvo dándole las gracias millones de veces a Dios, tras haber sido el hundido objeto del deseo de Natalia, y el amante ejercitado, aunque también hubo ese momento de gloria en que el pobre sencillamente no pudo más y, a gritos, le dijo a Dios que Él no tenía la exclusividad de la divinidad, en ciertos asuntos terrenales, por supuesto, y que, por lo tanto, con tu permiso, Señor mío, esta vez el millón de gracias han sido todas para Natalia.

—¿De qué hablas y con quién hablas, se puede saber? —le preguntó Natalia, hundida en su aturdimiento o aturdida en su hundimiento, que así andaba la pobre de orgasmeante.

—Pues me quejaba un poquito al cielo, digamos, mi amor. Porque Dios a veces se parece al perro del hortelano, que ni come ni deja comer. Y justo ahora como que andaba el tipo, perdón, el Señor, quedándose íntegra con tu cuota de divinidad.

—Tú ven para acá, amo y señor mío, que yo te voy a recordar cositas tan humanas y tan divinas, pero que hasta en el cielo se ignoran. Al menos desde el primer hasta el sexto cielo. O sea que ¿qué tal si subimos un poquito más arriba?

—Usemos el ascensor, entonces, mi amor, que se llega bastante más rápido. ¿No te parece?

Luigi y Marietta habían fallecido, y también Molina, que en la vejez se descubrió una gran habilidad como contador y hortelano, y ahora a Julia y Cristóbal la entera responsabilidad del fundo les quedaba cada día más grande. Pero, en fin, era su huerto, y que ellos vieran lo que hacían con él. Que lo alquilaran, que lo vendieran, que lo lotizaran, allá ellos. La propia Natalia ya no lograba imaginarse muy bien cómo era el Perú, quince años después de su partida y con tantas reformas, aunque todos los amigos limeños que recibía en París o en su villa de la costa la habían convencido de que había cambiado para siempre, para bien y para mal, lo cual le resultaba cuando menos paradójico y aumentaba en ella esa sensación de total lejanía. Y aunque su curiosidad siempre la llevaba a prestar particular atención a las noticias que le traían los galeones, como decía ella, ya nunca supo cómo procesar toda esa información ni mucho menos se sintió con derecho para dar consejo alguno acerca de nada. Y con el tiempo se abstuvo hasta de hacer comentarios acerca de una realidad que le resultaba totalmente ajena.

Carlitos también se mantuvo bastante alejado de todo aquello, aunque sí volvió a ver a los mellizos Céspedes, o en todo caso a cruzarse con ellos. Fue con ocasión de un congreso sobre el Mal de Chagas, que tuvo lugar en la ciudad de Salta, Argentina, pero apenas conversaron un rato, y, como suele decirse, ninguno de los tres soltó prenda, a pesar de la extrema afabilidad de la que hizo gala Carlitos. En realidad, fueron los casi irreconocibles mellizos los que crearon la distancia que impidió cualquier acercamiento real, y, no bien él les mencionó la posibilidad de escaparse de algún acto protocolar e irse a comer por ahí, antes de que terminara el congreso, los dos como que dieron un paso atrás, a todo nivel, ahondando triste y absurdamente la distancia inicial, aunque no rechazaron explícitamente su iniciativa y más bien parecieron dudar. Pero fueron el gesto, la actitud, la parca e indecisa respuesta, y el temor a algo que él no lograba imaginar, los que convencieron a Carlitos de que esa escapada jamás tendría lugar y que se había encontrado con unos mellizos Céspedes Salinas que ya no eran ni Arturo ni Raúl, los disparatados amantes del firmamento, las cumbres, mecas y estrellatos sociales, con lo cual sabe Dios en quién se habría convertido él también para ese par de médicos dermatólogos totalmente desconocidos en el mundo académico y profesional.

Pero Carlitos bajó la guardia, dejó filtrarse un viejo cariño, y empezó a averiguar qué había sido de los mellizos que él conoció. Con un gran esfuerzo de memoria, los puso en situación, primero, retrocediendo hasta 1957. Los mellizos eran dos años mayores que él, o sea que iban a cumplir o acababan de cumplir los veintiún años, aquella mayoría de edad que él tanto anhelaba, entonces, y que determinó su vida. Y, claro, ellos en aquel momento salían con las chicas de los teléfonos y las aguas de colores. Los mellizos eran felices y él no se había despedido ni de Arturo ni de Raúl. Tampoco de su triste hermana Consuelo, la de la frase aquella tan demoledora, la de la serpentina fatal. Dos médicos peruanos que asistían también al congreso le contaron que, en efecto, los doctores Céspedes Salinas se habían casado, antes de terminar su carrera, con las hijas de un señor muy adinerado, de apellido Quispe Zapata. Hubo fuegos artificiales y champán en cantidades industriales, en un caserón de la avenida Javier Prado.

—En fin, doble boda, doctor Alegre —le contó uno de los médicos peruanos—. Y don Rudecindo, que así se llamaba el suegro, ahora que lo pienso, tiró la casa por la ventana dos veces el mismo día, según se comentó entonces. Pero más no le podría decir, francamente, porque yo entonces no conocía a los doctores Céspedes Salinas y no fui testigo de nada.

—Tampoco yo —le comentó el otro médico, sonriendo con una mezcla de sarcasmo y evidente mala leche—; pero como la avenida Javier Prado se acabó, fácilmente se podría deducir que don Rudecindo, su señora, sus hijas, y sus yernos, los doctores Céspedes Salinas, se acabaron también... Salvo que, claro... Pero, bueno, serían únicamente elucubraciones mías, porque la verdad es que no sé nada más y ya sólo podría imaginar...

No imaginaba nada mal, el segundo médico peruano, con su pérfido sarcasmo, porque la realidad fue que así como de Consuelo nunca más se supo, como sucede siempre con esta gente callada y resignada, también los mellizos terminaron convertidos en los tipos callados y resignados que Carlitos acababa de ver. Es cierto que, antes de apagarse, intentaron seguir con su camino a la meca y al firmamento más estrellado y colorido, y que hasta estuvieron dispuestos a pegarles la gran corneada a Lucha y Carmencita Zetterling Q. Z., como las llamaban ellos, con todo el desparpajo del que hacían gala entonces, pues mil veces intentaron acercarse a Cristi y Marisol, las codiciadísimas hijas del doctor Roberto Alegre, con el pretexto de recordar al muy ingrato de Carlitos, que se nos largó y que, en fin... Pero los anteojos negros para penas importantes en entierros *lustrosos* [sic] fueron siempre un impedimento total, para estas dos lindas muchachas —y así se lo comentaron ellas mismas a Carlitos, en más de una ocasión—, hasta el extremo de que jamás se dignaron volver a mirarlos o a escucharlos, no bien desapareció su hermano. Tampoco lograron los pobres Arturo y Raúl acercarse nuevamente al doctor Roberto Alegre, con la finalidad de ingresar a hacer sus prácticas en su clínica privada, y de ejercer también ahí, no bien se graduaran de médicos dermatólogos.

En fin, que los pobres rebotaron al mundo multicolor de doña Greta y don Rudecindo, que todo lo perdieron a finales de los sesenta y principios de los setenta, cuando los cambios cholos y militares aquellos, según su propia expresión, aunque hace muchos años que ni Arturo ni Raúl Céspedes Salinas expresaban ya nada y se habían convertido más bien en los personajes chatos y opacos que Carlitos acababa de ver, y que lo único que habían hecho con creces, en toda su vida, había sido regalarle a su madre la casona demolible de la calle de la Amargura, poco antes de la caída final de don Rudecindo Quispe Zapata. Desde entonces, los mellizos se habían ido encogiendo, o tal vez habían ido recogiendo las velas que lanzaron a la vida, más bien, y ahora eran esos dos seres resignados, callados y sin viada, como su hermana Consuelo, que se limitaban a ver pasar un mundo nuevo y cholo, cada día más cholo, mierda, con un odio contenido y más bien callado, aunque lleno de ideas y conceptos muy despectivos, eso sí, y profundamente reacios al más mínimo cambio e innovación. Los pobres no aprendían ni olvidaban nada, sólo callaban, y quien los conoció en los años cincuenta debe de sentir mucha pena al verlos pasar nuevamente en dos gigantescos automóviles norteamericanos, de esos de, en fin, de cuando entonces, ya bastante chatarreados, ahora en 1974, y cada vez más parecidos a su viejo Ford cupé del 46, en triste círculo vicioso o patético eterno retorno, llámelo usted como quiera.

—Deberíamos haberle aceptado la invitación a Carlitos Alegre —le decía Arturo a su hermano Raúl, en el vuelo de regreso de Salta a Lima—. Nos dejó dos mensajes en la recepción, avisándonos que tenía la noche libre, y ni siquiera le contestamos...

—Con un tipo tan distraído nunca se sabe, Arturo. Imagínate que nos lleva a un lugar elegante y caro y que hubiéramos tenido que compartir la cuenta... ¿Tú te habrías atrevido a decirle la verdad?

—No lo sé... ¿Tú?

Y mientras el avión en que regresan a Lima los mellizos aterriza en el aeropuerto Jorge Chávez, don Luciano Quiroga, que se viera presidente del Perú, no pasó de senador, y sin pena ni gloria, además, sólo muy reaccionariamente, y hoy está muy lejos ya de ser el primer contribuyente de nada, odia a un chiquillo descamisado y sucio que intenta limpiarle la luna delantera del mismo Mercedes modelo *playboy* con el que, cuando entonces, quiso poseer o matar a Natalia de Larrea, una de dos.

—¡Ponte verde, de una vez, pues, semáforo de mierda!

Y aunque tarde e irritándolo aún más, el semáforo termina por ponerse en verde y don Luciano mete pata a fondo, porque sí, porque le da su real gana, porque él es don Luciano Quiroga, y qué, pero ni el Mercedes ni el *playboy* jalan, ya, sólo meten todos esos ruidos molestos e inútiles, todos esos chirridos y chasquidos, y el cholito descamisado que intentó limpiarle la luna delantera lo sigue mirando, como desde otro mundo.

—¡Peruano! —le grita, entonces, realmente furibundo, al absorto chiquillo, don Fortunato Quiroga, que se viera presidente, cuando entonces. Hoy por hoy, éste es el peor insulto que un tipo como él puede concebir.

Y mientras el vuelo en que Carlitos Alegre regresa de Salta, vía Buenos Aires, aterriza en el aeropuerto de París, Natalia de Larrea hace el amor frenéticamente con un muchacho casi treinta años menor que ella. Y que se joda Carlitos, al ver que esta vieja de eme todavía los puede encontrar mucho menores que él. El sueño cumplido de esta mujer adorable, y adorada, fuerte como una roca, y débil como la que más, acababa de convertirse en pesadilla, así de golpe, aunque ninguna de sus amigas podría negar que se trataba de un largo proceso interior que sin duda alguna se había ido agravando a medida que Natalia, aún tan hermosa, o siempre tan, tan hermosa, para ser más exactos, se había ido acercando, a pasos agigantados —así lo vivía, lo vive, ella—, a los cincuenta años de edad. El propio Carlitos, siempre tan distraído, y más todavía ahora en que vivía entregado a la ciencia y se había visto convertido en un investigador famosísimo, con tan sólo treinta y tres años de edad, pero que continuaba disparando copas de champán, aunque ahora por los aires del mundo y de continente en continente, como quien dice, no era en absoluto ajeno al drama interno de su adorada leona y qué no hacía por complacerla, la verdad.

Como hace pocos días, justo antes de partir a su congreso de Salta, en que Natalia recordó el día aquel, poco después de conocerse, en que convirtieron en deliciosa alcoba del huerto muchas habitaciones de hoteles mientras jugaban a las despedidas inventadas y los reencuentros de milagro, por el centro de Lima y sus alrededores, para que él se fuera acostumbrando a sus viajes de negocios, y ella se iba cambiando constantemente de trajes y se le aparecía por aquí y se le desaparecía por allá, con gran riesgo de un desencuentro real, como efectivamente sucedió, debido a un pequeño e involuntario error en la trama, que la obligó a ella a correr en busca de un banco, porque se había quedado sin dinero para seguir con su juego, en el Mini Minor rojito para travesuras, ¿te acuerdas, mi amor?

—Como si fuera ayer. Y lo que nos divertimos. Y también lo que sufrí cuando te vi pasar de largo y desaparecer corriendo. Recuerdo que me derramé una Coca-Cola entera sobre la camisa, en aquel café de las Galerías Boza.

—¿Te atreverías a jugarlo de nuevo, o prefieres concentrarte en tu microscopio?

Natalia lo estaba poniendo a prueba, una vez más, como tantas otras veces en los últimos tiempos.

—Todo lo contrario, mi amor. Jugaré encantado, pero con la condición de que me dejes llevar no sólo mi microscopio, sino la lupa de Sherlock Homes, por si te me escapas en busca de dinero, como aquella vez.

La respuesta de Carlitos había sido perfecta, sí, aunque demasiado perfecta tratándose de un científico tan loco y joven como él, y por más que lo de joven en este caso estuviera completamente de más. ¿O es que ya nunca lo estaba, maldito joven? E inmediatamente se notó gran tensión en el ambiente, aunque ésta desapareció por completo no bien convirtieron en alcoba de «El huerto de mi amada» una suite del Relais Christine, en el barrio latino. Pero algunas horas más tarde hubo un par de desfallecimientos en el ánimo de Natalia, o por lo menos así los juzgó Carlitos, que a su vez cometió el error de disparar una copa de champán sin apretar el gatillo, en su afán de agradarla y hacerla reír, pero que se encontró en ella a toda una experta en copas que vuelan sólo por agradarme, aunque hay que reconocer, en honor a Natalia, a su drama y su guerra a muerte consigo misma, que este fingido esfuerzo de Carlitos sí la conmovió, y hasta la encantó, precisamente porque había requerido todo el cuidado, el afán y la concentración del mismo científico loco y tan joven y detestable, que, momentos antes... Bueno, sí, pero que, momentos después, o sea, ahorita, es el adorable y distraído Carlitos de siempre luchando por ser mi aliado incondicional en una guerra que la vida se ha encargado de declarar entre nosotros... Dos hoteles más tarde, Natalia se quedó profundamente dormida. Y cuando se despertó y se dio cuenta de la hora y de que ni siquiera había a empezado a cambiarse de atuendos, todavía, descubrió que Carlitos leía profundamente un libro en la habitación de al lado. Y lo amenazó con un amante de quince años, porque tú tenías diecisiete cuando te di de mamar por primera vez.

La travesura había terminado, Natalia había bebido demasiado, no había Mini Minor rojito alguno para estos menesteres, por ninguna parte, Carlitos tenía nada menos que la edad de Cristo, el muy pelotudo, y además ahí estaba el pobre y ahí estaba también ella, quítame este pañuelo rojo y aplícale tu microscopio a las arrugas de mi cuello y sírveme otra copa y, por favor, olvidemos todo esto y créeme que te adoro, que jamás ha habido ni habrá muchacho de ninguna edad, y sobre todo, Carlitos, créeme que yo sé que me sigues queriendo como nunca, siempre.

—¿Y si comiéramos algo, Natalia?

—Eso mismo, mi amor. Pero en casita y sin champán. O sólo una copita para que la mandes volar.

En fin, con las justas. Y otra vez...

Pero en el dormitorio, esta vez, y en su cama, esta vez, estaba el muchacho inexistente de todas las veces anteriores, o sea, el realmente inexistente, como trató de creerlo Carlitos, luchando contra todas las evidencias, pura desesperada ilusión final. Pero, definitivamente, alguien había abierto las ventanas de par en par. Y también las cortinas estaban del todo abiertas. Y la cama deshecha. Y los cuerpos desnudos. Y Natalia frenética. Y Carlitos que entraba con su maleta y lo veía todo frenéticamente planeado, todo frenéticamente calculado, y tanto que disparó al aire esa última copa de champán que jamás había tenido en la mano y que consistió en empezar a contarle a Natalia: ¿A que no sabes con quién me he encontrado en Salta, mi amor?, pero con frenesí por toda respuesta, con los mellizos, me encontré con los mellizos Céspedes Salinas, con Arturo y Raúl, Natalia, pero tan cambiados y callados, Natalia, que, Natalia, tú no sabes, Natalia, tú no te imaginas, Natalia, cuánto han cambiado, Natalia, y estaba logrando avanzar tanto con su historia Carlitos, que una copa de champán voló y se hizo añicos y todo, pero era de verdad esta vez y consistió en que el pobre ni se fijó en que un frenético gigante ya se le había venido encima y, ante los gritos aterrorizados de la empleada, lo había cargado en peso había atravesado sala y vestíbulo con Carlitos Alegre y su copa de champán para no ver ni creer y ahora ya le había roto un florero en la cabeza mientras él gritaba que sí, que Arturo y Raúl Céspedes Salinas, sí, mi amor, Natalia de mi corazón, y era arrojado por la caja de la escalera, todo madera y sólo dos pisos, felizmente, y abajo en el suelo lo que le preocupaba mucho más, lo que realmente lo aterraba, era no saber a quién le estaba gritando Natalia:

—¡Te odio! ¡Te odio! ¡Te he odiado siempre! ¡Desde que te conocí te he odiado! ¡Siempre, siempre y siempre!

No, no podía ser a él, pensaba Carlitos, en la ambulancia que lo trasladaba al hospital Cochin.

Pero era a él. Sí, era a él a quien Natalia había odiado toda su vida. Y por culpa de los mellizos Céspedes Salinas, allá en Salta. Porque él dejó que se le filtrara un viejo cariño por ellos y dos veces ellos no le respondieron a su invitación a cenar y él de puro apenado que andaba se olvidó por completo de llamar a Natalia el día atroz de sus cincuenta años. Y, definivamente, no había copa ni gatillo ni champán ni distracción que justificaran semejante olvido. Porque había quedado en llamarla por teléfono mil veces, ese día. Y se olvidó por completo, con lo de los mellizos y ese cariño que se le filtró. Y aquello no tenía remedio, ni ahora ni nunca. Carlitos lo sabía. Sabía que, en la guerra personal de Natalia, su principal aliado la plantó en lo más alto y escarpado de la colina enemiga.

Así es la vida. Carlitos lo sabe, ahora. Y por eso sabe también que, desde hace sólo cinco días, Natalia lo ha odiado toda la vida. Que lo ha odiado a él, y no al frenético matón que había usado para partirle el alma. Y de paso, además, para romperle un tobillo y el brazo izquierdo. Pero así es. Como es así, también, que de ahora en adelante Natalia iba a ser una mujer coherentemente frenética, de la cual se iba a decir, a menudo:

—Pero mira tú, mujer, al fin y al cabo.

—Y mujer hasta el final.

—Y fiel a su temperamento de leona.

—Y tan frágil, al mismo tiempo.

—Y sigue muy guapa.

—Pero si la hubieras conocido en su esplendor...

De Carlitos Alegre di Lucca, que cojeaba ligeramente del pie derecho, y vivía más entregado que nunca a sus investigaciones en el hospital Pasteur, que dictaba conferencias en medio mundo y escribía los más sesudos artículos en revistas especializadas, en cambio, no se decía casi nunca nada. O, a lo más, se decía que aquello era fatal, que tarde o temprano habría tenido que suceder, y que, hay que reconocer, con todas sus distracciones y meteduras de pata, el tipo a Natalia le jugó limpio siempre.

—Pero hay un dato más, amigos.

—¿Ah, sí?

—Claro. ¿No lo saben?

Lo que hay que saber es que Melanie Vélez Sarsfield también ha sido mujer hasta el final. Por supuesto que ella todavía no ha cumplido los treinta años, y debe de andar aún por los veintisiete o veintiocho, pero si hay alguien que ha sabido esperar es esa flaquita de la trenza roja que tanto ha querido y cuidado siempre a su padre, el borrachín, y eso a pesar de que a ella nadie le hacía mucho caso que digamos. Y ahí sigue siempre con su trenza y su pinta medio mamarrachenta, aunque es verdad que con el amor se ha vuelto hasta bonitilla, te diría, a pesar de que sigue batiendo el récord mundial de pecas, probablemente. Y a pesar de que es el polo opuesto de Natalia, aunque un polo veintitantos años menor, eso sí. Su papá ya no bebe una gota de licor, y, aunque la familia ha perdido millones y millones, aún le quedan millones, por el lado argentino, parece ser, o tal vez sea por el lado propiamente inglés. En fin, que sé yo.

Melanie es una muchacha larguirucha, sentimental e introvertida, pero que cuando habla, habla. Y algo muy especial le tiene que haber dicho a Carlitos para que éste finalmente se haya fijado en ella, al cabo de tantos años.

—¿Tú crees?

—Bueno, me imagino.

Pues imaginaba mal aquella persona, porque lo único que le dijo Melanie a Carlitos, el día en que le dieron de alta en el hospital Cochin y se quedó patitieso al verla ahí parada en la puerta, al cabo de tantos años, fue:

—¿Me tienes miedo, o qué, oye? Anda, sube al auto, que llevo horas esperándote aquí.

—¿Y cómo sabías que...?

—Tontonazo.

—Pero bueno...

—Te contaré que mi papi ya no bebe ni una gota de alcohol.

—Me alegra tanto, Melanie. De verdad, me alegra mucho.

—O sea que ahora sólo me faltas tú.

Se siguieron viendo hasta el día en que a Carlitos le dio por contarle las pecas, con científica curiosidad. Aunque claro que ya para entonces Melanie se había apoderado completamente de él y lo cuidaba como un tesoro. Pero sí es cierto que fue el día en que él quiso investigar cuántas pecas tenía Melanie, no aproximadamente, sino exactamente, cuando terminaron ante un altar, en Londres, con papi Vélez Sarsfield elegantísimo, al lado de su hija menor.

Y, humano, muy humano, la pareja que formaron se ganó el odio eterno de la frenética Natalia de Larrea, ahora ya más guapachosa que guapísima, y más fiera también que divinamente leona, y que no tuvo reparo alguno en aprovechar la frase aquella según la cual Melanie era el polo opuesto de ella, para soltarles a los pobres Olga y Jaime Grau, sus fieles amigos de toda la vida, pero también muy amigos de los Vélez Sarsfield:

—Yo siempre dije que Carlitos terminaría casándose con un hombre.

—Ésa no es la Natalia que yo conocí —fue la sincera opinión de Carlitos Alegre, el día en que le vinieron con el chisme de que él había terminado casándose con un hombre.

Pero bueno, para qué dijo ni opinó nada, el muy tonto, porque ahorita se lo chismean de vuelta a Natalia, y entonces sí que va a ser el cuento de nunca acabar y una situación sumamente incómoda para amigos tan buenos como Olga y Jaime Grau, todos los veranos en la costa.